강은교 시 연구

강은교 시 연구

팡웨이(龐偉)

역락

한국 현대 문학에 대해 관심을 갖게 된 것은 2009년 석사 공부를 할 때부터였다. 특히 시론 강좌를 들으면서 강은교라는 한국 여성시인에 대해 관심이 많아졌다. 그러나 막상 쓰려고 하니 문학적 이론 파악이 어려운 데다가 강은교 시인 작품의 내용 자체가 어렵기 때문에 필자로서는 감당하기가 많이 힘들었다. 공부를 많이 해야 함을 절실히 느끼고 5년 동안 공부한 후 박사학위논문으로 '강은교 시 연구'를 주제로 잡아 글을 쓰게 되었다. 미비한 부분이 많이 보임에도 불구하고 책으로 엮어서 내놓는다고 생각하니 부끄럽다. 다만 이 책이 문학을 연구하는 학자들에게 조금이라도 도움이 될 수 있다면 다행이라고 생각한다.

이 책은 필자가 2014년에 가천대학교 박사학위논문으로 제출한 바 있는 「강은교 시 연구」를 주요 내용으로 하여 내용을 약간 보태어 다듬은 것이다.

강은교 시인은 11권에 이르는 시집을 상재하며 40년 가까이 시력을 이어오는 동안 일관되게 '허무'라는 주제의식을 견지하였다. 그는 여성 시인으로서 사물에 대한 지성적 통찰로 독특한 시의식을 구축한 한국근대 시사에서 중요한 자리를 차지하고 있는 시인이다. 그의 시는 허무의식과 생명의식을 통해 삶의 근원적 존재성에 접근하는 특징을 지닌다. 급변하는 도시문화의 세계 속에서 소외되기 쉬운 작은 사물과 생명들에 대한 관심을 지속적으로 보여줌으로써 강은교의 시는 나름대로의 현실인식을 보여준다. 이 책에서는 강은교의 시 연구를 토대로 그동안 이루어 놓은 시인의 지성적 시의식과 그의 시에 내포된 실존적 영성의 복합적인 특징을 검토하고 재정리함으로써 그의 시가 점유하고 있는 한국 근대시사적 의의를 밝혔다.

이 책에서 먼저 역사·전기적인 접근 방법을 사용함으로써 강은교의 생애와 함께 그가 살았던 다양한 굴절의 시대와 삶에 대한 그의 독특한 대응 방법을 살펴보았다. 다음에 그의 시에 나타나는 시의식의 양상을 네 부분으로 구분하고 이를 구체적인 이미지 분석을 통해 고찰하고 다양하게 나타나는 이미지들을 통합적이고 입체적인 시각에서 살펴보았다. 또한 바리데기를 주제로 한 전기 시 5편과 후기 시 6편을 집중적으로 검토함으로써 강은교 시인이 그의 시에서 바리데기 서사를 차용한 담론의 진정성을 파악했다. 당초의 욕심대로라면, 이 책에서 강은교 시를 시기별로 고찰하고 시세계의 변모 양상을 세밀하게 분석하고 싶었지만 필자의 역량 부족으로 이에 대한 세부적인 논의가 전면적으로 이루어지지 못했다.

십년 전에 한국어를 전혀 몰랐던 필자를 오늘날 학도로서의 작은 걸음을 내딛을 수 있도록 많은 분들이 따뜻한 사랑과 끊임없는 응원을 주셨다. 이 자리를 빌려 그분들께 감사의 마음을 전하고자 한다.

먼저 한국말이 서툰데다가 철없는 필자를 어엿한 박사로 키워주신, 영원한 스승이신 이영섭 교수님께 진심으로 감사드린다. 교수님께서 몸소 보여주신 학자로서의 엄밀함과 스승으로서 제자에 대한 다함없는 사랑은 이루 말할 수가 없다. 좌절과 어려움이 많았던 유학생활을 무사히 마치고 귀국할 수 있었던 것은 모두 지도교수님의 덕분이다. 연구와 강의로 바쁘신 와중에도 필자의 학위논문 심사를 흔쾌히 맡아 주시고, 격려와 함께 논문의 세세한 부분까지 꼼꼼하게 지적해 주셨다. 교수님으로부터 진정한 학자의 마음가짐과 삶을 대하는 성실한 태도, 그리고 제자에 대한 따뜻한 사랑을 배웠다. 학문과 삶에 대한 교수님의 가르침을 마음속 깊이 새기며 교수님과 같은 학자와 스승이 되도록 최선을 다할 것이다. 그리고 한국문학 공부에 대하여 많은 가르침을 주시고 아낌없는 사랑을 베풀어 주신 김삼주 교수님, 장현숙 교수님, 신승희 교수님을 비롯한 모든 가천대 국어국문학과 교수님과 필자의 유학생활에 도움을 주신 모든 분들에게 감사를 드린다. 또한, 매일 필자 곁에서 책을 완성할 수 있도록 온갖 수고를 마다하지 않는 부모님과 남편에게도 미안함과 고마운 마음을 고백한다.

끝으로 이 책의 출판을 선뜻 맡아 주신 역락 출판사 이대현 사장님과 이 책을 정성껏 편집하여 힘써 주신 이태곤 선생님께도 진심으로 감사드린다.

2018년 5월

팡웨이(龐偉)

차 례

제1장

꽃 피는 말씀

1. 시인에 관하여

강은교(姜恩喬) 시인은 1946년 함남 홍원에서 출생하여 서울에서 성장했으며, 1968년 연세대 영문과를 졸업하고 1968년『사상계』1)에「순례자의 잠」으로 신인 문학상에 당선되어 등단했다. 독특한 시세계를 구축해 온 강은교는 시집『허무집』(1971)과 시선집『풀잎』(1974)을, 이어 시집『빈자일기』(1977)를 내면서 본격적으로 평가를 받고 허무에 대한 탐구로 주목을 받았다.『소리집』(1982),『붉은 강』(1984),『오늘도 너를 기다린다』(1989),『벽속의 편지』(1992) 등의 시집들에서 시인은 허무의 추구로부터 역사적 삶에 대한 관심으로 자신의 시적 지평을 넓혀갔고, 전통적 정서를 무가나 판소

---

1) 당시 가장 영향력 있는 잡지 중의 하나이며, 1952년 문교부 산하 국민사상연구원 기관지인『사상』에서 비롯된 월간지이다. 창간취지는 6·25전쟁이 끝날 무렵 정신적·물질적으로 고통 받는 국민을 위해 민족의 앞길을 예비한다는 것이었다. 이 잡지는 진보적인 지식인층과 학생층에서 폭발적인 인기를 모았다. 민족통일문제, 민주사상의 함양, 경제발전, 새로운 문화창조, 민족적 자존심의 양성을 편집의 기본 방향으로 삼았다. 정치·경제·문화·사회·철학·교양·예술 등 다방면에 걸쳐 권위있는 글을 실었다.

리의 운율로 생동감 있게 재현해냈다. 그 이후 지금까지 발표된『어느 별에서의 하루』(1996),『등불 하나가 걸어오네』(1999),『시간은 주머니에 은빛 별 하나 넣고 다녔다』(2002),『초록 거미의 사랑』(2006) 등의 시집들에서는 일상의 작고 사소한 것들에 대한 소통과 사랑을 통해 시의식이 우주적 생명력의 세계로 나아가는 특징을 보인다.

강은교 시인은 11권2)에 이르는 시집을 상재하며 40년 가까이 시력을 이어오는 동안 일관되게 '허무'라는 주제의식을 견지하였다. 그는 여성 시인으로서 사물에 대한 지성적 통찰로 독특한 시의식을 구축한 한국근대시사에서 중요한 자리를 차지하고 있는 시인이다. 오랜 시작 활동과 적지 않은 작품으로 그의 시사적 위치가 확고한 반면, 그에 대한 연구는 아직 미흡한 편이라고 할 수 있다.

『빈자일기』가 나오기 이전의 시들에는, 과도할 정도로 죽음이나 무덤의 이미지가 많이 나타나서 사람들이 그를 가리켜 '허무'의 시인으로 명명하기도 한다. 시인이 초기시에서 죽음과 허무에 집착하게 된 이유로는, 학생시절 주로 심취되어 있던 외국 문호들의 영향과, 시인이 27살의 나이에 겪었던 뇌수술, 그리고 그해 겨울 겪은 딸아이의 죽음과 같은 일이 복

---

2) 강은교 시인이 발간한 시집 11권은 다음과 같다.
　『허무집』, 칠십년대 동인회, 1971.
　『풀잎』, 민음사, 1974.
　『빈자일기』, 민음사, 1977.
　『소리집』, 창작과비평사, 1982.
　『붉은 강』, 풀빛, 1984.
　『오늘도 너를 기다린다』, 실천문학사, 1989.
　『벽 속의 편지』, 창작과비평사, 1992.
　『어느 별에서의 하루』, 창작과비평사, 1996.
　『등불 하나가 걸어오네』, 문학동네, 1999.
　『시간은 주머니에 은빛 별 하나 넣고 다녔다』, 문학사상사, 2002.
　『초록 거미의 사랑』, 창작과비평사, 2006.

합적으로 연관되어 있다. 그 외에는 당대 현실의 정치·경제적인 외적 맥락을 지닌다.

강은교가 대학시절을 보낸 1960년대 후반은 4·19와 5·16을 거쳐 월남파병, 그리고 장기집권을 위한 이른바 근대화 정책이 급격히 진행되면서 국가독점자본주의와 독재적 정치 이데올로기로 인하여 부조리한 사회현상이 팽만해지고 진정한 인간다움의 삶이 극도로 소외되어가던 시기였다. 인간의 자유와 평등이 억압된 외부적인 사회현실의 상황 속에 젊은 시절 그의 허무주의는 올바른 삶을 지키기 위한 나름대로의 현실 대응 방법이었다.3)

시인은 바깥 세계의 그 엄청난 외적 세력에 대항할 수 없음을 깨달았을 때, 보다 근원적인 문제에 눈을 돌리는 태도를 취할 수 있다. 이것은 개인적 위기와 사회적 위기에서 비롯된 좌절과 시련, 고통을 적극적으로 수용·감수하면서 개인의 수난을 통해 본질적인 삶의 의미를 발견하려는 진지한 자세라 할 수 있다. 시인이 삶의 허무에 대해 철저한 인식을 기반으로 하며 쓴 시의 목적은 궁극적인 삶의 소멸에 도달하는 게 아니라 허무의 천착을 통해 삶의 소외를 보다 근원적 차원에서 모색하고 극복하기 위한 것이다. 따라서 강은교의 초기시가 대체로 어두운 이미지 속에서 비극적 세계인식을 바탕에 두고 있으면서도 삶의 허무와 새로운 삶을 향한 존재론적 탐구의 조화와 일치를 꿈꾸는 지평은 여성의식을 지닌 초기시가 지니고 있는 또 하나의 뚜렷한 특징이다. 시인은 부드러운 물의 이미지를 그가 구사하는 시의 지배적 이미지들 중의 하나로 삼고 있다. 이것은 그의 시가 여성적 이미지를 통해 여성성의 존재 실현 의지와 밀접하게 연관된 것이라 할 수 있다. 말하자면 시인은 물의 부드러운 이미지를 통

---

3) 이영섭, 「시의 풍요로운 생명감」, 『그대는 깊디깊은 강』 시집 해설, 미래사, 1991, 141쪽.

해 여성을 비롯해서 가부장적 현실에서 억압 받은 자들의 삶의 공간을 회복하기를 꿈꾼다. 나아가 그의 시는 물의 여행이라는 모티브를 통해 자아와 세계를 융화시킴으로써 자아와 세계의 진정한 쇄신을 궁극적 목적으로 삼는다고 볼 수 있다.

강은교의 초기시에는 추상적이고 관념적인 존재 근원에 대한 문제가 가득 차 있지만 그의 시적 성과는 그의 견실한 지성적 관념을 바탕으로 여성의 실존의식을 생생하고 명징한 이미지로 바꾸어 놓았다는 데 있다. 일반 독자들에게 쉽사리 이해되기 힘든 깊이를 지닌 초월적 관념이지만 사물에 대한 근원적 천착을 바탕으로 이루어진 이미지에 풍부한 감수성을 부여한 강은교의 시는 이렇게 낯선 이미지 세계를 천착하고 구사하여 나름대로의 독특한 시상을 전개하는 진술 방식을 획득하였다.

『빈자일기』에는 『허무집』이나 『풀잎』에서 빈번했던 초자연적인 죽음의 이미지가 감소하는 모습을 보인다. 대신에 하찮은 존재나 공동체 문제에 주목을 하게 된다. 이후 강은교의 시는 이전의 시들에 비해 역사와 현실에 대한 관심을 보다 적극적으로 드러내고 있는 것이 사실이지만 아직까지 시인의 시편들 중에 나타난 현실이나 역사에 대한 인식은 비판적 진술으로서보다 여성으로서의 존재론적인 성찰과 탐구에 더 가까이 접근하고 있다. 『빈자일기』 이후의 시들에서부터는 초기의 존재론적 자기인식을 확장시켜 공동체적 의식과 현실인식을 조화, 발전시켜 가고 있는 모습이 잘 나타난다.

『소리집』(1982)에 이르러서 그의 시는 이전 시기의 작품들이 집중했던 죽음의 비극성을 그의 내면으로부터 외부로 확장시켜서 구체적 현실의 비극적 이미지들로 재현해 내고, 소외의 현실에 대응하려는 끈질긴 힘을 통해, 현실의 힘들이 내면의 삶을 다시 살려내는 과정의 배경을 이룬다. 특히 하찮고 보잘 것 없는 존재들에 초점을 맞추어 모성으로서 참된 모습

을 발견하여 빛과 밝음의 삶을 지향해 나아가려는 시인의 인고는 바람직
한 방향으로 전개된다. 스스로 낮은 자리로 돌아가려는 의식적 노력은 가
난한 이웃과 소통하기 위한 진정성을 추구하는 자리이기도 하다.

90년대에 이르러 강은교는 또 한번 시세계의 변화를 꾀한다. 그의 시에
고유한 우주적 감성과 세계인식, 그리고 일상의 구체적인 이야기를 통해
존재에 대한 인식의 새 틀을 보여주고자 한다. 그의 동반된 언어 역시 기
존의 관념성을 털어버리고 평이하며 간결한 문체 속에 움직이기 시작한
다. 그는 사물과 세계에 대한 시선을 극도로 확대하거나 축소함으로써 한
국 근대시의 낯설고 새로운 풍경을 조형해내는데, 이미 남다른 접근을 보
여주었지만 90년대에 쓴 시들에서 이러한 창작 방법이 보다 적극적으로
활용된다.

이 책에서는 강은교의 시 연구 토대로 그동안 이루어 놓은 강은교 시인
의 지성적 시의식과 그의 시에 내포된 실존적 영성의 복합적인 특징을 검
토하고 재정리함으로써 그의 시가 점유하고 있는 한국 근대시사적 의의를
밝히고자 한다.4) 먼저 많은 그의 연구자들에 의해 조명된 선행 연구를 분
석 정리하면서, 그의 시에 나타나는 허무의식과 여성 특유의 눈으로 감지
한 삶의 현실에 대한 실존 의식을 재조명하면서 그의 여성의식과 생명의
식이 함유된 시의식의 형성 과정과 특징을 종합적으로 검토할 것이다.

그의 시의식은 '모더니즘의 자기인식과 여성의 자유 추구', '허무의식
과 존재의 소외', '생명의 구원을 향한 여성의식'과 '실존적 영성'의 네 양
상으로 요약될 수 있다. 기존의 연구에서는 아직 강은교의 시세계가 지닌
특성을 한국 모더니즘시 전개의 층위에 자리하는 여성시의 대응이라는

---

4) 필자는 『강은교의 초기시 연구』를 주제로 2012년 가천대학교 석사학위 논문으로 제출한
   바 있다.

관점이 뚜렷이 적용되지는 않았다.5) 따라서 이 책에서는 두 가지 측면을 중심으로 강은교의 시세계를 살필 것이다. 첫째는 모더니즘과 실존의식을 연관시켜 논의하면서 한국 근대시가 서구 근대시의식과 미적 방법을 어떻게 이미지로 형상화하고 전개되고 있는가의 한 측면이다. 이러한 방법은 한국 근대시가 구체적으로 미적 토대를 스스로 구축하기 위해 외부 문화를 굴절시켜 소화하는 과정을 음미하는 의의가 있다. 이러한 방법적 수용 양상은 전후기의 구체적인 이미지 분석을 통해서 검토할 것이다. 둘째 강은교 시인의 여성의식과 생명의식이 복합적으로 맞물린 '바리데기' 서사시를 살핌으로써 서구 문예사조와 한국의 전통적 문학의 사유가 만나는 접점을 '실존적 영성'의 층위에서 조명할 것이다. 이러한 관점과 방법은 한국시가 점유하고 있는 전통적 정서의 근대화 내지는 탈근대화 과정을 점검함과 동시에 모더니즘의 태도와 방법이 지적 비판과 판단의 한계에 머문 한계를 지혜롭게 넘어서서 영성적 사유를 어떻게 내면화 하고 있는가를 살피는 것이 바람직하다. 이것은 한국의 근대시에 수용된 견실한 형이상적 사유에 대한 질의와 응답이기 때문이다. 전후기로 나누어 다양한 이미지를 분석하고, '바리데기' 전통 설화를 바탕에 둔 영성적 접근이라는 이 종합적인 접근 방법과 절차는 궁극적으로 강은교 시인의 독자적인 시를 한국 근대 문학사의 전개와 더불어 살펴보는 의의를 갖는다. 나아가 한국 시인이 이루어놓은 주체적인 미적 사유와 현실에 대한 자기 인식의 과정을 검증하는 것은 보편적 세계관 속에서 한국 문화의 위상을 확인하고 새롭게 발현시키는 덕목이 될 것이다.

이러한 연구 목적을 수행하기 위해 그동안 쌓여진 강은교 시에 대한 단

---

5) 물론 여성학자들이 중심이 된 한국 페미니즘 담론에서 강은교 시에 나타난 여성성이 깊이 논의된 바 있지만, 페미니즘에 편중된 감이 없지 않았다. 박경혜, 「강은교 시의 자궁 이미지」, 『한국페미니즘의 시학』, 동화서적, 1996, 276-317쪽 참조.

편적 비평과 연구 성과를 종합하고, 전체 작품의 흐름과 변화 과정을 체계적으로 정리하여 강은교 시세계의 의미망을 밝힐 것이다. 이러한 연구는 근대시문학사에서 세계의 보편적 진리를 향한 한국 근대문학과 사상의 한 지평을 이해하는 길이 될 것이다.

2. 함께 걸어온 길

현재까지 강은교 시에 대한 연구로는 많은 비평문과 연구 논문이 있지만 아직 심도 있게 종합적으로 전개되지 못한 한계를 지닌다. 그의 시가 이루어놓은 시세계는 실존적 허무의식을 바탕으로 여성 시인으로서의 지성적 관념의 세계를 구축하였다는 한국 근대문학사적 뚜렷한 위상과 더불어 그가 독자적으로 구축한 참신한 시의 이미지는 연구자들의 새로운 관심을 집중시키기에 충분한 높은 수준의 미적 가치를 이루어 놓았다. 나아가 그의 시가 지향하고 있는 모성성을 띠고 있는 여성성의 모티브는 가부장적 현실주의에 대응하는 여성주의에 치우치지 않고 궁극적으로 생명의식과 더불어 영성을 통한 인간의 구원이라는 미래 지향의 가치와 화해를 모색하는 시의식과도 무관하지 않다. 그만큼 강은교 시인이 이루어놓은 한국 근대시인으로서의 족적은 새로운 연구 지평을 열어서 집중적으로 탐구하고 조명해서 종합적으로 정리할 만한 가치를 충분히 지니고 있다. 당대의 다른 여성 시인과 달리 모순과 갈등을 가로질러 탈근대를 향해 그가 추구한 전위 의식과 실험 정신은 그의 시를 좀더 다양하고 깊은 층위에서 투시해야 하는 필요성을 갖게 한다. 그가 동서양의 고전적 문학 사상을 아울러 수용하고 있는 복합적 상징과 물의 여행이라는 모티브를 통해 자아와 세계를 융화시켜 자아와 세계의 쇄신을 궁극적 목적으로 삼

는 그의 시세계는 전통적인 안목과 더불어 미래를 향한 가치를 열기 위한
관점에서 깊이 조명해볼 가치가 있다.

강은교 시에 대한 그동안의 연구의 유형은 몇 가지로 나누어 볼 수 있다.

첫째로 강은교 시의 허무의식과 실존의식에 대한 논의다. 그동안 강은
교의 시에 대한 연구는 주로 허무의식과 존재탐구에 대한 연구에 초점을
맞추어져 왔다. 그의 허무의식이 선험적이냐, 체험적이냐 하는 논의와 허
무의식의 변모양상 그리고 이미지 분석을 통한 허무의식의 실체를 드러
내는 논의를 중심으로 진행되었다.

김병익은 강은교를 1971년 첫시집 『허무집』과 1974년 시선집 『풀잎』
이 나오면서 1970년대 한국시의 새로운 전망을 제시한 시인으로 평가했
다. 그는 강은교에게 있어 가장 주목할 것은 허무를 말하고 있다는 것이
라고 보았다. 그는 강은교의 허무는 삶과 더불어 얻어진 것이 아니라 삶
이전에 정련시켜 추출해 낸 것이며, 윤회의 비극적인 세계관이 이루어 놓
은 결과적인 사상이 아니라 구상적이고 일상적인 모든 것을 대담하게 사
상(捨象)시켰을 때 남는 절정의 감수성이라고 분석했다.[6] 그리고 그는 강
은교의 허무는 다분히 사변적이고 선험을 통해 직관 또는 예감하는 것이
라고 말하면서, 강은교는 절정의 순간에 얻은 예감을 삶의 보편적인 양식
으로 확대시켰다고 평가했다. 그리고 그는 여성 시인들에게 으레 부여되
는 '여류'라는 한정사를 적극적으로 배제하고 있다. 그는 강은교가 그동
안 폄훼된 '여류 시인'의 한계를 탈피하여 하나의 시인, 그것도 탁월한 시
인으로 자신의 위치를 확립하고 있음을 말한다.

그러나 이러한 견해와는 달리 김재홍은 그의 시에 반영된 허무의식은
시인 자신의 극심한 병고의 체험과 1970년대의 어두운 정치적 상황에서

---

6) 김병익, 「허무의 선험과 체험」, 『풀잎』 해설, 민음사, 1974.

본격화된, 세계관 자체의 비극성과 현실적인 모순상과 부조리에 대한 비판정신을 제시하고 있는 부정적 현실인식 또는 비극적 세계관을 바탕으로 한 시의식7)으로 해석하기도 했다.

송희복은 강은교의 허무는 선험적이라기보다는 체험적이며, 관념적이라기보다는 직관적인 것으로 정의를 내렸다.8) 그리고 그는 강은교가 허무 그 자체의 실제 속에서 존재와 죽음의 깊은 의미를 탐색하는 데 안주하지 않고 허무를 허무로써 초극하는, 즉 허무를 하나의 육화된 영혼의 구원으로 재인식할 수 없느냐 하는 적극적인 통찰을 보여준 시인이라고 평가했다.

이선영은 강은교의 초기시에서 보여준 거대한 초자연적 질서나 원리에 대한 관심, 죽음에 관한 이미지가 『빈자일기(貧者日記)』에 이르러 감소되면서 하찮은 존재와 공동체 문제에 주목하고 민중 주체의 역사 발전에 대한 의지와 열정을 부각시켰다고 논했다.9) 그러나 그는 강은교가 민중의 고통, 막막한 삶을 구체적 현실이나 역사에 대한 인식으로서보다 존재론적인 탐구로서 접근하고 있다고 평가하였다.

이영섭은 기존의 연구가 강은교의 허무를 추상적 관념의 산물로만 보는 발생론적 문제점을 지적하면서, 시인의 복합적인 시의식을 시인의 생리적 자질과 시인이 처한 물질적 환경에 대한 즉자적 반응으로 해석했다고 비판했다.10) 그는 강은교의 시적 특징은 여전히 초기시부터 모색한 존재에 대한 보다 근원적 접근에 근거하고 있으며, 민중주체의 역사 발전에 전적으로 기울어져 있지 않음을 아울러 밝혀주는 것이기도 하다고 말한

---

7) 김재홍, 「無의 불꽃」, 『우리가 물이 되어』 해설, 문학사상사, 1986.
8) 송희복, 「허무와 신생, 그 아득한 틈새, 혹은 여성성의 깊이」, 『현대시』 7월호, 1995.
9) 이선영, 「꿈과 현실의 변증법」, 『벽속의 편지』 발문, 창작과비평사, 1992.
10) 이영섭, 「강은교 시 연구-허무와 고독의 숨길」, 『경원대학교 논문집』 16집, 1997.

다. 그는 오히려 강은교의 시세계를 생명감의 구현을 통한 존재의 본질적인 관계의 추구로 규명하고 있다.

박찬일은 강은교가 죽음에 대한 응시, 죽음에 대한 예감, 죽음에 대한 떨림을 소극적 허무주의로 명명했고 죽음과 삶에 대해 전면적으로 긍정하는 태도를 적극적 허무주의의 태도라고 부른다. 그는 강은교가 『풀잎』에서의 허무의식을 죽음에 대한 예감으로 가득한, 따라서 죽음 그 자체를 노래한 소극적 의미의 허무주의에서, 최근의 시집 『등불 하나가 걸어오네』에서 죽음을 능동적으로 받아들이는 적극적 허무주의로 발전했다고 논하면서 허무의식의 변모양상을 밝혔다.11)

정영자는 강은교의 시는 허무와 어둠을 바탕으로 하는 주술적인 것으로 나타났지만, 그의 허무는 바른 세상살이의 한 장치였다고 해석하였다.12) 그는 강은교의 허무는 감정에 치우치지 않는 세상보기의 객관성과 평정성으로 공동체 삶의 진실에 뿌리내리고 있다고 보았으며, 생명과 사랑에 도전하는 치열한 세상살기의 한 방편이었다고 해석하였다. 그리고 그는 강은교의 이러한 화합과 사랑은 죽음 이미지와 어둠의 인식으로 출발하여 작고 보잘 것 없는 것에 보내는 관심과 사랑에 몰두했고, 마침내 개인적 내면적 성찰은 사회와 역사인식으로 심화되고 확산되면서 공동체적 연대감으로 승화된다고 말한다.

둘째로 여성성의 측면에서 바라본 논의이다.

이혜원은 강은교의 시가 허무의 탐구라는 강렬한 주제에서 삶의 시로 전환한 후에도 80년대 민중시의 격렬한 노도에 휩쓸리지 않고 생명력을 유지할 수 있었던 것은 특유의 여성성을 존재론적으로 담지하였기 때문

---

11) 박찬일, 「소극적 허무주의에서 적극적 허무주의로」, 유성호 편, 『강은교의 시세계』, 천년의 시작, 2005.
12) 정영자, 「강은교의 시세계」, 『한국여성시인 연구』, 평민사, 1996.

이라고 하였다. 그는 바리데기의 오랜 노래가 온갖 억울한 혼령과 서러운 자들을 위로했던 것처럼 강은교의 시는 죽음의 심연과 생명의 신비를 탐색하고 소외된 이웃의 음성을 대변해 왔으며 본연의 생명과 진실에 대한 강한 믿음이 그녀의 시를 지속시킨 원동력이라고 평가하였다.13) 그는 이처럼 고난과 상처를 생성의 힘으로 전환시키는 유연하면서도 끈질긴 여성성의 저력을 증명하는 강은교의 시는 한국의 근대시사에서 여성시의 새로운 영역을 개척해 왔다고 보았다.

김수이는 강은교의 시집들은 역사의 타자들인 '그 여자'(바리데기)의 말을 채록한 일종의 구술집(口述集)이라 말한다. 강은교의 시에서 타자와 세계의 고통을 치유하려는 바리데기의 소망은 한결같이 유지되었다고 언급하면서 여성성과 주술성에 대해 논하였다.14) 김수이는 강은교 시의 여성성 논의의 출발점을 '역사의 타자들'로 삼고, '살과 뼈와 피로 떠도는' 그 여자의 정체성을 신화적 세계의 인물인 바리데기로 규정하면서 시작하고 있다. 그는 강은교가 바리데기를 시적 주체로 설정하며 가부장제 사회의 실체를 환기하고 있다고 파악한다. 또한 억압된 여성의 말을 통해 죽음과 허무로 가득 찬 세계와 고통 받는 타자를 구원하려는 의식을 강은교 여성성의 실체로 보았다.

김혜련은 강은교의 시는 버려지는 여자인 바리데기와 그녀에게 독을 안기는 아버지를 통해 불안한 실존으로 죽음 같은 삶에 놓인 여성의 세계 인식을 보여준다고 해석했다. 그리고 그는 강은교가 바리데기를 통해 낙원적 유토피아적 여성성이 아닌, 변방의 삶에 대한 강력한 거부와 자립적 정체성을 추구하려는 능동적인 여성의 모습을 추구한다고 평했다.

---

13) 이혜원, 「생명을 희구하는 바리데기의 노래」, 유성호 편, 위의 책.
14) 김수이, 「'그 여자'의 오래된 말들」, 유성호 편, 위의 책.

송희복은 강은교의 시가 숱한 무속적 심상을 거느리고 있다는 점에서 서구적 합리주의를 거부하는 새로운 세계 질서로의 탈근대성을 지니고 있다고 평가한다. 그는 강은교가 즐겨 수용한 무속적 심상은 특히 신화적 세계에 깃들어져 그 자신 특유의 여성성을 지니고 있다고 평했다.15) 또 강은교는 초기 때부터 시적 성모상(聖母象)을 그려 나아갔고 그에 의해 최초로 그려진 성모상은 바리데기로 이름되는 여성신으로서의 소위 무조신(巫祖神)이라고 파악하였다.

위의 선행 연구처럼 강은교 시에 나타나는 서사적 여성성은 '바리데기'라는 설화 인물에 집중되어 있다고 말해도 과언은 아니다. 그만큼 '바리데기'는 강은교의 시에서 나타나는 허무 의식과 더불어 전통 설화에 근거해 그의 실존적 여성 의식을 드러내는 가장 중요한 여성 서사의 인물이다. 더욱이 이 책의 주제와 밀접한 '실존적 영성'을 구현하는 서사적 화자의 주인공이기도 하다. 따라서 바리데기 서사시는 따로 장을 구분하여 영성 구원의 바리데기 순례 도정을 구체적으로 살필 것이다.

셋째로는 시의 변모 과정에 대한 논의이다.

유성호는 강은교의 초기시를 허무와 고독 또는 종교적 상상력이 깊이 침윤된 존재탐구의 세계로 인식하면서, 개인과 역사, 사회와 실존 사이의 관계 양상으로 폭을 넓히다가 근자에는 사랑과 소통의 문제에 관심을 보인다고 보았다.16) 그는 강은교의 초기시를 허무와 생명 의식을 통해 삶의 근원적 존재 원리를 탐색하고 있다고 보고 작고 하찮은 사물들에 대한 애정과 관심을 가지고 있다고 파악했다. 그는 시인이 1980년대를 지나면서 죽음에 관한 이미지를 깊이 있게 천착하다가, 병을 앓고 난 후부터 개인

---

15) 송희복, 「강은교의 시세계와 여성생태주의」, 유성호 편, 위의 책.
16) 유성호, 「고독과 사랑, '순례자'의 꿈과 언어」, 유성호 편, 위의 책.

과 사회의 균형과 평화적 공존이 균열됨으로써 빚어지는 비인간화의 문제를 시의 주제로 삼게 된다고 논했다.

이선영은 강은교의 시세계에 대하여, 『풀잎』의 시편에서는 거대한 초자연의 질서나 원리에 대한 관심, 혹은 죽음에 관해 이야기하고, 『빈자일지』에서는 하찮은 존재와 공동체 문제에 대해서 주목하여 민중의 고통스럽고 막막한 삶을 구체적 현실이나 역사에 대한 인식으로서 보다 존재론적 탐구로 접근한다고 평했다. 그리고 『소리집』에 와서야 민중주체의 역사발전에 대한 의지와 열정이 부각되면서 현실에 대한 날카로운 비판과 그 현실에서의 사랑의 실현으로 발전되어간다고 보았다.[17]

엄경희는 강은교의 시 세계가 크게 세 번의 변화를 통해서 다양한 시적 내용과 형상화 원리를 드러내고 있다고 지적하였다.[18] 그리고 그는 강은교의 시 세계가 허무와 죽음에 대한 관념적 성찰을 감행하든 부조리한 현실을 넘어서고자 하는 참여의지를 열정적 목소리로 구사하든, 혹은 일상 속에 잠복되어 있는 모순을 고통으로 인식하든 그 기저에는 생을 따뜻함으로 품고자 하는 사랑을 일관성 있게 간직하고 있음을 고찰할 수 있다고 평가했다.

구명숙은 강은교가 미적 형상화 방법으로 이미지를 선택하였다고 말하면서 이미지 분석을 통해, 그의 시 세계가 죽음과 소멸의 이미지를 통해 허무의식을 드러낸 초기시에서 소생의 이미지로 생명과 공동체의식을 드러내는 방향으로 변모했다고 보았다.[19] 그는 강은교의 시 세계는 초기의 허무의식에서 출발하여 허무를 극복하고, 점차 생명과 삶에 대해 긍정적인 인식으로 나아가, 살아 있는 생명에 감사하며, 현실의 어둠을 밝음으로

---

17) 이선영, 위의 글, 1992.
18) 엄경희, 「벽 속을 비추는 세 개의 등불」, 유성호 편, 앞의 책.
19) 구명숙, 「강은교 시세계의 변모 양상」, 『새국어교육』 65, 한국국어교육학회, 2003.

이끌고자 하는 경향으로 변모해가고 있음을 이미지 분석을 통해 밝혔다.

선행 연구의 변모 과정 연구는 실존적 측면과 여성적 측면이 동시에 균형을 이루고 있는 강은교 시세계의 특징을 간과하는 문제점을 남겨 놓았다. 알레고리적 상황 속에서 나타나는 알레고리 담론이 보편적 상징의 문맥에서 완전히 일탈되어 일회적인 역사적 사건으로 규정되거나 판명되는 것은 깊이 있는 시의 흐름과는 동떨어진 진술이 된다. 강은교의 시는 영성의 구체적 하강의 상황과 상승의 꿈을 환기시키는 실존적 영성의 의미망을 구축하는 특징을 지니고 있기 때문이다. 이러한 담론의 편중을 극복하기 위해, 바리데기 서사시와 이미지 연구를 장을 구별하여 병치시키는 것이 바람직하다고 생각했다.

넷째로 이미지에 대한 연구를 들 수 있다.

진형준은 강은교의 시가 허무 자체에 대한 철저한 인식으로부터 출발하기 때문에 어느 정도 비현실적이지만 그 비현실을 꿈꾸는 주체는 현실적인 존재인 인간으로 당연히 그런 공간을 가질 수 있으며, 그의 시는 공포, 허무감 등을 단순하게 드러내는 이미지들이 아니라 그것을 극복하려는 시적 순례자로서 구도의 몸짓이라고 평가했다.[20] 그리고 그는 시인의 이러한 허무의 인식을 근원적인 것으로 평가하면서 시인의 상상력과 이미지를 분석하는 새로운 성과를 보여 주었다.

나희덕은 강은교의 초기시를 물과 불의 이미지를 중심으로 논의를 전개하였는데 그는 '소멸과 탄생'을 향해 강한 길항과 결합을 보여주면서, 물과 불의 이미지를 죽음의 테마로써 허무를 노래하기 위한 도구라고 설명했다. 그는 강은교의 시에서 물과 불의 이미지는 대립적인 관계에 놓여 있는 것은 아니라 서로 연결되어 있으며 때로는 상호보완적이라고 지적

---

20) 진형준, 「무덤의 상상력에서 뿌리의 상상력으로」, 『순례자의 꿈』 해설, 나남, 1991.

하고, '물'과 '불'은 존재의 재생 또는 탄생에 있어 불가분의 관계를 가지고 있다고 보았다.[21] 그는 『허무집』이라는 시집 제목 때문인지 강은교는 종종 '허무의 시인'으로 불리곤 했지만 물과 불을 통한 역동적 생명력을 통해 시인이 찾아낸 것은 '허무' 자체가 아니라 허무를 딛고 부단히 나아가려는 정신의 '운동'이었고 허무를 극복하기 위해서는 허무에 대해 좀더 철저한 천착이 필요했던 것이라고 말한다.

김경복은 강은교에 있어서의 특권적 상상력의 물질이 '물'이라는 점, 더 정확히 말해서 '어두운 물'이라는 점을 들었다. 끝없이 하강하며 죽음의 실체를 드러내는 물이 그의 시에서 허무 의식을 반영한다고 보았으며, 허무를 단지 시 속에 드러나는 현상만으로 보지 않고 그 현상 이면에 숨어 있는 상상의 동력을 따라가고자 물의 이미지 분석에 주안점을 두었다. 그는 강은교 시의 물이 가지는 하강성을, 즉 '추락성'을 편의상 두 공간으로 나누어보고 하나는 허공에서 지상으로 떨어지는 공간, 또 하나는 땅에서 지하로 침하하는 공간으로 나누었다.[22] 또 강은교 시의 앞부분에는 어둔 물의 이미지가, 뒷부분에 갈수록 밝은 물의 이미지들이 나타나고 있다고 밝혔다. 그것을 강은교가 삶의 그 어찌할 수 없음과 화해하고 난 뒤에 세상을 새로이 보려는 의식에서 기인한다고 규명하고 있다.

정나미는 바슐라르의 이미지와 상상력 이론에 입각하여 강은교의 초기 시를 이미지 중심으로 살펴보고자 했다. 그 결과 물, 불, 공기, 흙의 물질적 이미지들을, 상충되기보다는 협력·보완에 의해 다양한 상상력과 시의식으로 연결시키고 있다고 언급한다. 그리고 그는 물, 불, 공기, 흙의 해체되고 파편화된 물질 이미지들이 이끄는 생생함에 힘입어 강은교 시인의

---

21) 나희덕, 「물과 불, 그리고 탄생」, 유성호 편, 앞의 책.
22) 김경복, 「강은교 초기 시에 나타난 물의 이미지」, 유성호 편, 위의 책.

초기시는 '허무'로 귀결되는 동시에 다른 한편 '생명'으로 이어져 있으며, 여성으로서의 인식을 담고 있는 동시에 여성을 넘어서 삶의 보편성을 추구하고 있다고 평가한다.

이미지 연구에 대한 선행 연구는 상당히 심도 있게 이루어져 왔다고 본다. 시인의 상상력과 이미지를 연결시킨 연구는 허무의 근원과 상상력이 발휘하는 이미지의 힘을 균형 있게 바라봐야 하는 점을 강조함으로써 허무 이면에서 시인이 추구한 이미지의 가치를 의미 있게 바라보는 계기를 마련했다. 사물 이미지에 대한 천착으로서 '물'과 '불'의 이미지가 대립적인 관계가 아니라 상호보완적 관계에 놓여 있다는 관점도 필자의 논의를 펼치는 데 좋은 뒷받침이 되었다. 이분법적으로 사물을 분석할 때, 판단이 앞서 시세계의 폭을 함부로 재단해버리는 오류를 경계하는 좋은 교훈을 주었다. 물의 이미지 현상과 변화 과정에 대한 천착도 필자의 논의 전개가 강은교 이미지에 대한 복합적이고 종합적인 정리인 만큼 상당한 도움이 되었다. 그러나 '어둠'이나 '하강'을 필요 이상 강조한 것은 논의의 균형과 방향성이 흐려진 감을 감출 수 없다고 본다. 초기시에 집중되어 있는 이미지의 다양성과 허무 및 생명의식과의 관련성은 주지하다시피 강은교 시에 대한 보편화된 관점이기 때문에 새로운 담론이라고 할 수는 없다.

따라서 필자는 위와 같은 선행 연구의 심도 있는 성과를 참조하고 단편적인 점을 보완하는 차원에서 이미지에 대한 연구를 초기와 후기로 나누어서 분석하고자 한다. 분석 과정에서 초기시 이미지의 주된 흐름과 후기시 이미지로 이행되는 이미지의 공통점과 변화의 과정이 자연스럽게 규명될 것이다. 전기 이미지 분석에는 하강 이미지의 전개 근거인 '알레고리'의 측면에 비중을 두고 조명하면서 어두운 상황에 대응하는 강은교 시인의 실존적 자기 인식의 태도와 여성 의식의 발견을 밝히고, 후기 이미지 분석에서는 가부장적 현실의 대결적 상황에서 시인이 보편적 진실을 추구하고자 하는 숭고한 가치의 표상으로서 이미지의 영성적 사물성을 지향하는 흐름을 밝힐 것이다. 이러한 이미지 분석은 강은교 시의 실존의식과 영성의식을 균형 있게 이해하는데 구체적인 길잡이가 될 수 있기 때문이다.

3. 미적 탐구

문학연구 방법은 문학 연구의 목적을 효율적으로 수행하기 위한 절차와 과정이다. 강은교 시인의 시를 연구하는 목적은 강은교 시인이 한국의 근대시사에서 자리하고 있는 뚜렷한 문학사적 위상과 그가 이루어 놓은 시의 미적 가치를 밝히기 위함에 있다. 이러한 연구 목적을 달성하기 위하여 먼저 그의 삶에 대한 인식을 살펴보고, 그러한 인식이 어떠한 관점과 방법으로 시에서 미적으로 표현되었는가를 분석하는 것이 효과적이다.

텍스트의 발생론적 토대를 살피기 위해 이 책에서는 먼저 역사·전기적인 접근 방법을 사용함으로써 강은교의 생애와 함께 그가 살았던 다양한 굴절의 시대와 삶에 대한 그의 독특한 대응 방법을 살펴보고자 한다. 강은교의 생애를 자세히 살펴보면서 그의 삶을 통해 세계관과 시의식의 형성 과정을 정리하고자 한다. 시인의 유년기와 아버지의 그림자, 학생 시절에 받은 국내외 문학 영향, 시인 자신의 극심한 병고 체험과 신앙적 발견 또는 외부 환경이 시인의 의식 형성에 큰 영향을 끼치기 때문이다. 이러한 외부적 영향과 연계하여 강은교의 세계인식과 시에 대한 내면의식의 흐름을 살피면서 작품에 대한 종합적 분석 고찰에 유의하였다.

강은교 시인은 허무의 시인 혹은 여성의식이 뚜렷한 지성적인 시인으로 한국 근대시문학사에서 높이 평가받고 있다. 강은교의 시를 연구하는 경우 그의 시의식을 집중적으로 연구하는 것은 매우 중요한 의미를 지닌다. 시적 주체로서 시의식은 시인이 주체적으로 그리고자 하는 상상력의 궤적을 살피는 것뿐 아니라 시의 창조적 생성 과정을 내면 의식의 흐름과 언어의 결합 현상 속에서 투시할 수 있는 보다 본질적인 시적 통찰에 접근하는 길이기 때문이다. 그리고 이러한 시의식에 대한 성찰은 근대 문화가 전개되는 상황에서 한국여성의 내면 의식이 새롭게 형성되는 심화 과정을 살펴볼 수 있는 중요한 관건이 되기도 한다. 따라서 그의 시 연구를 위해서는 그의 시의식이 무엇을 지향하고 있는가를 파악하는 것이 중요하다. 그의 허무의식과 여성의식은 개인적인 그의 내면적 기질과 관계가 깊으며, 또한 내면적 의식의 형성은 사회구성원으로서 그가 겪은 삶의 현실과 닿아 있으며, 나아가 그가 지향했던 뚜렷한 문학적 이념이나 세계관과 관계가 깊다.

강은교의 시에 나타난 허무의식은 그가 학생시절 주로 심취되어 있던 독서경험과 외국 문호들의 영향과도 깊은 관련이 있다. 시인은 학생 시절 주로 니체, 하이데거, 릴케, 딜런 토마스, 제임스 조이스, 카프카, 포크너 등 외국의 진보적인 문호들에게 심취돼 있었다. 시인은 서구문학가 이외에 전후 한국의 60년대와 70년대 시단에 활동하는 시인에게도 영향을 많이 받았다. 그 가운데 강은교가 뚜렷이 영향을 받은 대표적인 시인은 한국 근대시인으로 지성을 통해 사물에 대한 깊은 존재론적 인식을 보여준 김수영과, 존재에 대한 미시적인 감수성과 자기 인식을 보여준 김춘수로 대표된다고 할 수 있다.

주지하다시피 강은교는 개인적인 질병으로 고통을 받았고, 지적인 여성으로서 사회적, 문화적 억압과 소외를 절감한 시인이었다. 그가 시를 쓰게 된 배경은 1960년대의 정치적 상황과 무관하지 않다. 4 · 19 이후 그가 대학 생활을 보냈던 시기까지 근 10년 동안은 민주주의에 각성된 시민들의 자유 의지와 민주화를 위한 시위는 더욱 가열되었고, 국가가 독점한 산업화의 촉진으로 인한 부작용으로 사회 각 계층의 갈등과 소외를 실감케 하는 어두운 시대 상황이 연출되고 있었다. 그가 처음 시집을 낸 1970년대 초반도 한국의 정치사회 현실이 여러 측면에서 삶의 자유를 억압한 시기였다. 그는 이러한 사회적 억압과 인습적으로 억압된 여성의 근원적 소외 문제를 실존의식과 여성의식이라는 내면 의식을 통해 새로운 삶의 자유를 추구하였다는 점에서 재래적인 여성 시인과 뚜렷이 구별된다. 이러한 의미에서 그의 허무의식을 재래의 여성 시인과 달리 허무주의로 침잠되는 감상적이고 절망적인 허무로 치부하기보다 좀 더 근본적인 허무의 자리에서 여성으로서 보편적 삶과 죽음의 문제를 성찰하고자 하는 지적 탐구의 일환으로 인식해야 한다. 부정적인 삶의 현실에서 참다운 삶의 가치인 실존을 회복하기 위한 그의 의식은 어두운 삶에 대한 대자적 태도와 내면적 성찰을 시창작의 기저로 삼아 끊임없이 소외된 삶의 어두운 이미지를 구현하면서 강고한 억압의 현실과 대결하여 그 어둠을 극복하고자 했다.

그의 비판적 허무의식은 이렇게 현실에 대한 부정의식을 매개로 한국의 현실 속에서 소외된 사물과 소외된 여성을 접맥시켜 시의 새로운 지평을 열어놓았다. 강은교는 이른바 '하찮은' 사물에 대한 사회적 관심과 근본적인 삶의 화해와 구원을 위해 생명의 존엄성과 자유 의지에 대한 관심을 갖고 자연스럽게 생태여성 의식을 전개시켰다. 이렇게 실존의식과 결합된 생태 여성의식은 그의 작품에 일관되게 반영되고 있다.

나아가 그의 시의식의 정체성을 구체적으로 파악하기 위해서는 형식주의와 분석주의적 비평 방법을 적절히 수용하고자 한다. 따라서 그의 시어에 나타난 비유와 이미지 및 상징에 대한 언어 분석은 필수적이다. 이미지 분석은 강은교의 시가 지니고 있는 미적 특징을 구체적으로 밝히는 데 그치지 않고 그의 시가 도달하고 있는 존재론적 의미로서 알레고리와 상징의 깊이로 다가서는 중요한 관문이기 때문이다.

따라서 제2장 '강은교의 시의식'에서는 그의 시에 나타나는 시의식의 양상을 네 부분으로 구분하고 이를 구체적인 이미지 분석을 통해 고찰해 보고자 한다.

강은교 시인이 추구하는 실존의식과 여성의식은 궁극적으로 한국의 근대시사의 성과 위에서 재조명될 때 그의 시가 점유하고 있는 문학사적 위상과 가치를 올바로 밝혀 볼 수 있다. 그는 이런 시의식을 표현하기 위하여 이미지를 통해서 허무라는 인간 보편의 실존적 상태를 육화시킨다. 그는 이질적인 이미지들을 통합함으로써 자신의 관념적 세계를 추상이 아니라 구체적인 정서로 물들인다. 이를 위해서는 한국의 근대시가 이루어 놓은 문맥을 염두에 두고 그가 이루어 놓은 그의 독특한 시의식을 규명하여야 되고 그의 시작품에 대한 구체적인 이미지 분석의 작업이 복합적으로 이루어지는 것이 바람직한 연구방법이라고 생각한다. 물론 이 연구에서는 강은교 시 세계를 전체적으로 검토하려는 맥락에서 어떤 특정한 하나의 방법론을 내세우기보다 경우에 따라 원형비평이나 심리학적 분석 등 몇 가지의 연구방법론을 복합적으로 활용하고자 한다.

강은교 시의 이미지에 대한 기존의 연구에서는 그의 시에 나타나는 중심이미지인 '물'을 직관적인 단정 아래 '물'의 이미지와 '허무' 사이의 상관관계를 밝히는 데에 치우쳐 있다. 그 외에도 그의 시에서는 물과 불 이외에도 바람, 모래, 피, 살, 뼈, 꽃, 풀잎 등 원소에 가까운 물질이미지가 빈번히 등장하며 여러 가지 함축적이고 다층적 의미를 보여준다. 그의 시의 큰 특색의 하나는 대부분의 시어들이 고유명사가 아닌 보통명사의 범주에서 채택되고 있다는 점이다.23) 살, 뼈, 피, 어둠, 하늘, 바람, 강물, 바다 등 강은교 시의 중요한 이미지와 상징들은 거의 다 일반어의 형태로 나타나 있다. 평이하고 보편적인 보통명사가 비유와 상징으로 활용될 때 의미의 폭은 오히려 더 커지며, 읽는 이에게도 쉽게 뜻이 파악된다. 특히 '물'의 이미지는 강은교 시 속에서 빈번하게 등장하는데, 같은 물의 이미지라도 시에 따라 다양한 모습을 드러내고 있다. 즉, 그의 시에 나타나는 이미지는 하나로 고정되어 있지 않다. 존재의 생성과 결합, 소멸과 탄생 등 물의 복합적이고 중층적 이미지는 그의 초기 시 속에서 물 그 자체의 근원적 모습으로, 혹은 물의 성격을 지닌 다른 모습으로 변주되어 나타나기도 한다.

따라서 강은교의 시 전체적 상상력을 구명하고 시 의식을 고찰하기 위해서 다양하게 나타나는 이미지들을 일원적 환원과 편향이 아닌 통합적이고 입체적인 시각에서 살펴보고자 한다. 제4장에서는 시인의 어떤 이미지들이 다른 방법으로 변주되는 물질이미지의 양상이나, 특성과 지향점을 보다 구체적으로 구명할 것이다. 주로 '죽음과 소외를 가로지르는 실존적 이미지'와 '내적 치유와 영성 회복의 이미지'라는 두 양상으로 나누어 고찰해 보고자 한다.

80년대에 이르러서 강은교는 이전 시기의 작품들이 집중했던 죽음의 비극성을 그의 내면으로부터 외부로 확장시켜서 구체적 현실의 비극으로 만들고 있다. 그럼에도 불구하고 그 현실의 끈질긴 힘을 통해, 현실의 힘들이 되어 삶을 다시 살려내는 과정의 배경을 만들고 있다. 하찮고 보잘 것 없는 존재들에 대한 참된 모습을 발견하여 빛과 밝음의 삶을 열기 위해서 시인은 스스로 낮아지는 자세를 성실히 지키고 수행해 왔다. 90년대에 이르러 강은교는 다시 한 번 시세계의 변화를 꾀한다. 그의 시는 고유

---

23) 김수이, 앞의 글, 71쪽.

한 우주적 감성과 세계인식을 일상에 대한 관조와 삶의 생생한 이야기로 수렴시켜 좀 더 사실적인 존재인식에 다가서고 있다.

그리고 강은교의 바리데기[24] 여정은 30년의 세월 동안 변함없이 계속되고 있는 일관된 주제이다. 초기에 그는 허무주의에 침잠하기도 하고, 역사와 민중에 깊이 개입하기도 하였으며, 관념세계에 사로잡히기도 하였고, 일상의 세계에 나서서 현실의 세부를 들여다보기도 하였다. 그러나 그가 일관되게 추구해온 모성성과 여성성의 존재성 회복과 구원의 주제인 바리데기의 소망, 즉 '구원과 치유의 꿈'은 한결같이 세상과 초월의 세계를 가로지르는 여성의 영혼을 담은 시의 목소리와 장을 유지해 왔다.

제5장에서는 바리데기를 주제로 한 전기 시 5편과 후기 시 6편을 집중적으로 검토함으로써 강은교 시인이 그의 시에서 바리데기 서사를 차용한 담론의 진정성을 파악하고자 한다. 전기 시에서 후기 시에 이를수록 바리데기 시는 허무의식보다는 허무의 심연을 가로질러 영성 도정에 대한 서정에 더 초점이 맞추어진 것이 선명히 드러남을 알 수 있다. 전통설화에서 차용한 바리데기 인물의 초월적 영성은 그의 시가 지향하는 탈근대성이 실존적 허무주의에 매몰된 것이 아니라 여성의 주체성 회복과 실존적 영성의 구원 차원에서 전개되고 있음을 확인해 준다. 이러한 접근은 당시의 다소 경박한 모더니즘 시가 보여주었던 현학적이고 생경한 수사적 빈사와 궤를 달리하는 참신하고 탁월한 발상으로 평가할 수 있다.

강은교 시인이 이루어낸 성과는 전통적인 한을 현대적인 방법으로 풀어냄과 동시에, 그 전통적인 한을 안고 살아간 여성들의 삶의 가치를 높이 평가함으로써 여성 주체로서의 문화적 가치를 재생산해 내었다. 여성

---

24) '바리데기'와 '비리데기'는 똑같은 설화의 의미이기 때문에 강은교 시인의 시 본문에 나타나는 '비리데기'는 예외로 하고, 아래는 다 '바리데기'로 통일해서 쓴다.

성을 재창조하여 탈근대적 문화 가치를 재조명한 바리데기 서사를 통해 여성성의 서정을 새로운 차원으로 형상화한 그의 시는 한국근대시사에서 매우 중요한 문학사적 의미를 갖는다 하겠다.

결론적으로 강은교는 기존 여류 시인의 한계점을 넘어서서 인간 소외와 회복, 삶의 화해와 구원이라는 존재 보편의 문제를 지성적으로 응시하고 있다. 그는 동시에 소외된 타자로서의 삶을 부인하고 삶의 주체를 세우려는 여성 특유의 세계 인식을 남성 시인과는 다른 층위에서 바라보고 있으며, 그것은 궁극적으로 생명에 대한 재생과 치유라는 모성적 구원의 인식에 닿아 있다.

이 책에서 선정한 텍스트로는 그동안 발간된 강은교의 시집, 그 중에 1971-2000년에 발간된 총 9권25)을 대상으로 삼아 그의 시세계에 대한 이해를 꾀하고자 했다.

---

25) 시집 9권은 다음과 같다.
　　『허무집』, 칠십년대 동인회, 1971.
　　『풀잎』, 민음사, 1974.
　　『빈자일기』, 민음사, 1977.
　　『소리집』, 창작과비평사, 1982.
　　『붉은강』, 풀빛, 1984.
　　『오늘도 너를 기다린다』, 실천문학사, 1989.
　　『벽 속의 편지』, 창작과비평사, 1992.
　　『어느 별에서의 하루』, 창작과비평사, 1996.
　　『등불 하나가 걸어오네』, 문학동네, 1999.

제2장

예비적 고찰

1. 강은교 문학의 기저

강은교 시인은 1968년 『사상계』의 신인상으로 등단했다. 그는 그 후 2,3년간 집중적으로 시를 써서 첫 시집을 발간하였다. 시집의 제목이 『허무집』이었기 때문에 많은 사람들이 그를 가리켜 '허무'의 시인으로 명명하기도 했다. 그의 초기 시집의 특징은 시집의 제목이 시사하고 있는 것처럼 추상적이고 관념적인 죽음의 이미지들과 그것이 불러일으키는 허무의 이미지들이 가득 차 있다. 지금까지 한국의 여성 시인이 쓴 시집의 제재와는 다른 시의식의 면이나 형상화 수준에서 뚜렷한 차이성을 띠고 있는 이 시집에서 강은교 시인은 자기 고유의 원초적 물질이미지와, 무가나 판소리의 운율과 독특한 상상력으로 인해 기존 시단에 새로운 전망을 제시했다는 평가를 받았다.

강은교의 시에서 우리가 주목하는 것은 삶의 근원적 존재론에 뿌리를 내린 그의 '허무의식'이다. 그가 죽음과 허무에 집착하게 된 이유로는, 유년시절에 아버지의 그림자, 학생시절에 심취해서 읽었던 외국 문호들의 영향과, 시인이 27살의 나이에 겪었던 뇌수술, 그리고 그해 겨울 겪은 딸아이의 죽음 등과 복합적으로 관련되어 있다. 밖으로는 당대 그가 살고있는 한국의 근대 문화와 한국전쟁으로 빚어진 중층의 소외 현실 상황이라는 외적 맥락을 지닌다고 할 수 있다.

1) 시인의 생애와 아버지의 그림자

가족 속에서 성장기를 지나온 유년의 투명한 기억은 시인이 태어난 고유의 공간이나 시간, 그리고 그와 관계된 가까운 사람들과 더불어 그의 문학적 초상화를 구성하는 중요한 요소로 작용한다. 강은교의 고향은 함경남도 홍원이다. 한국 전쟁을 치른 분단 세대들이 흔히 말하는 '이북'이다. 한국 전쟁과 분단 이후 이 이북이라는 말이 내포하고 있는 어감은 특수한 시대적 상황과 더불어 나타난 '실향민'이라는 소외된 인물로 그림자처럼 배치되어 있다. 강은교의 시세계를 세밀하게 들여다보기 위해서는 그가 안팎으로 겪은 중첩된 소외의 현실을 이해할 필요가 있다. 여성 시인으로서 그의 시에서 예민하게 나타나는 허무의식은 그의 생명을 근원적으로 억압하는 모든 사건과 사물들에 대한 실존적 대응으로 자리잡고 있기 때문이다.

강은교 시의식의 배경을 형성하고 있는 이러한 잠재의식을 세밀하게 이해하는 데 좋은 참조가 되는 텍스트는 그녀가 틈틈이 기록해 놓은 산문들이다. 자신의 생애와 사물에 대한 나름의 소감을 산문으로 기록한 글에서는 산문이 지닌 디테일한 성격으로 인해 그의 세계에 대한 인식과 내면세계가 상당히 진솔하게 표현되고 있다.

강은교는 1945년 12월에 함경남도 홍원에서 출생하여 100일 만에 서울로 이주하였다. 홍원은 태어나서 백일도 안 되어 떠나온 곳이지만 그의 글에서 자주 언급되고 있듯이, 고향은 주체의 정체성을 추구하는 시인에게는 실존적 체험과 사유의 '근원'으로 인식되는 시공이다.

> 나의 근원은 이곳의 어느 바다와도 비교되지 않는, 푸르고 맑은 물을 가진 한 바다, 커다란 바위, 정어리 떼들, 그리고 무섭도록 푸르게 아직도 흐르고 있을 강물 같은 것이다.
>
> 저는 유토피아로서의 바다를 늘 그리워했어요. 제 시에 바다가 많이 나오는데 그것은 제 고향인 함경남도 홍원의 동해 바다, 언젠가 보았을지도 모를 그 동해 바다의 잔영이 이미지가 되어 저의 내면을 뚫고 솟아오른 것 같기도 해요. 결국 물은 한 군데서 만나는 것 아닙니까.[1]

엄존하는 분단의 현실 속에서 결코 돌아갈 수 없는 고향에 대한 강렬한 향수와 '물'로 상징되는 원초적인 공간에 대한 시인의 상상적 구심력을 위에서 확인할 수 있다.[2] 그의 시세계는 한국인으로서 겪어야 했던 독특한 그늘의 시대와 삶의 배경이 그를 그렇게 구성해온 것처럼 전체가 마치 바다처럼 고독하면서도 품이 넓고 깊이 모를 아득한 심연[3]을 향해 열려진다. 홍원의 바다와 대비되는 한국의 남단이며, 월남 이후 시인이 살았던 부산의 바다는 그의 시, 특히 그의 후기 시에 독특한 음영이 깊이 아로새겨져 있는 원상(原象)의 이미지라 할 수 있다. 그의 독특한 성장 환경 속에 자리하고 있는 북한 홍원의 바다에 대한 유년의 기억은 부산 송도 앞 바다로 대치되어 트라우마를 넘어선다. 그의 상실감은 그늘이 짙은 눈썹처럼 그의 깊은 실존적 사유의 심연 속에서 여성 특유의 시적 회심(回心)으로 재생되면서 근원적 자아와 세계가 조응하고, 궁극적으로 화해의 지평

---

1) 강은교, 『허무 수첩』, 예전사, 1996, 20쪽.
2) 이혜원, 앞의 글, 295쪽.
3) 유성호, 앞의 글, 45쪽.

을 이루는 이미지와 상상력의 원상으로 작용하게 된다.

시인의 아버지는 이북에서 그녀의 출생 당시 38선을 넘어 서울에 가서 소식이 없었다. 태어난 지 백일밖에 되지 않은 갓난아기를 업고 그녀의 어머니는 사선을 넘어 남하한다. 태어나자마자 어머니의 등에 업혀 출생지를 떠나 타지를 헤매며 각박하게 살아온 시인에게는 그 근원의 자리에 가볼 수 없다는 실향민 의식4)이 그의 내면에 짙은 음영을 드리우고 있다. 시인 스스로 다음과 같이 고백하고 있듯이 그 어둠은 너무 일찍 찾아왔기 때문에 어릴 적 고향에 대한 기억은 고통을 억압하고 있는 의식 앞에 전혀 나타날 수 없었다.

아마 이 세상에서 가장 행복한 사람들 중의 하나는 자기가 태어난 그 첫 기항지, 그 첫 정거장에서 자라날 수 있는 사람들인지도 모른다. 그에게는 아마 가장 따스한 유년의 그림이 일생 동안 그의 뒤켠을 따라다닐 수 있을 것이다. 우리의 삶이란 것이 결국 추억의 헝겊 한 장을 끌고 가는 것이라면 그는 그런 추억의 얇은 옷깃을 아마 늘 만지며 살 수 있을 것이다.

나에게는 그런 추억의 옷깃이 그러니까 언제나 추상(抽象)으로만 있다. 또는 허구(虛構)로만 있다고 해야 할는지. 그래서 늘 뿌리 깊은 상실감(喪失感)에 젖어 있는지도 모른다.

(중략)

나는 '가호적(假戶籍)'의 삶인 것이다. 해방 후에 우리나라만의 특수 사정으로 잠시 있었던 가호적, 나의 가호적은 물론 서울이었다. 덕분에 그곳 서울은 늘 나에게는 이방(異邦)이었다. 나의 출생지에 넘실거리고 있을 그런 파도가 없는 곳, 해당화가 없는 곳.

(중략)

그래서일까, 나의 속에는 늘 파도가 치고 있고, 이제 또 하나의 바닷가

---

4) 이혜원, 앞의 글, 296쪽.

부산 송도-에서 살고 있음에도 그 '추상'의 바다의 신선한 파도는 내 속에
서 그칠 줄을 모르고 있다.[5]

태어나자마자 고향을 떠난 '뿌리가 잘린 깊은 상실감'과 '이방인'으로
서 살던 삶의 과정에서 형성된 의식은 이후에 시인의 관심이 삶에 대한
허무의식과 관계를 맺게 되는 개연성을 뒷받침한다. 유년에 대한 추억의
단절과 결핍은 오히려 그의 내면에 자리하는 적지 않은 상처의 역설적인
보호 심리 기재로 작용한 것으로 볼 수 있다.

'가호적'을 지닌 실향민으로서 '피난민', 혹은 '이방인'이라는 낯선 자
로서의 정체성을 느끼고 있는 그녀에게 한국전쟁 이후의 삶에 대한 기억
은 외부 세계의 폭력과 그로 인한 소외 의식이 내면에서 점점 확장되고
심화되는 각성의 계기로 작용한다. 근대 주체로서 현실에 대한 대응 역량
이 부족한 1950년의 한국전쟁은 유년기의 시인에게도 또 다른 시련을 가
져왔다. 다섯 살 되던 해 전쟁이 터지자 정부의 고관이었던 아버지는 아
무 소식 없이 갑자기 집을 떠나버리고 다른 가족들과 더불어 시인은 부산
으로 피난을 가게 된다. 송도의 피난민 수용소에 있을 때, 다행히 다시 아
버지를 만나 초량동의 방 한 칸으로 이사를 갔으며, 전후 피난민의 자녀
로 초량동 시절을 거치면서 그녀는 가난과 슬픔을 처절히 맛보게 된다.
서울 수복 후 그녀의 가족은 서울로 올라와 폐허 위에서 삶의 터전을 마
련해 갔다.

전후 생존사의 그늘 속에서 불가피한 사건이었지만, 가부장으로 인식되
는 아버지는 그녀가 기대고 선 굳건한 세계였다. 그러나, 그 아버지에게
버림받은 상처와 계속 아버지를 찾아다닌 비극적인 가난의 가족사는 바

---

5) 강은교, 앞의 책, 58-60쪽.

리데기의 설화로 장시를 구성할 만큼 그녀의 의식 심연 속에게 애증이 교차하면서 반드시 구원해야 하는 아버지상으로 그의 내면에 각인된다. 시인의 인생 역정은 어떤 의미에서 바리데기 공주의 운명과도 흡사하다. 여성으로서 아버지로부터 버려진 후 아버지를 찾아가는 행로는 아마도 강은교 시인이 한국의 전후 비극적인 근대사를 여성의 독특한 눈으로 바라보고 읽어내려는 실존적 여성의식과, 영성적 구원의 관점과 일치한다고 볼 수 있다. 그녀의 생애와 시는 소외 받은 주체가 스스로 심연을 묵상하고 극복하려는 의지를 알레고리적 담론으로 구상한다. 그러나 그의 시는 일대일의 역사적 알레고리에 함몰되지 않는 특징을 지니고 있기도 하다. 그는 시종일관 소외 현실과 갈등하면서도 또 다른 영성적 구원에 대한 소망을 잃지 않기 때문이다. 그의 시는 현실을 복합적 내면으로 여과하고 가로지름으로써 또 다른 지평을 열어놓으려는 시의식을 보여준다. 그는 실존적 허무와 영성적 구원이라는 입체적 프리즘을 길항하면서 궁극에는 생명의 희생을 통한 가족애 같은 사랑으로 인간의 미래를 구원하려는 화해의 담론으로 어두운 순례의 도정을 밟아 가고 있다.

> 세상 한쪽은 늘 피로 물드는
> 희망(希望)의 끝간 데를
> 거기서 일어서는 한 사람
> 내 그리운 아버지를 본다.
>
> -「황혼곡조 3번」

위에서처럼 그의 내면에서 아버지는 상처이자 희망이 중층으로 겹쳐진 그리운 이름이다. 일제 강점기에는 독립운동가로, 해방 후에는 정부 고관으로 대의와 명분을 앞세우고 살아온 아버지의 남성성과 대비되는 인고

와 희생의 모성으로 점철된 전통적인 어머니의 여성성은 그녀에게 운명
의 비애를 자각하게 한다.[6]

　중고등학교 시절, 시인은 또 다시 4·19와 5·16 두 번의 사회적 부정
과 비판 및, 폭력의 격변을 직접 체험했다. 운명적으로 해방 직후의 혼란
기에 태어나 한국전쟁을 겪고 또다시 두 번의 커다란 사회적 격변기를 거
쳤던 시인의 전율적인 의식 형성과정은 격동하는 한국의 사회 현실과 무
관할 수 없다. 60년대의 성장 세대였던 강은교 시인은 4·19에서부터 비
롯된 사회와 정치적 변혁의 현장에서 구조적으로 내재된 폭력의 긴장 관
계를 눈으로 직접 체험하게 된다. 그녀는 여기에서 인간을 억압하는 공포
에 질린 실존적 인간으로서 자신의 어두운 초상을 발견한 듯하다. 그의
폭력에 대한 두려움과 공포는 가부장적 남성의 세계에 대해서 부정의식
을 갖고 여성의식의 경향성을 보이는 사유에 깊은 영향을 주었다고 할 수
있다. 사회현실의 격변의 세례를 받고 자의식으로 충만했던 젊은 시절은
문이 잠긴 갇힌 성에서 스스로 떠나게 하였다.

　대학시절에 영문학을 통해 서양의 문화를 폭넓게 섭렵하면서, 그녀는
현실을 또 다른 낯선 측면에서 자각하고 새로운 문학적 출구를 찾아간다.
가부장적 폭력이 엄존한 시대와 현실에 대한 좌절감과 현실인식은 시인
으로 하여금 좀 더 근원적 차원에서 가부장적 세계의 폭력에 대응해야 한
다는 의식을 갖게 하고 다른 여성시인들과는 달리 여성의 주체적인 내면
의식과 자기 인식을 바탕으로 삶과 세계 현실을 바라보려는 여성성의 본
질적인 문제로 관심을 돌린다. 그의 대표작 「자전(自轉)」 연작은 바로 그의
여성적 실존의식, 나아가 실존적 영성의 자유의식이 눈 뜰 때 나타난 작
품이다.

---

6) 이혜원, 앞의 글, 296쪽.

한국 지성인의 저널의 대명사였던 『사상계』에서 수상함으로써 시인은 유년 시절 아버지에게 받은 그림자에서 벗어나게 되었다. 새로운 여성적 사유를 보여준 등단, 그리고 새로운 가족을 이룬 결혼은 시인을 성숙한 문인으로 만드는 계기로 작용했다. 이 때 여성으로서 아버지에 대한 의식은 다음과 같이 다른 관점과 목소리로 기록된다.

> 몇 년 전 나는 어떤 논문을 쓰기 위해 이 책 저 책을 뒤지다가, 1930년대 우리 나라의 꽤 진보적이던 종합교양지 영인본 속에서 아버지의 이름과 호를 발견하였다. 나는 순간 무엇에 심하게 한 대 맞은 것처럼 놀랐다. 아버지가 그 잡지 안표지에 기자들 중의 한 사람으로 앉아 계셨고, '一記者'로 '이름'으로, '호'로 몇 편의 논문을 연재하고 계셨기 때문이다.
>
> (중략)
>
> 그런 아버지에게 이런 피 끓는, 젊은 지식인 기자의 시절이 있었다니…… 나는 그때 내가 아버지에 대해 전혀 모르고 있었다는 생각을 새삼 하기 시작했다.
>
> (중략)
>
> 습작 시절 나의 어깨 위에 가장 깊게 드리워져 있던 그림자가 아버지의 그림자였으니 말이다.
>
> (중략)
>
> 제일 첫 번째로 끌려 나온 그림자는, 열려진 대문 앞에서 하늘을 바라보며 뒷짐을 지고서 계시던 아버지의 뒷모습이었다. (중략) 그래서 나는 그때, 마치 어떤 높은 벽 앞에 어쩔 수 없이 멈추기라도 하는 것처럼 아버지의 등 뒤에 서서 아버지를 불러야만 했었다. 그때 아버지는 어디를 보고 계셨던 것일까. 그렇게도 고적하게
>
> (중략)
>
> 그곳이 어디일까. 그러나 그 앞에서 우리 집은 자꾸 가라앉아 가고 있었다. 한창 예민한 느낌에 잘 빠지던 나는 그 가라앉음을 매일 살 속 구석구석에서 느끼고 있었다. 나는 아버지가 되어가고 있었다. 적어도 아버지의

삶의 느낌에 동참함을 은근히 자랑스러워하면서.

(중략)

이제 마지막 그림자를 꺼낼 차례다. 나의 아버지는 그 무렵 돌아가셨다. …… 그 흰 날개는 이내 꽃밭을 시들게 했다. 나는 우리 집의 가라앉음이 이제 더는 어쩔 수 없다는 강한 느낌에 사로잡혔다. 깊은 적막감이 내가 간 길마다 가득가득 차올랐다.

(중략)

시는 이 가라앉음에서, 아무 것도 할 수 없는–뒷짐을 지고 바라볼 수밖에 없는 이 세상에서, 나를 구원해주리라는 믿음에서였다.

그러고 보니 그 시절 나의 시는 결국 아버지의 시였다는 생각이 든다. 나는 좀처럼 아버지를 극복할 수 없었다. 극복하기에는 그 시절의 나는 너무 어렸던 것이다.

「사상계」와 함께 나는 서서히 집을 떠났다. 그림자들은 가슴에 묻어 둔 채, 약혼을 하고, 결혼을 했다. 시와 사랑이 나를 구원하리라고 믿으면서.[7]

스스로 진보적 세계를 향해 순례를 자처하는 젊은 여성 시인이 진보적 저널에서 '발견'한 아버지의 다른 진보적 흔적은 그에게 새로운 정신의 옷을 입혀준 아버지에 대한 신뢰를 찾았음을 의미한다. 유년 시절, 먼 하늘을 고독히 바라보고 있던 아버지의 초상을 기억하면서 딸은 그 아버지에게 '어떤 높은 벽 앞에 어쩔 수 없이 멈추기'를 느끼며 성장한다. 아버지가 가장 권위 있게 다가오는 어린 시절에 아버지의 몰락을 목격한 것은 딸의 의식에 깊은 상처로 남는다. 가부장적 권위를 지닌 아버지는 부정과 극복의 대상이지만, 부성의 권위를 잃은 아버지는 성숙한 딸에게 연민과 구원의 대상이 된다.[8] 어린 딸로서 성장기 시인은 아버지가 늘 바라보던 '하늘'을 통해 세상에서 믿었던 절대적 윤리 가치의 상실과 그로 인해 깊

---

7) 강은교, 앞의 책, 142-150쪽.
8) 김수이, 앞의 글, 61-62쪽.

은 허무를 체득한 것으로 보인다. 강은교가 존재와 생의 뒤에 있는 거대한 허무의 실체를 감지한 것은 이 무렵이었던 것이다.

2) 학생 시절에 받은 국내외 문학 영향

강은교가 스스로 「나의 문학적 고백」이라는 글에서도 밝히고 있듯이 그는 학생 시절 주로 니체, 하이데거, 릴케, 딜런 토마스, 제임스 조이스, 카프카, 포크너 등 진보적인 외국 문호들의 서적에 심취돼 있었다. 거명된 문인들 모두가 실존주의적 측면에서 존재의 문제와 허무의식에 대해 일가견을 이룬 대가들이라는 사실을 주목할 필요가 있다. 한편 그녀는 한국문학에서는 특이하게도 전통적인 무가나 판소리에 감동을 받고 관련서적도 몇 번씩 읽어보았다고 한다.9) 시인 자신은 방법 면에서 서구의 진보적인 문화양식에서 영향을 받고 정신은 판소리나 무가를 창조적으로 관련지어 계승하고자 했다고 하지만, 이러한 융합 가능성은 시인의 고백처럼 정확하게 실증적으로 구분 짓기는 어렵다. 강은교의 시에서는 오히려 판소리나 무가의 전통 의식뿐 아니라 독특한 시 정서를 구성하는 어조나 리듬도 살펴볼 수 있기 때문이다. 또한 서구문학에 대한 영향에 있어서도, 섬세하고 개성 있는 표현방식뿐 아니라 존재에 대한 근원적인 가치 의식이 관련되어 있는 것으로 보인다.10)

> 그러니까 내 문학의 최초의 스승은 아무리 생각해도 아버지인 셈이다.
> 어떻게 보면 그이의 생전의 길을 나는 글로서 반복해 가고 있는 것인지
> 도 모른다. 그이가 젊은 시절, 아마도 조선의 혁명을 꿈꾸며 식민지의 현

---

9) 강은교, 『순례자의 꿈』, 나남, 1988, 436쪽.
10) 이혜원, 앞의 글, 296쪽.

실에 저항했듯이, 이 길은 허무와 저항과 그 뒤의 또 하나의 허무의 길인
지도 모르는 것이다.

나의 아버지가 내 문학의 최초의 정신의 내용이었다면, 그 뒤의 박두진,
그리고 엘리엇 시와의 만남은 내 문학의 형식의 개안이었던 셈이다.

(중략)

거기에는 '박두진'이라는 시인의 '해야 솟아라, 해야 솟아라, 빨갛게 씻
은 얼굴 고운 해야 솟아라, 산 넘어 산 넘어서……'라는 시가 실려 있었다.
(중략) 그 시의 묘한 울림이 주는 리드미컬한 운율로부터 '써야겠다는 충
동'과 내가 '해야 할 구체적 대상'들을 발견했다고 할까.[11]

그는 학창 시절에 마주쳤던 혜산(兮山) 박두진(朴斗鎭)의 시 「해」에서 받
은 신선한 충격을 잊지 못한다. 주지하다시피 혜산의 시학은 정지용이 지
적하고 있듯이 달의 전통적 상징보다, 햇빛의 밝음과 역동성을 새롭게 추
구하고 있다. 그는 자연이나 사물에 대해 수동적이고 정적인 관조의 자리
에 앉아 있지 않는다. 그의 시는 시의 주체와 대상이 상호작용하는 '신자
연'이다. 조지훈이나 박목월과는 달리 전통적 고전의 우아함이나 소박한
자연미 속에서 시의 미를 추구하지 않고, 보다 남성적인 신명 의식 속에
서 새로운 자연을 독창적으로 구가하고 있는 것이 '신자연'으로 명명된
혜산 시의 새로운 지평이다. 강은교는 미래에 대한 전망과 내면 의식이
상호 작용하는 역동적 발상을 구현한 혜산의 시학을 긍정적으로 수용하
여 여성 시인 나름의 새로운 허무의 시학을 추구하였다.

다른 한편, 서구의 근대 문명을 비판적인 모더니즘으로 접근하여 고전
적 정신 가치를 되살리면서, 미묘한 영적 울림과 그것들을 조합하는 형식
의 아름다움을 보여주어 그녀를 전율케 한 엘리엇의 주지적인 시편들 역

---

11) 강은교, 앞의 책, 137-138쪽.

시 그가 추구해온 시적 형식 원리에 많은 도움을 끼쳤다.

> 그러면서 대학이라는 곳엘 갔다. 물론 시라든가 그런 것과는 상관없이, 공부좀 잘하는 학생이 가는 영문과에. 그러나 그곳에서 엘리엇을 만난 것은 행운이었다고 할 수밖에 없다. (중략) 그의 시를 처음 보았을 때 나는 그의 시의 구절들이 주는 묘한 울림과 그것들을 조합하는 형식에 전율을 느꼈다. (중략) 몇 개의 단어들의 표현 방식은 나를 순간순간 전율하게 한다. 예를 들어 '(중략) 군중이 런던교 위로 흘러 간다. 저렇게 많이/나는 죽음이 저렇게 많은 사람을 멸망시켰다고는 생각지 못한다' 같은 것. 그러면서 그는 나에게 욕망을 주었다.
>
> (중략)
>
> 그에의 욕망과 아버지의 허무가 함께 들어 있는 그런 시가 나의 길 위에 서게 된 것이다. (중략) 그는 멍하니 하늘을 쳐다보며 공허히 입을 벌리고 있던 나에게 구체적인 이미지로서 우리 삶의 황폐함을 보여 주었다고 할는지.
>
> 나도 그처럼 세상을 해석하기 시작했다.12)

그의 산문을 읽으면 영문과에 다니는 동안 외국문학에 많이 접촉할 수 있게 되고, 특히 엘리엇 같은 예리한 지성을 갖춘 고전적 시인에게 서구적인 근대 문학양식과 표현방식을 배웠다는 사실을 알 수 있다. 엘리엇 시의 구절의 배열과 단어의 조합하는 방법은 강은교에게 큰 영향을 주었다. 뿐만 아니라 엘리엇의 시가 지닌 예리하고 객관적 지성을 바탕에 둔 다양한 수사와 입체적인 관점, 그리고 그가 지향한 고전적 가치는 불안한 세대를 살아가는 제3세계 젊은 여성 시인으로 하여금 시창작의 욕망을 자극하기에 충분했다.

---

12) 강은교, 앞의 책, 139쪽.

그녀가 읽은 엘리엇의 대표작 「황무지」 부분을 다시 읽어보면,

한번은 쿠마에 무녀가 항아리 속에 매달려 있는 것을 직접 보았지.
아이들이 '무녀야, 넌 뭘 원하니?' 물었을 때 그녀는 대답했어.
"죽고 싶어"
(중략)
사월은 가장 잔인한 달
죽은 땅에서 라일락을 키워 내고
추억과 욕정을 뒤섞고
잠든 뿌리를 봄비로 깨웁니다.
겨울은 오히려 따뜻했지요.
(중략)
그러면 너에게 아침 네 뒤를 따르는 그림자나
저녁에 너를 맞으러 일어서는 네 그림자와는 다른
그 무엇을 보여 주리라.
한줌의 먼지 속에서 공포를 보여 주리라.[13]

근대문명이 역설적으로 반생명의 황무지화로 전락된 시대를 예언적 지성으로 비판하고 경고하면서 새로운 생명의 부활을 위해 역설적으로 어둠의 현실을 자기 반영하는 엘리엇의 모더니즘 시는 줄곧 강은교 시인을 전율시켰다.

시인은 서구문학가 이외에 한국 60년대와 70년대 시단에 활동하는 시인에게도 영향을 많이 받았다. 그 가운데 강은교가 뚜렷이 영향을 받은 대표적인 시인은 전위적인 지성과 실존 의식에 침윤되어 각성된 시의식으로 시적 모험과 무의식의 내면을 반영한, 김수영과 김춘수라고 할 수 있다.

---

13) 강은교, 앞의 책, 146쪽.

그러니 이후의 스승들은 없는 셈이다. 아니 그보다 허공에서 내려다뵈
는 이 사회가 나의 스승이 되어 버린 셈이다.

아니다. 결코 잊을 수 없는 한 사람의 시인은 있다. 내 허공의 방 속으
로 피투성이의 말 조각들을 던진 시인-김수영이다.

김수영의 운율은 이미 옛날의 집에서 떠난 나였지만 묘한 충동을 주곤
했다. 그는 나에게 우리가 둘러쓰고 있는 삶의 모습을 재해석하게 하기도
했고, 그 재해석은 나에게 어떤 분노와 함께 자각을 주기도 했다. 그에게
서 나는 결코 식지 않는 열정과 꿈을 배웠다.

(중략)

그러나 그는 동시에 너무 빨리 한계를 보여 주었으므로-김수영 시인에
게는 정말 죄송스러운 일이지만-나는 얼른 그의 곁을 떠났다.[14]

김수영은 서구취향의 1950년대의 한국 모더니즘 시인과 변별되는 보다
주체적인 근대시인으로서 자리매김한 시인이다. 그는 외래문화에 대한 대
타의식으로 한국의 전통문화에 대한 재인식함으로써 시적 사유의 균형을
유지하면서 서구의 근대성을 비판적으로 수용한 시인이다. 외국어에 능통
한 그의 언어적 자산으로 그는 서구의 전위적이고 진보적인 문화정보를
바르게 읽어내었다. 한국 근대시의 보편적 시학 수립을 추구한 김수영은
사물을 통섭할 수 있는 이른바 '온몸의 시학'으로 명명된 가장 전위적이
고 독자적인 한국 근대시학의 원리와 방법을 모색하였다. 그의 대표적인
시인 「거대한 뿌리」나, 「풀」에서 시사하는 것처럼 김수영은 고통의 현실
속에서도 생생한 민중의 생활감을 되살려 침잠된 전통적 주체의 의식과
영성을 실존적으로 해석하여 계승하고자 했다. 전술된 바와 같이 언론이
탄압 받고 자유가 제한 된 강고한 시대를 자유의 이념과 지성적 실존으로
가로질러 그가 이루어 놓은 정직한 현실 투시 방법과, 알레고리 조사법,

---

14) 강은교, 앞의 책, 139-141쪽.

역동적 운율, 식지 않는 열정과 자유의지 등은 감수성이 예민한 강은교 시인이 김수영에게 받은 진보적인 문학의 덕목이다. 그러나 김수영이 당시 외래문화 편향에 대한 긴장의식과 이국취향에 물든 당시 모더니스트에 대한 각성과 외국문학에 대한 대타의식으로 전통의 가치를 아이러니와 알레고리의 방법으로 해석하고 대응했다면, 강은교는 그러한 주체 시학을 구성하려는 의식에서 한 걸음 더 나아가 극단적으로 소외된 여성의 자리에 착안하였다. 강은교는 여성시인의 자리에서 좀 더 현실에 대한 구체적인 모순 갈등을 첨예화시켜 소외된 여성의 자기 반영의 방법으로 접근하는 태도를 보여주었다. 김수영이 보여준 '거대한 뿌리'에 대한 전통의식을 남성 중심의 가부장적 정체성의 추구에 벗어나지 못하는 진부한 담론이라고 비판한다. 강은교는 김수영의 현실인식과 대조되는 논거에서 강고한 상황 속에서 역사라는 미명의 '거대한 뿌리'를 세우고 지키는 과정에서 '모래'처럼 부서지면서 묘비에 이름도 없이 희생되고 하강되어 사라진 여성의 역사적 알레고리를 재인식시키며 이 땅에 소외된 계층에 대한 총체적 배려를 촉구하였다. 그런 관점에서 나타난 것이 그 나름의 여성성을 담보로 한 새로운 세계를 열기이며, 그 구체적인 시적 실천의 사례가 한국 전래 설화에서 여성이 주인공으로 등장하는 '바리데기' 설화를 그의 장시적 담론으로 차용한 것이다. 강은교의 바리데기 시는 여성의 사회적 위상과 가족적 위상을 바로 세우기 위해 새롭게 여성의식을 각성하고 환기시킨다는 점에서 여성주의 문학관을 강하게 내포하고 있다. 나아가 그의 문학적 신념은 여성의 헌신적 삶이 궁극적으로 그가 속한 공동체를 구원한다는 영성적 목적론에 다가섬으로 가부장적 폭력 현실에 대응하여 모성을 지닌 여성의 공동체적 리더십에 대한 재인식을 환기한다. 이는 결국 가부장적 제도를 벗어나지 못한 맹목적인 타자 지배적 현실사회에서 여성이 소외당하는 것이 얼마나 부당하고 비합리적인가를 역설적으로 고백하는 것이기도 하다.

김춘수에게 영향 받은 것은 '처용' 사상의 담론인데, 김춘수는 '처용'의 전통 설화를 빌어서 현실 폭력에 대한 폭력적 대응이 더 이상 바람직한 해결책이 아님을 자각하는 탈근대적 내면을 반영하고자 한다. 폭력에 대해 오히려 관용과 용서 및 자기희생을 통한 순수한 무의식 세계의 구원이 선험적으로 이루어져야 하는 것임을 자성하는 자리를 찾는다. 리얼리즘의 해결주의가 빚은 또 다른 폭력으로 만연된 세계를 질병으로 진단하고 있는 그는 결국 새로운 세계의 평화와 사랑에 이바지할 수 있는 전형적인 초상(인물)을 한국의 재래적인 설화에서 찾아내었다. 유년 시절에 겪은 참담한 트라우마와 화해하려는 김춘수의 평화주의는 무의식의 염결성을 추구하는 묵상의 시학을 전개한다. 그는 근대에 대한 초극으로서 탈근대적 주체가 아닌 근본적 내면 치유로서의 정체성을 '처용'에서 찾았다.

이러한 모델을 여성의 자리에서 창조적으로 수용하여 강은교는 여성의 몸을 희생한 '바리데기'의 공주의 희생과 아버지의 생명을 구원한다는 여성의 영성적 승리라는 문맥을 갖고 바리데기 설화를 그녀의 장시에 차용했다. 강은교나 김수영이나, 김춘수의 공통점은 외국어에 능통해 외국문화의 전통적 가치를 직접 해석하고 소화해 낼 수 있는 안목을 지닌 한국 현대시인이라는 점이다. 그리고 1960년대 한국 사회나 문단은 문화적 담론이 확장되면서 세계적 보편성이 담보된 지평에서 '주체의 전통 가치 찾기'를 요구하였다. 김수영은 온몸으로 거대한 뿌리를 찾는 힘을 존재론적 영성으로 추구했다면, 김춘수는 폭력에 저항, 타락한 자본주의를 더 근본적으로 대응하는 면에서 서구의 예수 그리스도에 버금가는 패러다임을 한국의 전통 설화의 '처용'에서 발굴하여 전통적인 무의식의 순수성이 발현된 지점과 시점을 재인식하고 새로운 의식의 패러다임을 재구성하기 위한 전위적인 시 작업을 수행하였다. 물론 이 진보적인 시인들의 중심적 화두는 물론 서양 근대 계몽문화의 콤플렉스에서 벗어나기 위한 사상적, 미학적, 문학적, 주체 세우기로 볼 수 있으며, 그 성과는 현재까지 미학적 발전과 정신적 가치를 생산해 놓았다. 강은교도 그러한 동시대의 후배 문인으로서 탈근대 시인이 소명의식을 갖고 선배 시인들의 전위적이고 실험적인 시 창작의 영향을 짙게 받았다고 여겨진다.

다만, 이 자리에서 짚고 넘어가야 할 것은 강은교 시인이 진보적인 시인으로 김수영과 김춘수에게서 세계의 보편적 가치를 향한 진보적인 의식과 문학적 방법론에 대한 영향을 받았지만, 그것은 다만 탈근대를 향한 혁신적 계기와 창작 방법의 원리로서만 작용한다는 점이다. 분명히 진보적인 시인들임에도 불구하고 김수영과 김춘수에게서 소외된 계층으로 여성에 대한 관심과 여성의식은 아직 뚜렷이 발현되지 않기 때문이다. 반면 강은교는 김수영의 시의식에 잠재된 가부장의식의 한계를 비판함과 동시에 초기시부터 일관하여 시적 주체로서 여성성을 부각시켜 '여성성'이 분열된 삶의 소외를 극복하는 원동력인 동시에 궁극적 화해와 생명 구원의 길이라는 여성의식을 뚜렷이 드러내고 있다. 1960년대 후반에 한국근대시에 나타난 강은교를 통해 나타난 실존적 지성의 여성의식은 당시에는 낯선 사유였지만, 한국 근대문학사에서 새롭게 주목되어야 할 중요한 문학적 자산임에 틀림없다. 왜냐하면 이전까지의 한국 문인의 여성의식은 남성의식과 대타적인 수준에까지 이르지는 못했기 때문이다. 다시 말하면 강은교 시에 나타난 지성과 이성 및 감성 나아가 실존적 영성의 범주는 세계적 보편성과 어깨를 나란히 할 수 있는 위치를 획득하고 있다는 점에서 결코 재래의 '여류' 시인의 문맥과는 전혀 다른 차원을 여성 시인으로서, 여성에게는 매우 보수적인 사유를 유지해온 한국 근대문학의 풍토에서 비로소 개진하였다는 점이다.

강은교의 시의식 배경에는 이렇듯 그가 살고 있는 문학적 전통과 깊이 관계를 맺고 있을 뿐만 아니라 오랜 전통 철학의 사유에도 깊이 있게 접근하고 있는 모습이 엿보인다. 그의 실존적 시의식에 바탕을 이룬 허무의 식조차도 동양의 전통적 노장 철학사상과 무관하지 않다. 그가 시대적 현실에서 겪고 있는 다층적인 소외로 인해 그의 허무는 실존주의에서 나타나는 개인주의적 허무와 긴밀한 관계를 갖고 있다. 그러나 그녀의 다양한 독서 체험은 그의 허무 의지가 단독자로서 개인의 자유를 추구하는 서구적 사유의 기저로 작용하기보다는 오히려 가족 공동체로서의 생명의 자유와 회복을 깊이 의식하고 있는 생명의 존중과 구원 의식의 측면이 더 돋보이며, 이러한 사유는 모성성을 바탕으로 한 그의 여성의식으로 이어진다. 따라서 강은교의 사유에 있어서 허무는 서양의 허무주의가 지향하는 온전한 사멸을 의미하는 쪽으로 기우는 대신 죽음의 상황 속에서도 새로운 삶을 회복시킬 수 있는 창조적 균형 의식의 잉태를 의미한다. 따라서 그의 허무는 순환적 질서의 원리를 얻고 있다. 그의 시가 노장사상과 연관된 동양적 사고 체계에 친연성을 가지는 것도 이 때문이라고 말할 수 있다.

　노자의 『도덕경』 16장에는 '만물이 함께 일어나지만, 나는 만물이 돌아감을 보나니, 무릇 만물은 각기 그 뿌리로 돌아감이라, 뿌리로 돌아가는 것을 고요함이라 하고, 이를 생명을 회복하는 것이라 할 수 있고, 그것을 일러 정상이라 하리라(萬物竝作 吾以觀復 夫物芸芸 各復歸其根 歸根曰靜 是謂復命 復命曰常)'고 함으로써 만물이 죽어 그 뿌리로 돌아감을 생명의 회복, 또는 천명이라 하였고, 이를 다시 상(常)이라고 하였다. 이 말은 죽어서 땅으로 돌아간 식물처럼 죽어서 물질화됨으로써만 인간 또한 역설적으로 생명을 지속시킬 수 있다는 것을 암시한다.[15]

---

15) 김혜순, 『여성이 글을 쓴다는 것은』, 문학동네, 2002, 98쪽.

강은교 시에서 가장 많이 나타나는 '물'의 상징은 노자 사상의 핵심을 이루는 담론이기도 하다. 물의 화해는 노자의 무위자연 사상을 단적으로 드러내는 사물 이미지 운동의 근원을 이룬다. 강은교는 다양한 물의 이미지와 상징의 깊이를 통해 사물의 근원적인 허무와 존재의 순환론적인 생성원리를 체득하며 끝없이 순환하는 생명질서의 세계를 독자들에게 환기시킨다. 시인의 자기희생을 통해 구원에 이르는 모성성의 이러한 생명의식은 노자의 자연 사상에 깊이 영향을 받은 것이라 할 수 있다.

3) 자신의 극심한 병고 체험과 신앙적 발견

강은교가 죽음과 허무에 깊은 관심을 갖고 주목하게 된 또 다른 중요한 이유로는, 대학시절 심취해서 읽었던 국내외 문인들과 사상가의 영향 이외에, 시인이 27살의 나이에 겪었던 뇌수술, 그리고 그해 겨울 겪은 딸아이의 죽음 등과도 복합적으로 관련되어 있다.

그는 1968년에 당시 가장 영향력 있는 잡지 중의 하나인 『사상계』의 신인상으로 등단했으며, 2-3년간 집중적으로 시를 써 첫 시집을 1971년에 상재하게 된다. 이 시집의 제목이 『허무집』으로 명명되었기 때문에 많은 사람들은 그를 가리킬 때 '허무의 시인'이라는 이름을 즐겨 부르게 된 것이다. 그 당시 문학적 풍습으로 볼 때, 여성 시인에게 붙여진 허무의 대명사는 이질적인 것이었다. 그 이질감은 재래의 여성 시인의 시가 주정적 방향에 경도되고 안주하고 있던 분위기 때문이었다. 뒤집어서 말한다면 강은교의 시에 나타난 허무 의식은 한국 근대 여성 시인의 새로운 지적 의식의 대두와 현실에 대한 이성적 현실인식과 지성적 참여를 의미하는 새로운 전환과 분기점을 지시하는 이정표이기도 하다. 그는 여성시인으로서 전위적인 근대성을 띤 이 시집을 낸 직후 삶에 있어서 최대의 위기를 맞는다.

1972년 2월, 그는 두 번에 걸친 힘겨운 수술을 받게 된다. '선천성 뇌동맥 정맥기형'이라고 명명된 이름도 생소한 병마가 갑작스럽게 찾아오게 되고, 이로 인해 그는 삶과 죽음의 팽팽한 줄다리기를 경험하게 된다. 더욱이 발병 당시, 그의 뱃속에는 여섯 달 반이나 된 쌍둥이 아이가 자리 잡고 있었다. 산소호흡과 수혈을 동원한 수술 속에서 다행히도 세 사람은 모두 무사했다.

> 나에게도 사물의 또 한 면이 중요해졌다. 살아 있음이 지니는 기쁨과 슬픔, 그 양면성, 가장 허위롭던 것 속의 진실성, 목숨의 불확실함, 가랑잎 같음, 부조리, 운명과 新生.
> ─『여성동아』 1973년 4월호, 「죽음의 날개가 스쳐간 자」

하지만 쌍둥이로 낳았던 딸 중 하나가 생후 7개월 만에 세상을 떠나게 되고, 이때 시인은 또 한 번의 고통스러운 내면의 투병을 겪어야 했다. 이런 특이한 역정은 첫 시집 이후 발간된 『풀잎』에서도 꾸준히 죽음과 허무의 이미지와 알레고리 및 상징이 그가 즐겨 쓰는 시의 소재와 주제가 된다. 그리고 첫 시집 『허무집』에서 보였던 선험적 죽음에의 지적 자기인식은 죽음을 겪고 난 후 죽음에 가까이 이르는 비극적 체험으로 체화되었고 그 이후 죽음과 관련된 소재가 더욱 빈번하게 쓰이고 있음을 확인할 수 있다. 이 같은 경향은 시 「하관」을 통해 살펴 볼 수 있다.

> 아직 부서지지는 않네, 우리는.
> 흔들릴 테다, 우리는.
>
> 누군가 홀로 모래 밭으로 가서

모래나 될 걸,
모래나 되어 어느 날
당신 살 밖의
또 살이나 될 걸 하지만

아무도 완전히 사라질 수는 없네.
무덤 속이든지 꿈속이든지
쥐 이빨도 안 들어가는
손톱 속이든지
살아 있는 것은 언제나
다시 물이 되고 바람이 될 때까지
살아서

-「하관」16) 부분

생명의 위기를 초래한 병고가 그에게 삶을 깊이 천착할 수 있었던 귀중한 경험이라면, 죽음을 통과하면서 겪게 된 몸과 마음의 고통으로 투병하면서 얻은 신앙적 발견 또한 유한자로서의 운명과 그것을 가로지르며 넘어서려는 한 인간존재자임을 신앙을 붙잡고 고백하는 계기가 되었다. 그의 고통스러운 병고는 그의 초기시에서 종교적 상상력과 연관되어 그의 실존적 영성의 내면이 시로 육화되는 중요한 계기가 되었다.

어느새 20여 년 전 일이 되었다. 한꺼번에 세 번의 대수술－머리에 두 번, 배에 한 번－을 해야 했던 나에게 십자가는 이렇게 찾아왔다. 나는 서서히 전신의 마비에서 풀려났다. 그것은 고통에의 이해가 준 선물이었다. 맨 처음 세면기로 걸어가던 날을 나는 지금도 잊을 수 없다. 단지 의술의 성공만이 나를 세면기로 걸어가게 할 수 있었을까. 아니면 그저 기적이

---

16) 강은교, 『풀잎』, 민음사, 1974, 94쪽.

었을까. 나는 그 때 많은 사람들에게서, '기적'이라는 말을 들었었다. 나는 그렇게 포기된 생명체였었으니까. 그러나 나는 그 여러 개의 생환설(生還說) 속에서 결코 우왕좌왕하지는 않았었다. 왜냐하면 그것은 명백히 십자가의 힘이었기 때문이다. 십자가는 내가 고통 속에 있는 인간임을 환기시켜 주었고, 거기 벌거벗은 채 매달려 있는 그리스도는 내가 고통 속에 있음으로해서 비로소 살아 있음을, 고통으로 고통을 이겨 낼 가치가 있음을, 그런 다음 평화에 이를 수 있음을 나에게 보여 주었던 것이다.

(중략)

십자가의 아름다움을 이해한 이후의 나의 자그만 세계는 당연히 변해 가기 시작했다. …… 한마디로 말하자면 자그만 현재들이 실은 영원을 이룬다는 평범한 진실에 가까이 몸 닿기 시작했다고나 할까. 그 현재 속에 있는 나의 영원성, 그것은 나를 현재로부터 끊어 내어 어느 날 문득 영원으로 가게 하는 것이 아니라 현재 속에 가장 충실히 뿌리박는 길이었던 것이다. 나는 사랑받고 있었다. 그러나 얼마 안 가서 나는 '현재 속에 있는 나를 깨닫는다는 것'이 얼마나 어려운 일인가를 알게 되었다. 이 세상의 많은 것들은 외견상 보기에는 현재적인 것 같지만 실은 탈현재(脫現在)를 향하여 부단히 움직이고 있기 때문이다.

(중략)

기묘한 얘기 같지만 나는 '인간이면서도 인간이 아니라고 애쓰고 있는 나'의 모습을 확인하지 않을 수 없었다. '그리스도도 인간이었다.' 새삼스레 그 말을 중얼거리곤 했었다. 그러나 인간임을 안다는 것은 또 얼마나 어려운 일인지, 현재와 영원을 이해하는 일처럼 내가 인간이라는 이 평범한 사실을 확인하는 것도 이 세상은 얼마나 어렵게 만드는지……

(중략)

기독교는 나에게 '나'를 알게 해주었다. 고통을 이해하게 해주었다. 사랑받고 있음을 알게 해주었고, 현재를 지니지 않은 영원에의 기도의 뜻 없음을 알게 해주었다. 고통이 있는 한, 우리의 인간임을 방해하는 물살이 있는 한 우리는 연결되는 것이다. 기독교는 결국 인간의, 인간으로서의 종교인 것이다.[17)]

「나는 왜 크리스천인가」라는 글에서 그는, 수술 받을 때 병원에서 만나게 된 예수 그리스도에 대한 신앙을 고백하고 있다. 그때 병원의 벽에 달려 있는 십자가에서 그는 고통스럽게 매달려 있는 그리스도를 '발견'하게 된다.[18]

> 사실 저의 작품에서 복음적 의미의 기독교적인 내용을 담은 작품을 찾는 것은 그리 쉬운 일이 아닐 거예요. 오히려 저의 작품은 기독교는 물론, 모든 종교적 지향을 모두어 표현하는 통(通)종교적인 접근이라고 보아야 하겠지요. 결국 저는 문학과 종교는 모두 하나의 것을 찾는다고 생각해요. 무언가를 집요하게 찾는 것, 말하자면 구도(求道)적인 것이 그것들의 존재적 운명이라는 생각이지요. 그런 면에서 제게 그리스도는 스승 같은 존재입니다. 또는 약하디 약한 제가 기댈 수 있는 언덕 같은 존재이기도 하고요.[19]

강은교에게 기독교 신앙은 죽음의 병마에 시달리는 그의 실존이 기댈 수 있는 언덕이자 누울 수 있는 그늘 같은 존재였다. 물론 그는 교리나 종교사 따위에는 별 관심이 없다. 다만 그가 일관되게 천착하고 있는 것은 인간 존재의 모순과 진정한 삶의 동력에 대한 사유, 그리고 그것을 가능케 하는 신앙적 사유에 대한 깊은 관심일 것이다.[20] 그의 신앙은 실존적 영성의 특징을 지니고 있다. 그는 끊임없이 어두운 현실의 소외와 갈등하며 신에 대한 맹목적 찬미나 낙원에 대한 강렬한 소망을 노래하는 대신 어둠의 광야를 지나는 순례자의 옷을 걸치고, 그의 내면에서 발현된 실존적 허무의식과 영성을 다양한 울림을 지닌 여성의 목소리로 조용히 읊조린다.

---

17) 강은교, 앞의 책, 177-182쪽.
18) 유성호, 앞의 글, 48쪽.
19) 강은교, 앞의 책, 176쪽.
20) 유성호, 앞의 글, 49쪽.

시인의 종교적 귀의와 영성적 자아의 발견은 그의 시의식을 유한자로서 겪고 있는 실존적 허무의 상황의식에서 영원한 생명의 가치를 회복하려는 실존적 영성의 차원으로 끌어올리는 좀 더 뚜렷한 계기가 된다. 죽음의 위기를 목도하고 젊은 여성으로서 그 난관을 고통스럽게 통과하면서 발견한 그의 신앙적 접근은 이후 그의 여성의식이 모성성을 띤 화해와 구원을 얻게 된다. 그는 드디어 오랜 어둠의 순례 속에 더 폭넓은 시세계를 천착해내는 생명의 존엄성과 궁극적 가치를 발견하게 된 것이다.

1970년대를 지나면서 그의 시는, 그 시대의 많은 지식인들이 그러했듯이, 시인의 양심과 자유의 가치에 대한 좀 더 깊은 실존적 사유의 결을 풀어놓는다. 그는 결국 시가 본질적으로 인간의 윤리적 가치를 추구하는 것이고, 그때 최고의 가치가 삶의 '자유'라는 확신을 갖게 된 것이다. 그래서 『빈자일기』(1977년, 민음사)에서 그는 '허무'를 탐색하는 시선에서 인간의 역사적 삶의 현실에 대한 관심으로 자신의 시적 지평을 넓혀갔다.

시인은 이 시집에서 그 눈을 외부 현실로 돌려 자기 주변의 타자(他者)들을 응시하는데, 존재의 의미를 '낮은 것들', '작은 것들'을 통해 탐구한다. 즉, 현실 세계에 늘 소외되는 하찮은 것들에 주목하게 된다.

허윤회는 강은교의 시적 변화가 1970년대 후반의 사회적 변화와 관련이 있을 것으로 추정한다. '여성 시인들의 대사회적인 발언의 욕구와 이를 필요로 하는 사회적 환경의 변화가 이러한 결과를 낳았다'[21]는 것이다. 즉, 1970년대 후반에 이르러 여성 시인들의 시세계가 변화를 모색하게 되는데, 그 중 강은교는 초기에 보였던 관념적 허무에서 벗어나 점차 개인과 개인에 대한 관심, 작은 것들에 대한 애정, 작은 것들로 이루어진

---

21) 허윤회, 「사랑의 변주곡–1970년대 여성 시인 연구」, 『한국의 현대시와 시론』, 소명출판, 2007, 419쪽.

세상에 눈을 돌리게 되는 것이다. 이러한 시인의 생각은『빈자일기』속에
수록된 시「庭園」을 통해 살펴볼 수 있다.

> 옛날 아주 옛날
> 옛날 내 살던 곳에
> 빛 하나 소리 하나 기쁨 하나 살았네
> 성도 이름도 속맘도 몰랐지만
> 참 깊이 우린 서로 사랑했네
> 산 강물 바다 넘고 넘어
> 이제 꽂지는 천지에
> 어디갔을까
> 모두 영 가버렸을까
>
> － 「정원」22) 부분

　이처럼『허무집』이나『풀잎』에서 빈번했던 초자연적이고 죽음의 이미
지가 감소하는 모습을 보인다. 대신에 하찮은 존재나 공동체 문제에 주목
을 하게 된다.

　시인은 뇌수술을 받고 생사의 갈림길을 헤매다 다시 건강을 회복한 경
험에 힘입었기 때문인지, 이 후의 시편들에서는 죽음을 극복하고 재생에
대한 꿈을 노래하고 있다. 강은교의 시 속에는 이제 허무만 존재하는 것
이 아니라 결국은 희망이 있고 생명이 있는 새로운 의식이 엿보인다. 그
는 이전처럼 죽음을 완전한 소멸로 보는 것이 아니라 새로운 탄생에 대한
중간 단계, 탄생을 실현하기 위해서 거쳐야 하는 이음새로 보고 있다. 즉,
진정한 죽음과 삶의 이음새라는 것은 삶이 죽음으로 끝난 것이 아니라 다
시 반복되는 윤회적인 사상을 가지고 있는 것이란 말이다.

22) 강은교,『빈자일기』, 민음사, 1977, 66쪽.

4) 시대적 상황

시인이 대학시절을 보낸 1960년대 후반은 4·19와 5·16을 거쳐 월남 파병, 그리고 장기집권을 위한 이른바 근대화 정책이 졸속으로 진행되면서 독재적 정치 이데올로기로 인하여 부조리한 사회현상이 팽만해지고 진정한 인간다움의 삶이 극도로 소외되어가던 시기였다.

1960년대 후반부터 1970년대에 이르는 한국 시사의 흐름을 밑받침하고 있는 중요한 사회·경제·문화적 이슈를 명제화한다면, 급격한 산업화와 계급 분화로 인한 경제적 불평등의 문제, 민주화를 둘러싼 정치적 갈등의 문제, 이와 관련된 시인 개인의 세계관과 가치관의 정립 문제 등으로 정리가 가능한 것이 아닐까 판단된다.

시인의 소녀 시절 4·19혁명이 가져다준 진리와 정의 추구, 자유화의 물결은 구시대의 청산과 새로운 시대의 개화를 예고하면서 당대 현실에 커다란 충격과 각성을 불러일으킨다. 인간의 자유와 평등이 억압된 외부적인 사회현실의 상황 속에 영문학을 통해 세계를 새롭게 인식하면서 대학 생활을 보낸 젊은 시절 그가 갖게 된 허무주의적 사유는 특유한 문화 전통 속에 놓인 여성 지식인으로서 삶이 소외된 인습을 해체하고 올바른 삶을 지키기 위한 주체의 실존적 현실 대응 방법이었다.[23]

70년대의 무차별적인 산업화와 노동착취, 80년대 군부독재의 파쇼적 탄압, 계층간의 갈등을 심화시키는 사회구조의 모순은 지식인뿐만 아니라 대학생, 도시빈민층을 형성했던 노동자 등 다양한 계층을 분노케 했으며 이는 끊임없는 비판과 저항의 대상이 되었다.[24] 당시 억압적 사회 분위기는 암울함 그 자체였으며, 그 암울함 속에서 사람들은 이데올로기 논쟁을

---

23) 이영섭, 앞의 글, 141쪽.
24) 엄경희, 앞의 글, 174쪽.

치열하게 감행할 수밖에 없었다. 삼엄하게 경직되어 있는 사회 분위기 속에서 사람들은 절망하고 좌절했으며 투쟁하고 저항해야만 했다.

거대담론이 해체되기 시작한 90년대 초반에 이르면 강은교의 시는 또한 번의 변화를 보인다. 90년대는 이념지향적 사회 분위기가 급격하게 해체되면서 기존의 완강한 질서가 재편성되었던 시대이다. 근엄하고 권위적이었던 가치의 중심은 그 가부장적 위용을 상실하기 시작했으며, 이와 동시에 주변으로 소외되었던 타자에 대한 관심이 부상하기 시작하였다. 그런 의미에서 90년대는 억압된 것을 복귀시켰던 새로운 시대였다고 말할 수 있다.[25] 이러한 변화 속에서 관심의 방향이 거대한 이념보다는 개인적 삶과 연관된 생활세계로 돌리는 것은 당연한 일이다. 작고 사소한 것들처럼 보였던 삶의 내면적 가치가 부상하면서 일군의 일상시가 하나의 흐름을 형성하게 된다.

강은교의 시적 변화도 이와 같은 시대 변화와 깊은 연관을 갖는다. 『벽속의 편지』(1992)와 『어느 별에서의 하루』(1996)는 일상의 다양한 사물과 사건들이 중심 소재를 이루고 있는 시집이다.

그리고 강은교의 현실에 대한 비극적 의식은 당대의 정치·경제적인 외적 맥락과 무관하지 않다. 그는 폭력적 억압과 소외의 세계에 대하여 외향적 대결의지보다는 오히려 소외된 주체가 겪고 있는 내면의 슬픔과 고통을 반영하고자 한다. 그의 시가 내포하고 있는 내면적 지향은 외적 억압 요소에 대해 도덕적, 정신적 우월성을 표상하기보다 왜곡된 행위가 반복되고 있는 근대 패러다임에 대한 깊은 성찰에서 비롯된다. 좀더 근원적인 문제에 눈을 돌려 현실의 어둠을 구성하고 있는 본질과 대응하려는 태도는 근대 계몽 담론이 초래한 물화의 우상과 폭력의 자행에 무력한 지

---

25) 엄경희, 앞의 글, 178쪽.

식인들이 모더니즘의 낯설게하기를 통해 어두운 현실에 처한 음영을 반영함으로써 철저히 자기 내면의 폭력적 근거를 회의하고 성찰하려는 기획이기도 하다. 이것은 개인과 사회가 모두 위기를 맞는 부조리 상황에서 착종된 좌절과 시련, 고통을 겸허히 감수하면서 개인의 비극적 체험과 수난을 통해 삶의 실존적 의미를 발견하려는 진지한 자세라고 할 수 있다. 그의 시가 비극적 의식을 극적 어둠의 이미지로 구사하면서 다른 한편 그 어둠을 벗어나는 돌파구를 조심스럽게 타진하기 위해, 어둠의 상황 속에서 꿈꾸는 부드러운 물의 이미지를 원형적 모티프로 삼고 있는 것은 그 때문이다. 동시대의 남성 시인들과 변별되는 지점이 바로 이 모성성과 하강적 알레고리를 내포한 다양하고 복합적인 '물'의 이미저리에 있다고 볼 수 있다. 이것은 그의 여성 의식과 밀접하게 연관된 것이다. 그의 하강 알레고리와 물의 이미지 구사는 현실 세계에서 억압받는 계층에 대한 배려와 그 억압된 자들의 새로운 삶의 공간을 회복하기를 꿈꾸는 순례자의 안식에 놓인 시간인 것이다. 나아가 그의 시는 물의 여행이라는 모티브를 통해 자아와 세계를 무화시키고 새롭게 융합함으로써, 자아와 세계의 관계를 새롭게 쇄신하는 세계를 구가하는 궁극적 모험을 목적으로 삼는다고 볼 수 있다.[26] 『빈자일기』이후의 시들은 초기의 존재론적 인식과 공동체적 의식과 현실인식을 좀 더 조화, 발전시켜가고 있다. 그의 시는 당대의 시적 수준을 일정하게 극복하고 있는 것으로 판단된다. 그는 시대적인 또는 보편적인 문제의식을 지니고 있으면서도 그런 문제의식이 남성 시인과 다른 여성만의 성적, 심리적, 문화적, 언어적 차이와 맞물리고 있다는 점에서 여성의식과 여성으로서의 모성적 구원 의식이 뚜렷이 나타난다고 볼 수 있다.

---

26) 박경혜, 「산업화 시대의 시 1」, 신동욱 편, 『한국현대문학사』, 집문당, 2004, 231쪽.

2. 강은교의 시의식

1) 모더니즘의 자기인식과 여성의 자유 추구

강은교의 시의식을 구체적으로 살펴보기 위해서는 한국 근대문학의 서구 모더니즘 수용과 전개에 대한 사전 이해가 필요하다.[27] 범박하게 말해서 서구 모더니즘의 근본 동기는 19세기 부르주아 사회 질서와 세계관에 대한 비판이었다. 모더니즘은 부르주아 리얼리즘의 진화론적 이데올로기를 의식적으로 전복시키는 데 있다. 그 방법은 리얼리즘의 인과적 인위성을 고발하기 위해 선형적 흐름을 철저히 붕괴시킨다든가, 낯설게하기의 장치를 통해 모든 통일성과 일관성에 대한 독자의 낙관적 기대를 좌절시킨다. 특히 수사적으로 반어법과 병치를 사용하여 합리주의의 진부한 허식을 드러냄과 동시에 인식론에 대해서는 자조적인 어조를 취해 리얼리즘의 기계적 타성을 전복시키기도 한다. 이러한 일탈의 방법적 태도는 결과적으로 19세기의 부르주아 계층이 지배하는 이른바 객관적인 사회가 얼마나 허위적 구성체인가를 지적하기 위해 주관적 왜곡에의 미적 경도라 정의할 수 있다.[28]

한국의 모더니즘은 한국의 문화적 전통과 근대로 이행하는 과정에서 겪은 피식민지로서의 역사적 파행으로 인해 모더니즘의 전개가 서구의 모더니즘과는 일정한 격차를 보여 주는 것이 사실이다. 그리고 대학에서 영문학을 이수한 강은교 시인의 시의식에 형성된 모더니즘은 서구의 전

---

27) 강은교는 나름대로 자신의 시론을 정립하기 위해 김기림을 중심으로 한 1930년대 모더니즘 연구를 1988년 박사논문으로 제출한 바 있다. 이선영·강은교·최유찬·김영민 공저, 「1930년대 김기림의 모더니즘 연구」, 『한국근대문학비평사연구』, 도서출판 세계, 1988 참조

28) 장경렬, 「모더니즘과 포스트모더니즘에 대한 비교 이해를 위한 하나의 시론」, 『한국문학과 모더니즘』, 깊은샘, 2003, 45쪽.

위적 모더니즘과 식민지 시대부터 형성된 한국 모더니즘이 혼융된 상호 작용의 과정을 밟고 있다. 한국 근대문학에서의 모더니즘은 서구의 모더니즘을 수용한 시기인 이른바 1930년대 모더니즘, 혹은 식민지 모더니즘, 이와 시기적으로 구분하는 의미에서 후반기 모더니즘, 혹은 전후 모더니즘으로 양분된다. 1930년대 모더니즘은 좀더 시대적 성격을 구체적으로 드러내기 위해 '식민지 모더니즘'이라고 정의하기도 하고, 1930년대 모더니즘과 시간적 차이를 보이는 해방 이후 등장한 모더니즘 운동은 '후반기 모더니즘'으로 통칭되다가 최근에는 6·25 한국 전쟁이라는 상황을 부각시키려는 관점에서 '전후 모더니즘'이라고 부르기도 한다.29) 모더니즘 운동은 서구에서도 그런 것처럼 한국의 문화운동에 있어서도 다양한 문화 장르에 걸쳐 지적 실험의 장이 되어 복잡한 현상으로 나타나지만, 초점을 모더니즘 시 전개의 근본적인 동기에 맞추어 논의할 때, 낭만주의와 리얼리즘과 대비되는 모더니즘의 사유와 방법은 객관적 현실인식을 강조하는 리얼리즘과 대비되는 층위에서 모더니즘이 본래 지니고 있는 의식 주체의 '소극적 능력(negative capability)'에 초점을 두고 서구 모더니즘과 한국 모더니즘이 전개되는 공통점과 차이, 그리고 강은교 시에서 굴절되어 나타난 모더니즘의 특징을 살피는 것이 효과적이다.30)

앞에서 말한 것처럼 모더니즘의 사유는 총체성을 지향하는 근대 부르주아 사회의 허망을 반성하는 자리에서 계몽운동의 주체로 부상한 부르주아 계층의 대상에 대한 '적극적 능력(positive capability)'과 실증주의에 맹종하는 인과적 인습의 삶에 대한 근본적 회의와 반성에서 출발하고 있다. 근대 부르주아 계층 중심의 합리주의가 전유되는 과정에서 도구적 이성

---

29) 문혜원, 「한국시사에서의 모더니즘」, 앞의 책, 14쪽.
30) 김준오 『시론』에서 키이츠의 '소극적 능력(negative capability)'으로서 모더니즘 이해 참조 (김준호, 『시론』, 삼지원, 1988, 27쪽).

으로 변질된 합리성은 새로운 삶을 이룩하려는 계몽의 변증법이, 엘리엇
이 그의 시에서 제시한 것처럼 세계를 유토피아가 아닌 불모의 '황무지'
로 변질시킨 거대한 폭력이 되었다. 인간 중심의 과도한 감정주의를 조장
하면서 전체성에 편중된 파시즘은 국가독점 자본주의와 일국독재사회주
의의 괴물을 생산해 내었다. 결국 부르주아 중심의 지배 담론인 계몽 기
획은 근대 사회를 2차례의 세계대전을 치루며 여전히 광포한 만행과 죽음
의 공간으로 갈라놓았다. 반봉건의 슬로건을 내세운 납작한 계몽의식은
오히려 더 잔인하고 냉엄한 자본의 제국을 건설하기 위해 전체주의 이데
올로기와 파시즘을 파종하고 정착시키는 암담한 위기 상황에 이르게 되
었다.31)

세계 자본의 확장과 일본 제국주의의 한반도 침탈에 의해 희생양이 된
당시 식민지 한국의 현실에서 모더니즘은 많은 굴절을 겪었다. 모더니즘
을 이국풍조와 문명의 빛으로 받아들인 김기림의 모더니즘 비평은 그의
지적 정열이나 의욕과는 반대로 근대사회를 주도하는 어두운 실체를 객
관적으로 파악하지 못하고 편승함으로써 피상적인 모더니즘 담론에 머물
고 말았다.32) 김기림과 비교할 때, 정지용의 모더니즘 수용은 관동대지진
당시 일본 교오토에서 유학 중, 엘리엇의 "황무지" 읽으며 성숙되었을 가
능성이 있다. 가난한 조선 유학생의 신분인 그는 당시 일본인들이 조작한
정보와 조선인에 대한 잔인한 홀로코스트를 체험함으로써 근대 서구 문
명의 이면에 가려진 기만과 야만적 테러리즘을 직시함으로써 근대 사회
의 총체적 모순을 자각하였다. 그는 '바다'를 주제로 한 초기 시에서 이미
근대 문명의 그늘을 상처 입은 '해안'으로 묘사하는 탁월한 공간 의식과

---

31) 테오도르 아도르노, 아도르노외 지음, 『계몽의 변증법』, 김유동 옮김, 문학과지성사, 2001
　　참조.
32) 김윤식, 『한국 모더니즘비평 선집』, 자료편, 서울대 출판부, 1991 참조.

언어감각을 보여주었다. 후기 시에 이르러 그의 시의식은 오염된 서구의 근대성에서 벗어나, 눈을 전통적 자연의 고유한 모습에 돌린다. 그의 대표적인 후기시의 소재가 되는 장수산이나 백록담 같은 토속적 자연을 구가하면서 그는 다시 영적 자연성에로의 귀환을 보여 주었다. 그는 이미 근대 자본주의 사회의 반생명적이고 반인륜적인 폭력과 타락을 간파하고 생명의식에 근거하여 자연 감각 속에 녹아 있는 영적 정서를 부활시키는 데 성공함으로써 한국 모더니스트 시인으로서 탈근대 의식의 선차성을 보여 주었다.[33]

식민지 모더니즘의 대표적인 두 시인인 정지용과 김기림이 일제말 소극적인 태도나 파시즘에 편승하는 부정적 모습을 보인 일면을 부정할 수 없지만, 해방정국에서 이 두 시인의 시에 반영된 사회의식은 한국 문학에서 모더니즘이 서구 문화와는 얼마든지 다르게 리얼리즘으로 역주행하며 시의식으로 전개되는 가능성을 시사해준다. 그러나 이 두 모더니즘 시인의 시적 대응은 소박한 리얼리즘에의 복귀라기보다 식민지 피지배를 경험한 제3세계 신생국 지식인으로서 또 다른 제국주의 파시즘이 침탈하는 탈근대적 상황의 위기에 적극 대응하려는 현실 참여 행적으로 치부할 수 있다. 정치적 현실이 난맥을 이루고 있는 해방 정국에서 전후 모더니즘 운동에는 당시 박인환이 이국취향과 감상성으로 시류적인 주목과 지적을 받았으며, 서구 모더니즘에 대한 경박한 자세를 반성하고, 견고한 태도로 실존적 지성을 모색한 김수영 시인은 현재에 이르러 각광 받는 모더니스트 시인으로 남게 되었다. 이러한 현상은 한국 모더니즘의 수용과 이행 과정이 복잡한 시대적 배경으로 인해 매우 복잡하고 다양한 성격을 드러냄을 의미한다.

---

33) 정지용, 『정지용 전집 』, 민음사, 1988 참조.

어쨌든 전후 모더니즘의 대표적 성과는 김수영과 김춘수 두 시인이 뚜렷이 자리매김하고 있다. 한국 모더니즘 시운동은 식민지와 전쟁 경험, 분단이데올로기로 인한 시대적 비극과 궁핍 등을 배경으로 하여 근대 국가 독점자본주의 기획과 타협한 거짓 아우라에 대한 치열한 대응 의식에서 전개되어 왔다고 볼 수 있다. 김수영의 초기 시에 속하는 「공자의 생활난」이나 김춘수의 무의미 시들은 가난하고 어두운 현실 생활 속에서 폭력적 타자에 의해 물화된 사물화와, 그에 대응하려는 시적 주체의 실존적 저항과 각성에서 비롯된다. 다시 말해서, 김수영이나 김춘수의 모더니즘 시는 모두 전후의 모더니스트로서 현실에서 소외된 주체를 세우고 회복하기 위한 모험과 실험의 장으로 규정할 수 있다. 현실에서 억압된 주체 혹은 죽은 주체에 대한 회복 의식은 제3세계 모더니즘 시인들이 무기력한 자기 인식의 상황에서 추구한 자유를 향한 처절한 절규이기도 하다.

전후 시인이 살고 있는 사회 현실은 근대 사회의 거대한 합리성에 의해 주조된 '부조리'한 어둠이 드리우고, 관리되는 소시민적 주체는 일상의 무기력한 상황에 방치된 화자의 성격으로 묘사된다. 이 음울한 시인들에게 일상은 항상 일탈해야 할 더러운 세속의 얼굴로 낙인찍힌 지 오래다. 그래서 그들이 시에서 그려놓은 소시민적 초상화는 늘 어둡고, 의기소침한 낯선 얼굴을 한 알레고리의 초상으로 치환되어 나타난다. 거대해진 현실의 폭력 중심에는 대결할 수 없고, 거대한 힘에 의해 더욱 현실에서 주변으로 점점 밀려나는 타자화된 일상이 반복되기 때문이다. 폭력을 행사하는 타자들이 교묘히 은폐되는 상황에서 시적 주체들은 더욱 암울한 목소리와 음영이 짙게 밴 이미지로 어둠의 국면을 예각화하여 비추며 스스로의 내면을 각성시키고, 일으켜 세우기 위해 지리한 장마가 내리듯 냉기에 젖은 잔잔한 목소리를 어둠의 시에 담아내었다.[34]

강은교 시인의 시의식은 선배 시인들이 밟아온 파행의 근대사처럼 한국 모더니즘의 어두운 과정과 자유를 찾아가는 지평에서 예외일 수는 없다. 오히려 그녀는 어둠의 자리를 후미진 곳으로 끌어내려 남루한 여성의 비애와 고통의 한 가운데로 시의 주제를 끌어내렸다. 전후 모더니즘은 여성인 그녀에게도 아직 유효한 현실이며, 그 가난과 소외는 더 가중되어 예외없이 체휼해야 했다. 그러나 그녀는 가부장적 관념에서 탈각하지 못한 선배 시인들의 실존과 어둠의 벽을 넘어서 여성의 '허무'와 소외를 주제로 이끌어 더욱 가난하고 슬프고, 어두운 담론을 생산해 내었다. 다른 점이 있다면 그는 남성 시인과 달리 여성의 시선으로 인종적 폭력과 생명에 대해 무자비한 폭력 행사와 죽음을 야기시킨, 근대의 합리주의가 결국 여성을 착취하고 학대한다는 사실을 발언하고자 했다. 그렇게 된 배경에는 가부장적 남성 중심 인식이 현실 속에 엄존하고 있다는 어둠과 그 어두운 현실에 대한 여성적 회의에 접근해 갔다. 선배 시인들과 달리 그의 시는 현실의 모순과 갈등에 좀 더 구체적으로 다가서기 위해 가부장적 폭력에 대한 화자의 근본적 회의를 표상하는 성적 관형어를 아주 빈번히 첨가하였다. 그가 시에서 추구하는 여성성은 종국에 근원적인 생명의 회복과 구원에 도달하고 있지만, 선차적으로 그가 추구하는 주제는 사회적 정의와 자유가 실현되지 않는 어두운 광야에서 대결하면서 그 어둠을 가로지르는 순례자로서의 갈등이 표현되고, 더 나아가 남녀의 차별과 소외의 갈등이 내재된 비판적 담론을 지속적으로 펼쳐 나아간다. 강은교 시가 지향하는 거대한 목적과 목표는 세계와 삶에 대한 온전한 화해이며, 그 화해가 실현되는 종말에서 만나는 진정한 구원의식이다. 여기서 근본적 차원이란 것은 현실의 소외와 갈등을 포괄한 존재론적 차원이며, 거시적인 제

---

34) 윤여탁, 「한국 전쟁후 남북한 시단의 형성과 시세계」, 『한국 현대시사의 쟁점』, 시와시학, 1991 참조.

도의 개혁으로만 해결할 수 없는 미시적인 내면세계의 온전한 확충이라는 점에서 강은교의 시는 탈근대적 전위성을 띠고 있다.

　강은교의 시의식은 결코 현실에 대해 제도 개혁을 부르짖는 혁명가로서의 뜨거운 열변을 토하지 않는다. 그녀는 시효성을 상실한 리얼리즘 투의 객관적 인식과 성취를 더 이상 신뢰하지 않기 때문이다. 강은교 시인이 오로지 여성성을 토대로 자기 인식에 몰입하는 것은 남성 중심의 가부장적 욕망이 구성한 세계의 객관적 상관물을 인정할 수 없기 때문이다. 힘이 연약한 여성은 빈자와 더불어 늘 소외되어 왔다. 더구나 힘으로 권력을 누리고 세계를 지배하는 힘의 논리가 통용되는 사회 현실은 그 사회를 구성하는 각 개체의 구체성을 담아내지 않고 생명을 존귀하게 여기지도 않았다. 힘과 권력은 남성에게만 쏟아지는 빛의 세계일뿐 그늘 속에 소외된 여성 화자에게 더 이상 은총의 통로서의 사물성과 진정성을 상실해 버린 지 오래다. 빛은 그 에너지가 상징하는 막강한 힘과 더불어 타자를 억압하거나 지배해도 합리화되는 제도의 폭력적 능력으로 호명되었다. 욕망이 불러일으킨 힘들의 전쟁인 불과 불의 싸움에서 늘 눈물의 희생을 강요당한 여성의 의식 속에 빛이나 불보다는 물이 사물로서의 친근성이 더욱 가까워진 것은 당연한 귀결이었다. 어둠의 시공과 함께 그의 시에서 나타나는 하강의 이미지, 물의 유연성과 친연성을 담고 있는 사물성은 어둠 속에 천대 받은 이 시대의 독자들에게 매우 친근한 존재로 다가왔다. 낮은 곳을 향해 어떤 사물과도 함께 마음을 나누고 위로하며 화해 할 수 있는 그녀의 화자는 허무의 옷을 입고 더 깊은 밤의 거리를 걷거나, 쓸쓸한 시간을 여행하고, 여성의 자궁 같은 짙은 어둠 속, 혹은 어두운 하늘 구름 속을 자유자재로 날며 조용히 상존하려는 대화의 손을 내밀고 있다.

　그 어둠은 진실이 은폐되고 왜곡된 현실에 대한 부정의식을 전제로 한 모더니즘의 미학적 방법이며 강은교의 시의식에서 나타나는 실존적 허무의식이다. 이 의식은 광기에 사로잡힌 욕망의 자리로부터 멀리 떠나오기 위한 주체가 스스로 새로운 자리를 찾아 이동하는 경로이기도 하다. 허무가 빚어내고 있는 어둠은 부정의식 이면에 이처럼 여성의 자궁 같은 안식의 처소로 돌아오는 길의 특징이 표상된다. 그리고 그녀의 시에 나타나는 어둠은 폭력과 광기로 더럽혀진 세상의 빛에 비켜 서서 영적 아우라를 보이지 않는 내면 속에서 찾기 위해 안간힘을 쓰고 있는 모더니즘 시인의 '소극적 능력'의 범주 안에서 작용한다. 그녀의 시적 화자는 쉽사리 밝은 대낮으로 외출하기를 선호하지 않는다. 그 대낮의 빛은 시의 화자로 하여금 은총이나 축복보다는 오히려 사막을 가로질러 가야 하는 순례자가 겪는 뜨거움으로 다가선다. 그의 시에서 종종 구름의 이미지가 긍정적 이미지로 나타나는 것은 '구름기둥'이 필요한 순례자가 불모의 사막을 통과해야 하는 강박감이 현존하기 때문이다. 물론 캄캄한 어둠 속에서 그는 별빛으로 길을 찾고, 추운 밤에는 언 몸을 녹이기 위해 '불기둥'을 그리워할 것이다. 그러나, 가부장적인 남성중심의 뜨거움이 억누른 피해의식이 지배적인 모티프로 나타나는 것이 강은교 시인 보여주는 여성성을 띤 자기 인식의 특징이기도 하다.

그의 시의식은 모더니즘의 접근 방법을 배제한다면 독자들로 하여금 지리함과 오해의 독서를 조장할 수 있다. 강은교 시인 구사하고 있는 모더니즘은 의식을 낯설게 흔들어서 현실의 속악한 의식과 무의식을 스스로 재조명하는 계기를 만드는 미학적 방법이다. 강은교 시인의 '낯설게 하기'는 상당히 매력적인 시적 성과를 얻고 있는 편이다. 따라서 그의 시는 대중적인 독자에게는 이질감이나 생경함을 조장할 수 있다. 그러나 '낯설게 하기'의 발생 배경은 의사소통이 진부한 경계에 놓여 있을 때, 근대 주체가 새로운 돌파구를 찾기 위해 불가피한 내적 각성과 갱신의 지혜를 찾는 험난한 경로이기도 하다. 목적론이 배제되고 과정론이 우세한 것은 이미 결정론적 목적론이 도달한 세계가 반생명적인 기계주의와 물질주의가 반복되는 시대로 타락했기 때문이었다. 합리주의에 대한 고정관념에 경도되거나 근대 이성의 욕망에 대한 입체적 성찰이 부족한 사람들에게, 모더니즘 시학은 회의주의로 매몰되는 부정의 태도나 방관적 도피처럼 보일 수 있다.

특히 타자에 대한 지배 관계가 익숙해진 파시즘의 관점에서 보면 이런 실존적 회의와 성찰태도는 진정한 현실 개혁이나, 무한히 열려진 상징 세계에 대한 보편적 미의 가치를 배제시키는 천박한 알레고리로 비추어지기도 한다. 그러나 근대시가 상징의 추구에서 알레고리의 담론으로 시학을 하강시킨 것은 주지하다시피 결코 시학의 본질이 후퇴하거나 퇴보된 것이 아니다. 계몽의식이 지닌 실증적 사유로 인해 입지가 좁혀진 시의식이 반대 급부로 새로운 이상향을 상징으로 만들어 놓고 상징의 멜랑콜리한 형이상학이 연출하는 퇴폐적이고 우울한 달콤함을 부르주아 계층이 전유물로 향락하고 있을 때, 빈자의 세계에서 삶을 이끌어가는 기층의 사람들은 혹심하게 노동의 즐거움과 자유가 착취당하는 극도의 가난과 영적 굶주림에 갇히게 되었다.

분단으로 인한 사회적 갈등이 분출되어 1960년에 4·19 민주 혁명이 있었지만, 바로 5·16 군사 쿠데타로 이어져, 국가독점주의 체제로 견인된 거대 자본의 집중을 통한 경제 발전의 패러다임은 강은교 시인이 등단한 1960년대 후반에 이르러 각 계층의 사회적 갈등이 첨예하게 대립되면서 노동집약의 생산 구조 속에 각 개인의 인권과 노동의 가치가 극도로 훼손되는 어두운 현실에 맞딱드리게 되었다. 특히 노동자 계층과 여성의 사회적 위상은 도구적으로 사육되는 추락과 소외가 끊이지 않았다. 이러한 반생명적 현실로의 전락은 전위적인 의식을 지닌 시인들의 눈에 조지 오웰의 '동물농장'과 다름없는 우화의 그림자로 비춰지고, 그 우화적 패러다임은 시인들로 하여금 현실을 비웃는 알레고리풍의 시를 양산하게 만들었다. 이 시기에 숱한 알레고리적 담론이 시에 반영된 것은 종말로 치닫는 부르주아 산업사회의 조종을 울리는 해체 시학의 현실적 대응이라고 말할 수 있다.[35]

이렇게 부르주아의 근대적 합리주의가 근대 사회를 오히려 '부조리'가 전염병처럼 만연된 소외 현실로 둔갑시킬 때 모더니즘이 지닌 냉소적 알레고리 담론은 그 칠흑의 부정적 어둠을 반영하는 자기 인식의 미학적 방법이었다. 따라서 한국의 가장 우울한 시대를 순례자의 가난한 모습으로 가로지르며 여성의 실존적 삶을 선택한 여성시인인 강은교는 한국의 전통적인 설화에서 비극적 인물을 시에 차용하여 그의 내면에 자리한 실존적 영성을 형상화한다. 그녀의 시에 등장하는 어둠의 화자는 '바리데기'로 전락한 공주로서 이 세상에서 버림을 받은 비극의 전형적 인물의 성격을 띠고 있다. 가족으로부터 버려진 바리데기 공주는 다른 지상 왕국에서의 새로운 재생을 꿈꾸지 않는다. 바리데기는 오히려 불운한 상황에서 모진 생명의 죽음을 기꺼이 감수하면서 저승으로 하강하는 어둠과 고통의 순례길을 자처한다. 막내로 태어난 공주인 자신을 여아라고 없신여겨 죽음의 시공에 밀어넣은 무자비한 가부장 아비인, 늙은 오구 대왕의 목숨을 살리기 위해 약을 구하러 떠나기를 주저하지 않는다. 지옥의 순례는 제자리를 찾아가기 위한 역사적 알레고리의 탁월한 설화적 장치였음을 알 수 있다.

강은교의 시의식은 자기 인식을 통해, 그리고 여성의 진정한 자유를 질문하면서 결코 관리되는 현실 사회에서 넣어주는 손바닥만한 햇빛을 쬐

---

35) 발터 벤야민, 「알레고리와 멜랑콜리」, 『진중권의 현대미학강의』, 아트북스, 2008, 17-22쪽 참조.

면서 허무한 죽음에 당도하기를 거부한다. 그 어두운 공간에서 벗어나기 위해 그녀의 내면은 더 칠흑 어둠의 세계를 향해 순례의 길 떠나기를 감행하는 시를 쓰기 시작한다. 남성이 만들어낸 재래의 소박한 여성에서 벗어나기 위해 그는 결코 여성의 안일한 폐쇄적 즐거움에 만족하지 않는다. 그는 숙명적으로 다가온 병고의 순간 속에서 엄준한 자아와 생명을 지키기 위해 죽음의 망령과 분투하는 의지를 북돋는 훈련을 오래 유지해 온 사람이었다. 병고의 현실과 어둠이 부여하는 극적 갈등을 내면으로 수용하면서, 죽음을 향해 하강하는 연습에 단련된 그의 사유는 그녀의 문단 데뷔 시가 비범하게 보여준 시행 발화에 여성이 소외된 현실과 투쟁하려는 순례자로서의 여성의식이 전위적 단초로 각인되어 있다. 그의 초기 시 「순례자의 잠」에는 흑인 해방을 위해 암살된 마틴 루터 킹 목사의 초상이 재현되고 있다. 그의 순례자로서의 죽음처럼, 여성의 진정한 자유와 여성의 생명 회복을 위해 젊은 여성 시인의 시인으로서의 첫 행보는 죽음을 넘어서 영원한 자유의 진리를 추구하면서 새로운 삶의 진정한 가치를 추구하겠다는 의지를 천명했다. 실존적 허무의식으로 현실과 대응하며 스스로의 내면세계를 넓혀 나간 그의 시의식은 가난한 현실에서 극심한 소외의 고통을 겪고 있는 독자들이 오랫동안 주목하기에 충분한 값을 치루었다.

허무를 주요한 모티브로 삼은 그의 초기 시에는 '죽음, 저승'의 이미지와 이로 불러일으킨 허무의식이 지나치다고 할 수 있는 정도로 많이 나타난다. 그렇지만 시인은 시를 절망이나 불안만의 정서로 환원하지 않고 보편적인 인간 생명의 영원성과 신비성에 수렴하고 있으며 순환론적인 세계관과 신화적인 여성의 원형적 모습을 통해 '허무'라는 우리 삶의 본질을 끊임없이 탐구해 왔다. 시인은 허무에 머무르지 않고 허무를 통과함으로써 허무 너머의 세계를 바라보는 시를 쓰기 시작했다.

모더니즘과 이미지즘을 추구하는 70년대 동인들의 지적 태도를 취하면
서 여성시인들에게 으레 부여되는 여류의 한계성을 적극적으로 배제하고
있다는 것이 강은교 시에서 눈에 띄는 점이라 할 수 있다. 60년대 현대시
의 애매하고 난해함에 대한 반성으로 70년대 동인들이 언어와 사물을 일
치시키고 이미지에 윤택하고 풍부한 감수성을 부여하며 시는 정직하고
절제되어 있어야 하고 리얼리티의 탐구에 충실해야 한다는 근원적인 입
장을 환기시켜 줌으로써 현대시에 발전적 노선을 제시하게 된 것이다.36)

강은교는 또한 기존 여류 시인37)의 한계점을 넘어서서 인간이라는 존
재 보편의 문제를 응시하고 있는 동시에 타자로서의 삶을 부인하고 주체
로 서려는 여성 특유의 세계 인식을 여성의 입장에서 드러내고 있으며 죽
음의 치유와 생명의 포용의 여성적 인식을 담아내고 있었다. 다시 말하면
강은교 초기시의 시의식은 여성으로서의 인식을 담고 있는 동시에 여성
을 넘어서는 특징을 보여주고 있다.38)

2) 허무의식과 존재의 소외

부정적인 현실인식이 강하게 드러난다고 평가받고 있는 강은교의 시는
그동안 대체로 초기 시에 초점을 맞추어 논의되어 왔다. 죽음, 허무, 소멸
등의 내면적 관념세계가 중심을 이룬 초기시의 성과를 강은교 시 세계의
중심이라고 보아 왔다.

---

36) 김병익, 앞의 글, 12쪽.
37) 1930년대에 형성되기 시작한 여류 시단은 모윤숙과 노천명, 그리고 그 이후의 숱한 시인
들을 배출했고, 그들이 다룬 주제가 조국애로부터 절대자를 향한 갈구, 못 이룰 사랑에 대
한 전통적 한, 괴로운 일상의 아픔에 이르기까지 폭넓은 편차를 보이며 언어의 잘감과 상
상력의 체계가 상당히 다양함에도 불구하고 그들이 작품 대부분은 '여류시'란 명칭 안으
로 귀속되어 왔다.
38) 정나미, 「강은교 초기시의 이미지 연구」, 2007, 73쪽.

그의 시집 『허무집』에서 허무 혹은 죽음 그 자체를 노래했다는 점에서 '소극적'의미에서의 그가 허무주의의 시인이었다고 할 수 있다. 끊임없이 강은교 시에 등장하는 '죽음'은 때로는 어둠이며 때로는 하강하는 물과 일체를 이루며 시세계 전반에 허무의식을 담아낸다. 시집 『빈자일기』가 나오기 이전의 시들에서는 직접적으로 죽음이나 무덤이라는 단어가 들어 가는 경우가 많이 나타난다. 그 밖에도 그와 유사한 의미를 지닌 사라짐, 부서짐, 떨어짐 등, 그의 초기시에 온통 죽음과 소멸의 어둠에 물들어 있 다고 해도 과언이 아니다.

허무라는 주제는 한국 문학에 있어 그다지 새로운 주제는 되지 못한다. 이러한 주제의 시가 대체로 무기력한 이미지에 침잠해 있었지만 강은교 의 시에는 해당되지 않았다. 독특한 상상력, 자기 고유의 원초적 물질이미 지, 무가나 판소리의 운율은 그의 시를 늘 신선하고 살아 있는 것으로 만 들어 주었을 뿐더러, 그의 허무 의식이 재래의 동양적 허무와는 본질적으 로 다른 것이라는 느낌을 갖게 했다.[39]

그의 초기 허무의식은 다소 관념에 치우쳐 있어서 관념적이라고 논의 되고 있다. 그리고 강은교의 초기 시에 나타난 허무의식은 학생시절 주로 심취되어 있던 외국 문호들의 영향과 관련이 있다.

> 나는 학교 시절에 주로 외국 문학에 심취해 었었는데, 내가 경도했던 사 람들은 니체, 하이데거에서부터 릴케, 딜런 토마스, 제임스 조이스, 카프 카, 포크너 등과 러시아의 작가들 등 다양했다. 한국 문학에 대해서도 내 나름대로 읽어 보았다. 그러나 한국 문학 작품이 나를 사로잡았던 것은 그 시절 미안하게도 별로 없었다. 나는 그래서 주로 무가나 판소리를 찾아 같 은 책을 여러 번씩이나 읽어 보는 버릇이 생겼다. 그러나 문학 정신은 사

---

39) 신경림, 「강은교의 시세계」, 『빈자일기』 해설, 민음사, 1977, 83쪽.

실 서구의 현학적인 지식이 아니라, 한국의 판소리나 무가에서 들을 수 있
는 아주 슬프디 슬픈, 어떤 사람의 하소연 등에 연결 되어 있을지도 모른
다고 나는 자주 생각한다.40)

초기 시에서 인간존재의 근원을 고통스럽게 보아 온 강은교의 해답은
허무이다. 시간의 흐름에 대한 인간의 반응을 고통과 허무, 죽음으로 인식
한 그의 부정적인 세계관의 접근은 그의 시 전반을 흐르는 분위기이다.41)
그가 시를 쓰게 된 배경은 1960년대의 정치적 상황과 무관하지 않다.
4 · 19 이후 그가 대학 생활을 보냈던 시기까지 근 10년 동안 민주주의에
각성된 시민들의 민주화를 위한 시위는 더욱 가열되었고, 산업화의 촉진
으로 인한 사회 각 계층의 소외 유신 독재 정권을 창출하려는 정치적 음
모의 중압감이 팽배하는 속에 정국은 난국 해결의 실마리를 풀 수 없는
총체적 위기를 실감케 하는 어두운 상황이었다.
사실 강은교 시의 출발은 '결핍'에 대한 내적 성찰에서 비롯된다. 그는
전율과 감동이 없는 상태를 가장 큰 결핍 상태로 보며, 실패에 의한 결핍을
소중히 여긴다. 또 고독 또는 정신적 소외가 주는 정신적 결핍을 말한다.
그러나 강은교의 감수성은 시를 절망이나 불안만의 정서로 받아들이지
않는다. 오히려 그의 관심은 인간 생명의 영원성과 신비성에 기울어 있다.
그의 초기 시에는 삶의 흐름을 존재론적 차원, 즉 더 근원적 원리의 차원
에서 과학적으로 분석했다. 그는 삶에 대한 인식이 물, 불, 바람, 모래 등
의 원소적 물질어 등과 결합되어 형상화되었다.42)
『허무집』에서 시인은 죽음에 대한 예감, 일상적인 것의 해체, 영원을

---

40) 강은교, 「시의 현실과 삶의 현실」, 『순례자의 꿈』, 나남문학사, 1988, 436쪽.
41) 정영자, 앞의 글, 241쪽.
42) 이영섭, 「허무와 고독의 숨길」, 경원대학교 논문집 16, 1997, 331쪽.

향해 생명의 종말을 통하여 비극적 세계인식을 표현하였다. 대표작「자전
1」에서 발견하는 것은 압도적인 시간에 대한 이미지다. 허무는 강은교에
게 있어 생명의 존재를 인식하고 표현하며 그것의 텅 비어 있음과 덧없음
을 깨닫게 하는 주도견(主導見)을 이룬다. 강은교는『허무집』전편을 통해
자신의 허무가 시간의 흐름과 더불어 확실해진다는 것을 끊임없이 강조
하고 있다.43) 또는 시인이 생명의 흐름을 시간의 흐름에 따라 명징하게
감지하고 자신이 실존적 유일자로 남아있음을 깨닫는다.

> '실존(Existenz, Existence)'이란 현존재가 다른 사물적 존재자들과 달리 자
> 기자신에게로 태도를 취하고 있는 성격을 일컫는 것이다. 다시 말해서 '실
> 존'이란 개개의 현존재가 존재하는 방식을 뜻하는 것이다.
>   인간은 이 세상에 내던져져 있는 존재이고, 다른 의미로는 죽음 속에 내
> 던져져 있는 존재이다. 그러므로 인간 본래의 기분은 불안이다. 이 불안
> 속에서 인간은 자기자신이 무 속에 내던져져 있음을 안다. 그런 자기자신
> 에 도달하고 봉착하였을 때 인간은 자기 존재의 근저에서 부르는 양심의
> 소리를 들을 수 있으며, 이 소리는 유한한 자기의 운명을 받아들이는 결단
> 을 하게 한다. 따라서 실존적인 경험은 죽음을 인식하는 데서부터 비롯되
> 어 자신의 유한성을 깨닫고 스스로의 본래성으로 돌아가는 바탕을 마련하
> 는 것이다.44)

이 '죽음을 인식하는 데'는 젊은 나이에 그가 치른 목숨을 건 대수술이
크게 작용했다. 1972년 2월, 강은교는 두 번에 걸친 힘겨운 수술을 받게
된다. '선천성 뇌동맥 정맥기형'이라는 이름도 생소한 병마가 갑작스럽게
찾아오게 되고, 이로써 그는 삶과 죽음의 줄타기를 경험하게 된다.

---

43) 김병익, 앞의 글, 128쪽.
44) 문혜원, 「전후시의 실존의식 연구」, 『한국 현대시와 모더니즘』, 신구문화사, 1996, 8쪽.

일반적으로 개인이 실존 의식을 가지게 되는 것은 유한성의 장벽에 부
딪침으로써 실존적인 경험을 할 때이다. 죽음은 인간의 유한성의 극한으
로서, 죽음의 간접 체험은 가장 중요한 실존적 체험이며, 현존재로 하여금
실존의 상황을 돌아보는 계기를 마련해준다. 죽음을 가능성으로 받아들일
때 현존재는 비로소 자신의 실존에 관심을 기울이게 되는 것이다.[45]

죽음을 겪고 난 강은교는 「하관」, 「회귀」 등 자신이 잠시 다녀온 죽음
의 절차를 회고하고, 이어 연작시 「연도」, 「풍경제」를 발표한다. 그는 이
일련의 시작 과정에서 죽음으로부터의 소생, 그 소생이 안겨준 정신의 정
화, 새로운 생명으로 태어났을 때 달리 보이는 세계의 풍경 묘사로 관심
을 전개한다.

죽음을 겪은 그는 삶을 살지 않고 삶을 관념적으로 보는 것이, 삶을 살
면서 삶을 보는 것으로 깊어졌다. 그의 시에서도 이전에 없었던 명징함,
평안함, 너그러움이 나타나기 시작했다. 이미지와 이미지가 윤택하고 따
뜻한 관계로 맺어지고, 운명과 예감, 사물과 시간이 인간의 허무함으로 수
렴, 화해되고 있다. 강은교는 드디어 이 허무와 친화하며 절정적인 순간에
얻은 예감을 삶의 보편적 양식으로 확대시키는 것이다.[46]

이 무렵 강은교의 시의 중심적 흐름을 이루고 있는 것은, 한 번의 죽음
으로써 모든 것이 끝나는 것이 아니라는, 일종의 이 세계의 순환적 질서
에 대한 자의식이라고 할 수 있다. 그러나 이것은 인간이 운명에 무력한
채 복종만 하다가 자기 의지에 관계없이 일회의 잠으로 그 삶을 끝맺는
숙명론이 아니라 주체의 새로운 탄생을 위해서 반드시 거쳐야 하는 삶의
이음새로 보고 있다. 그는 허무 그 자체의 실재 속에서 존재와 죽음의 깊

---

45) 문혜원, 위의 책, 8쪽.
46) 김병익, 앞의 글, 135쪽.

은 의미를 탐색하는 데 그치지 않고, 허무를 허무로써 초극하는 적극적인 시적 통찰을 보여주었다.

『빈자일기』라는 시집에 이르러 그의 독특한 문학의 세계는 차츰 개인의 관념적인 것에서 탈피하여 작고 하찮은 것에 애정과 관심을 보이면서 현실인식과 공동체의식으로 확대되는 사회성을 가진다. 시인은 그 눈을 외부로 돌려 자기 주변의 타자(他者)들을 응시하는데, 존재의 의미를 '낮은 것들', '작은 것들'을 통해 탐구한다. 즉, 하찮은 것에 주목하게 되는데 여기서 '빈자'는 가난한 사람이 아니라 소외된 자, 빼앗긴 자로 볼 수 있다. 빈자는 사실 그 누구보다 시인 자신인 것이다.

운명론적인 한계를 명확히 인식하면서도 그 한계 때문에 포기하거나 주저앉지도 않고 그렇다고 일어서서 대항하거나 부정하지도 않는 상태에 있는 것이다. 그래서 『빈자일기』는 철저한 고독과 소외를 노래하였으되 결코 비참하거나 서럽지 않다. 자신을 비롯한 소외된 타자들을 응시하였으되 그들의 처지를 동정하거나 안타까워하지도 않는다. 철저한 자기 부정과 모멸인 것처럼 보이는 이러한 시편들에서 그렇지만 시인은 이 모든 부정들을 암흑을 열고 빛 속으로 나아가려는 것임을 알 수 있다. 빈자이므로 오히려 고결해질 수 있음을 조용하지만 당당하게 말하고 있는 것이다.[47]

'허무'와 '고독'의 세계로 해석되어 온 강은교의 시세계는 좀 더 구체적 현실을 들여다보면서 서서히 변모하고 있었다. 유한성을 넘어선 존재의 탐색에 몰두하던 그가 주위의 빈자들, 소외된 타자들과의 구체적 동질감을 보이기 시작하였고 보잘 것 없고 부질없는 작은 생명에 보내는 뜨거운 관심과 애정은 이 시기 시인의 특성이었다.

이렇게 그의 허무는 감정에 치우치지 않는 세상보기의 객관성과 평정

---

47) 송지현, 「허무의 숲에서 사랑의 풍경까지」, 『한국언어문학』 제50집, 2003, 134쪽.

성으로 공동체 삶의 진실에 뿌리내리고 있다. 그의 시의 가장 큰 매력은 죽음과 허무에 대한 시적 태도에 있다는 것을 알 수 있다. 죽음이나 무덤 이미지가 시에 많이 등장한데도 그것의 부정적 성격이나 삶의 덧없음만을 강조하지는 않는다. 존재의 유한성과 한계를 직시하면서도 결코 두려워하거나 떨지 않고 바라봄으로써 오히려 견뎌내고 넘어서는 강인한 정신력을 볼 수 있는 것이다. 그의 대부분의 시에 허무와 죽음을 주로 시화하였지만 사실은 허무에의 저항, 생명을 향한 꿈을 간직함으로 견디고 있는 것이다.

그렇다고 강은교의 시에 나타난 허무의식이 사라지는 게 아니라 그의 시에 바탕에 깔려 있는 것은 여전히 허무임을 부인하기 어렵다. 그는 여전히 혼자이고 사람들과는 교신하지 않음을 알 수 있었다. 타자들을 응시하였으되 그들의 생활을 포착한 것이 아니라 존재를 탐색하고 있기 때문이다. 사람들보다는 오히려 주변 사물들과 대화를 나눈다. 무인도에 있기 때문에 더욱 맑아진 영혼, 밝아진 눈으로 세상의 모든 것들을 아름답게 바라보고 있는 것이다.

허무의식을 통해 삶을 보다 근본적인 차원에서 성찰하고 스스로의 내적 소외에 대한 치유와 더불어 외부 현실에 존재하는 하찮은 존재에 대한 사랑을 그의 시가 앞으로 나아가는 경건한 순례자로서의 모든 생명을 구원하기 위한 도정에 이르게 한다.

3) 생명의 구원을 향한 여성의식

강은교 시의 세계는 허무와 어둠을 바탕으로 하는 주술적인 것으로 나타났지만, 그의 허무는 바른 세상 살기의 한 장치였다고 해석할 수 있으며, 감정에 치우치지 않는 세상보기의 객관성과 평정성으로 공동체 삶의 진실에 뿌리 내리고 있다. 허무를 따뜻하게 바라보고 인식하는, 살아 있는 자의 탈욕망의 가지를 늘어뜨리고 허무의 무성한 잎들을 즐거이 쳐다보는 시각 속에는 생명과 사랑에 대한, 특히 작은 것, 보잘 것 없는 것에 보내는 애정이 유별나다. 따라서 그의 허무는 생명과 사랑에 도전하는 치열한 세상 살기의 한 방편이었다고 말할 수 있을 것이다.

시기적으로 강은교 시인은 뇌수술을 받고 생사의 갈림길을 헤매다 다시 건강을 회복한 경험에 힘입었기 때문인지, 이 후의 시편들에서는 죽음을 극복하고 재생에 대한 꿈을 노래하고 있다. 시간이 흐르면서 그의 시 속에는 이제 허무만 존재하는 것이 아니라 삶의 희망과 생명에 대한 새로운 의식이 엿보인다. 죽음과 생명을 동시에 경험한 강은교는 생명의 불가사의한 원리를 깨닫게 되고 그의 시에서도 죽음을 치유하고 생명을 포용하는 이미지가 드러나기 시작한다.

그의 생명의식은 여성 특유의 생명감을 바탕으로 병든 세상을 치유하고 구원하려는 여성성이 드러나고 있다. 그가 즐겨 사용하는 '물'과 '자궁' 등의 재생 이미지는 죽음을 포용하는 생명의 이미지 또는 '피'와 '뼈'와 '살'의 무속적 이미지이다. 뿐만 아니라, '바리데기'의 설화를 통해서 자신의 아픈 상처는 물론이고 황폐화된 세계를 구원하고 만물에게 생명을 부여하는 대지모의 모습으로 나타나기도 한다. 강은교는 이렇게 여성만이 가진 재생의 힘을 통해 삶과 죽음을 끌어안고 죽음을 포용하며 끝없이 순환하는 생명질서의 세계를 보여준다.[48]

그의 시가 이룬 큰 성취는 난해한 관념의식을 명징한 이미지로 형성화하는 데 있다. 그의 초기 시 속에 드러나는 여러 가지 이미지 중에서 주

---

48) 박수경, 「강은교 초기시에 나타나는 여성성 연구」, 경남대학교 대학원 석사학위논문, 2009, 53쪽.

목해야 할 것은 '물'의 이미지이다.

우리가 물이 되어 만난다면
가문 어느 집에선들 좋아하지 않으랴.
우리가 키 큰 나무와 함께 서서
우르르 우르르 비오는 소리로 흐른다면.

흐르고 흘러서 저물녘엔
저혼자 깊어지는 강물에 누워
죽은 나무뿌리를 적시기도 한다면.
아아, 아직 처녀인
부끄러운 바다에 닿는다면.

그러나 지금 우리는
불로 만나려 한다.
벌써 숯이 된 뼈 하나가
세상에 불타는 것들을 쓰다듬고 있나니

만리 밖에서 기다리는 그대여
저 불 지난 뒤에
흐르는 물로 만나자.
푸시시 푸시시 불꺼지는 소리로 말하면서
올 때는 인적 그친
넓고 깨끗한 하늘로 오라.

그의 대표작 「우리가 물이 되어」에서 전체적으로 '물'과 '불'의 이미지
가 매우 빈번하게 나타나면서 변증법적 상상력으로 형상화되고 있다. 윤
회의 사상 속에서 '물'과 '불'은 대립적인 이미지가 아니라 소멸과 탄생을

향한 길항과 결합을 통해 상호보완적인 모습을 보인다. 물은 존재의 재생과 탄생, 그리고 화합을 위한 물이다. '불'과 대립적이면서 동시에 상호보완적인 입장에서, 불이 모든 부정한 것을 태우고 나면 '물'이 되어 만나자는 화자의 목소리에서, 물은 조화와 합일의 이상적인 상황을 상징한다. 「우리가 물이 되어」에서 보여지는 불과 물의 이미지는 죽음을 극복하고 생명의 이미지로 해석될 수 있으며 화자는 결국 생명을 지향하며 이를 실현하고자 하는 잔잔하지만 일관된 시적 태도를 보이고 있음을 알 수 있다.[49]

물은 초기 시 속에서 빈번하게 등장하고 있는데 같은 물의 이미지라도 시에 따라 다양한 모습을 드러내고 있다. 즉, 그의 초기 시에 나타나는 시의 이미지는 하나로 고정되어 있지 않다. 존재의 생성과 결합, 소멸과 탄생 등 물의 이미지는 강은교의 초기 시 속에서 물 그 자체의 모습으로, 혹은 물의 성격을 지닌 다른 모습으로 변주되어 나타나기도 한다.[50]

그의 초기 시에서는 신화적 인물인 '바리데기'를 원형으로 삼아 '피', '살', '뼈'이미지가 치유하는 여성 이미지로 형상화되어 있다. '피'와 '살', '뼈'는 인간의 육체를 이루고 있는 원형적인 질료들로 몸의 이미지이다. 무속에서 인간은 뼈와 살이 있고 숨이 있어야 산다고 본다. 또한 모든 생명은 뼈로부터 부활한다고 믿는다. 이 이미지들은 무속적인 세계관을 보여주며, 강인한 생명력과 치유하는 어머니로서의 면모를 보여주고 생명을 구성하는 육체의 강렬한 존재감을 환기시킨다.[51] 더 나아가 무당의 중얼

---

49) 김은희, 「강은교, 김승희 시의 여성 신화적 이미지 연구」, 이화여자대학교 대학원 석사학위논문, 2006, 26쪽.

50) 하연경, 「강은교의 초기 시에 나타난 물의 이미지」, 강원대학교 교육대학원 석사학위논문, 2008, 15쪽.

51) 바리공주 무가에서는 뼈살이(骨生)와 살살이(肉生), 숨살이(息生)의 세 가지를 인간을 재생시키는 기본요소로 보았다. 즉 뼈살이는 뼈를 살리는 것이고, 살살이는 살을 살리는 것이고,

거림 같은 체계화 되지 않은 주술적 언어의 사용과 재생 의식을 통해서 생명과 포용의 이미지를 표현하고 있음을 알 수 있다.

또는 그의 시에 나온 '자궁'은 생명과 치유의 모성적 이미지이다.

이혜원은 '강은교는 여성의 몸이 지닌 도저한 생명의 비의를 선구적으로 간파한 시인이다'[52]라고 말한 바 있듯, 강은교 시의 생명의식은 우주의 원리가 내포되어 있는 여성의 몸에 대한 자각에서 발생한 것이다. 여성의 몸은 생명의 모태이며, 세계의 근원이자 생성원리를 내포하고 있다. 강은교 시에서 이런 생명의 모태로서의 여성의 몸은 '자궁'의 이미지로 표현된다. '자궁'은 물로 가득찬 온전한 삶 이전의 세계인 동시에 하나의 생명 안에서 새로운 생명을 배태한다는 점에서 재생의 공간이라 할 수 있다. 생명을 배태하고 자라게 하는 '자궁'은 여성에게 존재하며, 남성 권력에 의해 왜곡된 세계를 보살피고 치유함으로써 재생으로 이끄는 여성성의 상징이다.[53]

> 강은교의 허무 속에는 생명을 탄생시키는 '자궁'같은 세계가 존재하고 있기에 허무로 끝나는 것이 아니라 생명을 포용하는 긍정의 세계로 이어진다. 강은교 시에서 드러나는 삶과 죽음이 공존하는 자궁 같은 세계, 이것은 여성 특유의 세계인식의 결과인 셈이다.
> (중략)
> 강은교의 생명의식은 병고 체험과 연관되어 있어서 인간 존재가 겪는 보편적 경험으로 할 수 있다. 하지만, 그의 병 체험은 여성으로서 겪어야 하는 임산과 출산의 경험과 오묘하게 연결되어 있다는 점을 생각하면, 그

숨살이는 숨을 살리는 것이다. 죽은 인간을 재생(再生)시킬 때 뼈살이, 살살이, 숨살이를 함으로써 살린다. -최길성, 『한국 무속의 이해』, 예전사, 1994, 152쪽.

52) 이혜원, 「강은교 시와 샤머니즘」, 『서정시학』, 2006 가을호, 85쪽.

53) 정나미, 앞의 글, 66쪽.

의 생명의식은 '여성의 몸'에 근거한 특수한 경험에서 비롯된 것이라 볼 수 있다. 그러므로 강은교 시에 드러나는 삶과 죽음에 대한 사유, 치유와 재생의 언어를 통한 영원히 순환하는 생명 질서의 세계, 윤회 등의 여성의 몸으로 겪게 되는 여성의 경험, 여성의의식이 바탕이 된 것으로 보아야 하며, 그 자체로 여성성의 나타남으로 보아야 한다.[54]

바리데기 이야기는 표면적으로는 죽음에서 삶을 건져 올린 바리데기가 자신을 버린 아버지를 위해 온갖 간난신고를 극복하고 죽음을 구제할 약수를 구해와 아버지를 살리는 딸아이의 효행담이다. 그러나 시인이 주목한 부분은 단순히 부권의 신성과 권위를 회복하는 데 동참하는 딸아이의 선행이 아이라 버림받은 소외된 딸이 아버지를 구제한 후 아버지의 궁궐에서 공주로서의 보장된 삶을 살아가기를 거부한다는 점이다.

바리데기 설화는 시간차를 두고 되풀이해서 변주되었고 강은교의 내면에 지속적으로 묻혀 있음을 증거한다. 그의 시가 바리데기 의식에 뿌리를 두고 있음은 이미 많은 논자들이 지적한 것이다.

그의 바리데기 의식을 어디에서 연유했는가를 아래의 인용문에서 암시해 준다. 그의 무의식적 강박을 촉발한 유년의 체험에서 가장 중심에 있는 것은 '아버지'이다.

태어나자마자 출생지를 떠나 타자를 헤매며 살아온 시인의 인생 역정은 바리데기의 운명과도 흡사하다. 오구 대왕의 일곱째 딸 바리데기와 강은교는 아버지로부터 버려진 후 아버지를 찾아가는 행로 역시 일치한다. 시인의 아버지는 그녀의 출생 당시 서울에 가서 소식이 없었다. 태어난 지 백일밖에 되지 않은 갓난아기를 들쳐 업고 그녀의 어머니는 사선을 넘어 남하한다. 천신만고 끝에 아버지를 찾았을 때 아버지가 '당신이 여길 어떻

54) 박수경, 앞의 글, 43쪽.

게……' 하며 놀라고 '그 애는 누구?'라고 묻자 어머니는 정신을 잃었다고
한다.

　전쟁은 시인에게 또 다른 시련을 가져왔다. 다섯 살 되던 해 전쟁이 터
지자 정부의 고관이었던 아버지는 아무 소식 없이 갑자기 떠나버리고 다
른 가족들은 부산으로 피난을 가게 된다. 송도의 피난민 수용소에 있을
때 다시 아버지를 만나 초량동의 방 한 칸으로 이사를 간다. 초량동의 시
절을 거치면서 그녀는 가난과 슬픔을 알게 된다. 서울 수복 후 서울로 올
라와 폐허 위에서 삶의 터전을 마련해 간다. 아버지에게 버림을 받고도
계속 아버지를 찾아다닌 가족사는 그녀에게 애증이 교차하는 아버지 상
을 각인시킨다. 일제시대에는 독립운동가로, 해방 후에는 정부의 고관으
로 대의와 명분을 앞세우고 살아온 아버지의 남성성과 인고와 희생의 모
성으로 점철된 어머니의 여성성은 그녀에게 운명의 비애를 자각하게 하
였을 것이다.[55]

　바리데기는 자신을 치유하기 위해서가 아니라, 처음부터 타자를 치유하
기 위해 길을 떠나는 존재이다. 이 버림받은, 보잘것없는 여자가 죽음의
위험을 통과해 타자의 생명을 구제하기 위한 약초를 구해오려 한 것은 바
리데기 설화에 나타난 생명의 정수이자 원동력이었다.[56]

　신화에서 약수는 물의 뿌리에 해당한다. 바리데기는 죽음에의 회귀를
감행함으로써 물의 뿌리에 도달한다. 바리데기가 물의 뿌리를 찾아가는
여정은 가역적인 행위, 물길 거슬러가기의 여정이다. 그는 지옥을 건너 약
수가 있는 곳에 이르고 죽음의 한가운데서 약수를 지키는 사람과 혼인을
하고, 아들을 낳는 어머니가 됨으로써 생명의 약수를 획득한다. 그러기에,
약수는 모유이다.

---

55) 정나미, 앞의 글, 60-61쪽.
56) 김수이, 앞의 글, 73쪽.

바리데기도 다른 신화들 속의 주인공처럼 약수를 구하기 위해 길을 떠나, 모든 간난을 물리치고 약수를 구해 돌아온다. 약수가 숨겨져 있는 곳은 모든 간난의 중심, 아직 인간으로선 누구도 경험해보지 못한 곳이다. 그것은 찾아내는 것은 단순히 숨겨진 것을 찾아내는 행위만이 아니라, 현재 바리데기가, 처한 존재의 조건을 초월하기 위한 투쟁의 의미를 내포한다.

『빈자일기』로 넘어오면서 강은교는 죽음에 대해 별로 노래하지 않는다. 이 기간에 강은교의 시에서 드러나는 가장 두드러지는 변모는, 지하와 연결되던 상상력이 지상으로 옮아왔다는 사실이다.[57] 그러나 무엇보다 두드러진 변모는 생명을 연결시켜 주고, 생명의 소멸을 영속으로 바꾸는 것이다. 시인은 그의 이러한 생명의식과 사랑은 죽음 이미지와 어둠의 인식으로 출발하여 작고 보잘 것 없는 사물에 보내는 관심과 사랑에 몰두했고, 마침내 그의 개인적 내면적 성찰은 사회와 역사인식으로 심화되고 확산되면서 공동체적 연대감으로 승화된다.

이처럼 『허무집』에서 철저하게 개인의 내면의식에 의거하여 존재의 탐구에 천착했던 시인은 『풀잎』과 『빈자일기』부터는 공동체와 삶의 현장에 대한 적극적인 관심을 표출하기 시작한다. 죽음의 체험 이후 강은교의 시는 이전보다 훨씬 분명하고 확신에 찬 어조를 드러낸다. 『허무집』에서 존재의 근원을 향해 침잠하던 섬세하고 모호한 언어는 재생과 윤회의 질서를 깨닫게 되면서 주저하지 않고 삶을 규정하는 경구들로 표출되기도 한다.[58] 시인의 새로운 삶은 죽음보다는 삶에, 개인보다는 공동체에, 깊이의 미학보다는 넓이의 힘에 경도되어 간다.

---

57) 진형준, 앞의 글, 464쪽.
58) 이혜원, 앞의 글, 301쪽.

강은교 시에 나타나고 있는 생명에 대한 의식은 이처럼 자기의 존재론적 여성을 희생하면서 약초를 구하러 떠나는 바리데기의 순례적인 삶에 표상되어 있다. 궁극적으로 소외된 타자를 구원하기 위해 그가 순례자처럼 밟아온 허무와 고독의 시적 도정은 그의 시를 생명의 구원을 향한 종교적 실존에 이르게 한 것이다.

4) 실존적 영성

앞에서는 허무 의식의 발생 배경과 허무를 바탕으로 한 실존의식이 강은교의 시세계에서 모더니즘의 시의식으로 어떻게 작용하며 그것의 미학적 방법과 장치, 그리고 현실 세계에 대한 시인의 대응 태도와 그 의미를 간략히 살펴보았다. 근대 계몽주의에 반기를 든 실존주의는 그 사유의 과정 속에서 유물론과 유신론을 배척하는 탈근대를 향한 중도적 사유인 니체의 생명 의식에 근거를 두고 있다. 계몽주의 진화론적인 역사의식과 현실주의의 대척점에서 인간 주체의 존엄성 회복을 위해 실존주의는 목적론적 당위성보다 존재 가치를 중시하고 있다. 실존주의 사유가 지향하는 현실 초극 의지는 적극적인 제도 개혁이나 실천적 행동보다 인간의 순수한 내면에 있는 소극적 능력의 기질이 발휘되는 자기반성의 부정의식과 비판의식을 의미한다. 이것은 현실의 부정을 철저히 비판적으로 바라보는 의식이며, 다른 한편에서 물화된 현실적 자아를 근본적 회감으로 반성하려는 현상학적 내면의식을 의미한다. 김춘수 시론에서 나타난 이른바 무의미시론은 바로 의미세계, 혹은 의식세계로 구성된 현실세계의 계몽주의 이데올로기를 해체하기 위한 탈근대성의 전략이기도 하다. 모더니즘 시인들의 이러한 자기 인식적 경향은 현실을 개혁하려는 계몽 담론의 이면에 도사리고 있는 사물화 현상을 방치함으로 양차 대전이 짧은 시간에 발발하고 전 세계를 죽음의 위기로 몰아넣었기 때문이다. 주체의 욕망을 무한 증식하고 영토화하려는 성장 이데올로기는 파시즘을 가속화하여 국가독점자본주의와 국가사회주의라는 또 다른 부정적 변종을 출산하였다. 시장경제가 열어놓은 삶의 관계는 야비하고 잔인한 무한 경쟁을 향해 질주하고, 이러한 왜곡된 의식은 질병처럼 급속히 세계를 탐욕과 소외의 미궁으로 만연시켰다. 이기적인 사유에서 벗어나기 위한 대화적 이성을 통해 이상적인 공동체를 구성할 수 있다는 후기 사회주의 공동체 담론도 유물론적 그늘에 길들여진 광포한 이성 앞에 굴복하는 빈사에 불과한 실정이다. 자본이 확장될수록 소비와 소외가 더욱 확충되는 냉혹한 현실의 모순은 현대인들로 하여금 정신적 상처와 '부조리'한 의식의 늪에 깊이 빠져 들게 하였다.

비판철학이 합리적 의식이 지향한 계몽의 변증법이 문화적 이종을 재생산하는 흐름을 방치할 수 없음을 깨닫고, 이종의 단산을 위한 대응으로 출발한 모더니즘의 사유는 소박한 의사소통의 공동체 구현의 의지보다 근대 이데올로기에 대한 부정의식을 통한 자기 인식의 주관적 성찰에 주목하고 있다. 소유의 욕망에 갇힌 의식의 영토화와 더불어 확장되는 자본의 영토화를 전복하기 위해 그로테스크한 죽음의 초상화를 호명하는 것은 부정적 자기 반영과 다르지 않다. 물화된 의식을 철저히 해체하기 위해서는 선차적으로 자기 정화와 영성의 관계를 회복하기 위한 '홀로코스트'로서의 통과제의가 불가피하다. 이 홀로코스트적 제의는 스스로의 죽음을 향한 허무의지와 희생을 담보로 지향하는 경계를 실존적 영성이라 정의할 수 있다. 강은교 시인의 장시에 나타난 '바리데기' 화자의 내면 의식은 이렇게 불확정성을 띤 타자성에로의 지향을 위한 모험으로 내면의 신고를 밟으며 통과제의를 치르려는 신앙적 순례자 같은 의식에서 비롯된 것이다.[59]

한편 한국에서의 전후 실존주의 혹은 초현실주의의 대두는 폐허로 비유되는 상황 속에서 무기력한 소시민으로 전락한 근대 주체를 회복하기 위한 초극적 담론이었다. 식민지 상황과 동족끼리의 전쟁을 치른 후, 절망적인 세계에 대한 소외와 초극의지는 젊은 여성 시인에게 남성 시인과는 다른 여성의식이 첨예한 모더니즘으로 나타난다. 강은교 시인이 파악한 물화된 세계는 계급적 갈등보다 가부장적 세계에 대한 총체적 회의가 더 중요한 시의 주제로 다가선다. 그의 여성 의식은 생명의 권위와 자유를 억압하는 계몽의 담론이 가부장적인 남성 중심 사회의 허망한 욕망과 거대한 뿌리에 대한 집착으로 가난한 계층과 작은 생명을 경시하는 반생명적 광포의 사물화 상황에 실존적으로 대응한다.

따라서 강은교의 시의식은 양면성을 지니고 있다. '물화된 세계에서는 낯선' 어둠의 이미지로 나타날 수밖에 없는, 허무의식이며, 그 이면에서는 실존적 허무 의식이 그렇듯이 오염된 현실을 치유하고 궁극적으로 생명의 부활을 추구하는 생명의식이다. 특히 그의 생명의식은 여성 시인으로 자의식과 결합되어 항상 시의 곳곳에서 힘을 발휘한다. 그리고 모성의 자궁성을 의식하는 자기희생의 순례의식은 그가 여성 시인으로 염원하는 영성에의 시의식이 틀림이 없다. 허무의식은 가부장적 현실에 대한 부정의식이며, 바리데기의 저승길 순례로 나타나는 여성의식은 생명의 구원에 닿아 있는 영성 회복 의식이다. 김춘수는 그의 연작시 '처용단장'에서 질병이 만연된 현실로 감지하고 초월적인 힘을 발휘하는 처용신화를 차용하여 시의 제의를 치른다. 그런데 용왕의 여섯 째 아들인 처용이 역병으로 아내를 잃고 그 귀신을 다스리는 설화는 강은교의 '바리데기' 연작시에서 병든 오구대왕을 치료하기 위해 버려진 공주가 희생을 감행하는 담

---

59) 미야타 마쓰오, 박은영·양현혜 옮김, 『홀로코스트 '이후'를 살다』, 한울, 2013 참조.

론과 커다란 차이가 있다. 남자 주인공인 처용은 오염된 현실을 여성의 음욕에서 비롯된 질병 탓으로 돌리고 초월자로서 관용의 미덕을 발휘하고 있지만, 바리데기는 아버지에게 버림받은 공주의 자리에서 더욱 고통스러운 이른바 '저승길'을 마다하지 않고 떠나게 된다. 처용이 물에서 올라온 초월적인 존재라면, 바리데기는 저승으로 내려가는 공주의 처지로 그 내면에서 벌어지는 삶에 대한 시인의 갈등 상황의 의식이 판이하다. 처용의 순례가 이승에서 이루진다면, 바리데기의 순례는 이승에서 버림받은 여성이 저승길에서 치루어진다. 그만큼 시인은 더욱 어둡고 음습한 공간의 여행이 불가피한 여성의 실존적 내면 의식을 각인시킨다.

거대한 뿌리를 전통적 민중의식에서 재현하려는 김수영의 실존적 근거와, 존재 가치를 처용의 신화에서 찾으려는 김춘수의 내면 의식에는 상대적으로 강은교 시인이 처절한 내면 의식 속에서 찾으려는 '바리데기' 같은 처절한 궁핍에 처한 여성성의 실존적 영성은 보이지 않는다. 그만큼 강은교가 제기하는 여성의 실존적 영성은 영웅 담론인 오디세이 이후 마녀 사냥과 계몽의 변증법에서 아주 오랫동안 은폐된 여성의 사유가 실존 의식의 진실성을 보다 환기시키는 후기 실존주의의 산물이다. 주체의 자유를 회복하기 위한 전기 실존주의 담론에서는 아직 민족 모순과 계층 모순의 전체성에 의해 논의가 희석되어 있지만, 성의 모순에 대한 문제를 천착하면서 여성이 주인공인 설화를 차용한 문학은 시대의 앞선 흐름을 읽고 있는 강은교 시인의 큰 안목과 깊은 시적 통찰임이 틀림없다.60)

그의 시에 나타난 여성성은 여성의 소외를 풍자, 반어와 역설과 아이러니, 알레고리 등의 의장 등을 통해 어두운 상황의 위기와 불안을 극대화

---

60) 전기철, 「해방후 실존주의 문학의 수용 양상과 한국문학비평의 모색」, 『한국의 전후문학』, 현대문학연구회, 태학사, 1991 참조.

시키는 태도를 취한다. 나아가 그의 화자는 여성의 공포에 대한 감수성을 자극하여 약자와 가난한 자의 위기에 대한 절망과 불안이 극대화된 것을 부정적으로 표상한다.

서구 모더니즘이 표방한 부정의식이 허무의식과 여성성을 내세운 강은교 시인의 시의식에서 보다 더 급진적이고 구체적인 양상을 띠고 재현되고 있는 것이다. 그녀의 시에 나타나는 허무는 여성인 현존재의 부조리를 극적으로 반영할 수 있는 삶과 죽음의 경계이다. 이 허무의 경계는 카프카의 변신에서 '벌레'로 변신한 오빠의 최후와는 다른 아버지 오구대왕의 재생과 바리데기의 저승 순례로 연결되는 실존적 차이를 보여준다. 변신은 혈연으로 맺어진 가족 관계가 물화된 현실에서 벌레로 전락해 죽음을 맞이하는, 암울한 해체 상황을 그로테스크하게 보여주는 전형적인 알레고리이며, 바리데기는 남성의 폭력에 의해 희생된 여성의 궁극적인 문제제기를 담보한 알레고리와 영성이 교합된 담론이다. 인류사에서 소외의 알레고리는 1945년 1월 폴란드의 아우슈비츠의 유대인 포로수용소에서 자행된 600만 명에 이르는 유대인 인종청소 명목 아래 나치스에 의해 학살된 유태인 학살의 '홀로코스트'이다. 이 홀로코스트는 인간의 폭력성, 잔인성, 배타성, 광기가 어디까지 갈 수 있는지를 극단적으로 보여주었다. 그러나 이 반생명의 잔인한 홀로코스트 담론은 아직 가부장적 담론을 넘어서 여성성의 소외 현장이 남성의 광기에 나타난 개연성을 집중해서 보여주는 낯설게 하기에는 이르지 못했다. 그런 의미에서 유태인의 홀로코스트는 반생명에 대한 부정의식을 더 낮은 차원에서 표현한 중도적인 실존의 고발이라기보다 다분히 가부장적 문맥을 벗어나지 못한 유대인의 거대한 몰락에 초점이 맞추어진 근대 계몽의 또 다른 제의로 해석할 수 있다.

이와 달리 제3세계 여성 시인인 강은교 시에서 나타나는 '바리데기' 설화의 주인공은 서구의 홀로코스트와는 현격히 다른 모습을 보여주고 있다. 죽음의 공간인 지하로 한없이 흘러드는 저승길에 나타나는 어두운 바리데기의 이야기는 허무의 어둠 그 자체를 극적으로 환기시킨다. 그러나 홀로코스트가 또 다른 의미에서 거룩한 신에 바쳐지는 희생적 제물이듯이 신앙적 회심으로 해석할 때, 죽음의 공간에 버려진 바리데기 공주는 저승을 내려가서, 약초를 구하기 위해 심지어 무장승과 결혼하고 아이까지 낳아주는 저승 세계에서조차 희생의 제물이 된 처절한 알레고리에 다다른다. 이는 서구의 역사적 알레고리의 차원을 훨씬 벗어난다. 어둠과 허무로 통칭되는 여성성을 띤 고통과 죽음과 번뇌 과정을 절실히 나타내려는 저승의 알레고리 뒤에는 유대인의 홀로코스트와 달리 아버지의 생명을 구하는 약물이 서사의 종말에 등장한다. 바리데기 공주가 자신의 목숨을 바쳐 얻어온 그 약물은 삶의 바깥인 죽음의 경계로 내몰아버린 현세의 권력자인 오구대왕의 생명을 구원하는 생명수이기 때문에 더욱 아이러니하다. 강은교 시에서 지속적으로 나타나는 이 하강하는 여성적 알레고리에서 물의 이미지는 통과의례를 치루고 있는 바리데기의 고통스러운 눈물과, 영성을 띤 물로 부활하는 중층성을 띠고 있는 사물이다. 가부장적 제도에 의해 끊임없이 학대와 억압들 당해온 여성의 본성을 이러한 실존적 영성에 초점을 맞추고 있는 강은교 시의식은 여성성 회복을 통해 생명의 진정한 화해에 도달하려는 여성 주체의 뚜렷한 자기 인식의 구현이라 할 수 있다. 그의 시에 나타나는 실존적 영성은 시집이 거듭 발간되면서 점차 뚜렷한 시의식과 이미지로 구현되고 있으며, 그러한 구체적인 성과는 다음과 같은 시기적 변화를 보이고 있다.

1977년 출간한 『빈자일기』(貧者日記)를 기점으로 강은교 시는 커다란 변화를 보인다. 이때부터 『소리집』(1982), 『바람노래』(1987)에 이르는 십 년 간 강은교는 허무의 추구로부터 역사적 삶에 대한 관심으로 자신의 시적 지평을 넓혀갔고, 전통적 정서를 무가나 판소리의 운율로 생동감 있게 재현해냈다. 이것이 다른 시인들과 그를 구별케 하는, 강은교만의 개성적인 미적 성취라고 할 수 있다. 거기에 기인과 역사, 사회와 실존 사이의 복합적 관계 양상에까지 관심의 폭을 넓힌『빈자일기』,『소리집』과『붉은 강』에 이르면서, 그의 시는 커다란 높이와 깊이로 견고한 시사적 자리를 획득하기 시작한다.

1980년대를 지나면서 그의 시는 그 시대의 많은 올곧은 지식인들이 그러했듯이, 시인의 양심과 자유의 가치에 대한 심원한 사유의 결을 풀어놓는다. 그는 결국 시가 인간적 윤리적 가치를 아울러 추구하는 것이고, 그때 최고의 가치는 '자유'라는 확신을 갖게 된다. 그러나 그의 시적 특성은 거대한 서사보다 인간의 내면에 반영되는 사물의 세계에 집중하는 것이었기 때문에, 그의 시는 당시 위세를 떨치던 이른바 '민중적 서정시'의 경향과는 근본적으로 층위를 달리하는 여성시인으로서 남다른 자기 인식과 독자적인 표현 방법을 보여주게 된다.61)

"이때 저는『허무집』또는『풀잎』의 그늘에서 벗어나지 못하고 있다는 것을 심하게 고민했어요. 존재 탐구로서의 허무에서 벗어나고 싶었고, 사회에 대한 책무와 콤플렉스 같은 것도 느꼈고, 시인이 시 시대에 무엇을 할 것인가도 깊이 고민했어요. 그것을 일러 혹자는 '사회탐구로의 변화'라고 했어요.『소리집』과『붉은 강』이 그 구체적 산물입니다. 1980년대에 대학원에서 김기림(金起林)을 공부하면서 저는 사회라는 것을 제 시 속에 어떻게 넣을까 하는 큰 숙제와 줄곧 싸웠어요. 처음에는 내면만 노래했던 저의 시가 그 둘을 모두 필요로 했던 거지요. 지금은 그 '내면'과 '현실'을 시 안에서 통합하려고 노력합니다."62)

---

61) 유성호, 앞의 글, 50쪽.
62) 강은교, 앞의 책, 420쪽.

가부장제 질서와 근대 세계의 그늘에 가려진 '그 여자'의 말들은 여전히 하나의 육체를 얻지 못하고 내면이 갈등 속에서 '살'과 '뼈'로 부유한다. 그러나 섣불리 육체를 얻는 일은 그 자체로 이 세계에 종속되는 일이며, 자유로운 영혼의 여정을 마감하는 일이 될 수 있다. 아이러니컬하게도 '살'과 '뼈'와 같이 무정형의 실존을 고수하는 것이야말로, 강은교가 세상의 어둠과 허무를 다스리는 지혜로운 비법이 되었다.[63]

지난 30여 년간 강은교의 시에는 지속적으로 여성 화자가 등장해 왔다. 대부분은 버려지고 소외된 존재이고 이 여자는 시인 자신일 수도 있고 그의 주변의 여자일 수도 있다. 그리고 익명의 이 여자는 하나의 독립된 육체가 아닌, 무정형의 '살'과 '뼈'와 '피'로 떠돈다. 살과 뼈와 피는 생의 안쪽과 바깥쪽에 걸쳐 산재하면서 나무와 강물, 바람과 어둠, 뿌리와 눈과 별 등으로 수시로 모습을 바꾼다. 이들은 살아 있는 것, 흐르는 것, 보이지 않는 것들과 자유롭게 뒤섞이고 그 속에 용해된다.[64] 이를 통해서 그의 시는 '살'과 '뼈'와 '피'의 원형적인 영성의 방식, 자유로운 흐름의 존재 방식은 부조리한 세상을 살아내는 실존 방법이라는 것을 알게 된다.

실존적 영성을 내포하고 있는 강은교의 바리데기 여정은 30년의 세월 동안 변함없이 계속되고 있다. 그 사이 그는 허무주의에 침잠하기도 하고, 역사와 공동체 의식에 다가 갔지만, 그것은 어디까지나 모성성을 담보로 한 실존의식과 영성이 결합된 내면 의식으로 투시한 현실 인식이며, 일상의 세부적 모습이었다. 그러나 자기희생의 영성을 바탕으로 한 바리데기의 소망인 '구원과 치유의 꿈'은 한결 같은 형태를 유지해 왔다. 바리데기는 여성으로서 소외된 자신을 치유하기 위해서가 아니라, 처음부터 타자

---

63) 김수이, 앞의 글, 71쪽.
64) 김수이, 앞의 글, 58쪽.

를 치유하고 구원하기 위해 길을 떠나는 순례의 존재이다.

80년대의 사회·역사적 모순에 관심을 갖게 된 시인은 민중의 고통과 자본주의의 타락한 현실에 주목한다. 그는 뜨거운 입김보다 오히려 그는 더 낮은 자리로 하강하여 여전히 사물의 가난한 존재성에 뿌리를 내리고 작고 하찮은 것에 각별한 애정을 보인다. 그의 시는 존재론적 죽음과 어둠을 끌어안고 '진정한 언어는 껴안는 언어'라고 스스로 역설한다. 그것은 현실과 상상을 껴안는 것이며 과거의 기억을 껴안는 것이다. 그리고 껴안는다는 것은 그 포옹의 대상을 사랑한다는 것이다.65)

『소리집』(1982)에 이르러서 이전 시기의 작품들이 집중했던 죽음의 비극성을 그의 내면으로부터 외부로 확장시켜서 구체적 현실의 비극으로 만들고, 그럼에도 불구하고 그 현실의 끈질긴 힘을 통해, 현실의 힘들이 되어 삶을 다시 살려내는 과정의 배경을 그리고자 한다. 하찮고 보잘 것 없는 존재들에 대한 참된 발견하여 빛과 밝음의 삶을 지향하기 위해서 시인은 스스로가 낮아지는 것을 선택했다. 「배추들에게」, 「봄바람」, 「해 좋은 날」, 「그 여자」, 「골목」 등의 시는 삶에 대한 관찰이다. 『벽 속의 편지』(1992)에 와서도 여전이 시 문법은 크게 변하지 않는다. 「벽 속의 편지」연작은 슬픔과 외로움을 노래하지만, 그것은 과거 차가움의 그것이 아니라 따뜻하게 영혼을 위로함으로써 새 삶의 생성을 노래하는 그것이다.

> 이 세상의 모든 눈물이
> 이 세상의 모든 흐린 눈들과 헤어지는 날
>
> 이 세상의 모든 상처가
> 이 세상의 모든 곪는 살들과 헤어지는 날

---

65) 박수연, 「떠나고 돌아오는, 떠나는…노래」, 유성호 편, 위의 책, 118쪽.

별의 가슴이 어둠의 허리를 껴안는 날
기쁨과 손바닥이 슬픔의 손등을 어루만지는 날

그날을 사랑이라고 하자
사랑이야말로 혁명이라고 하자

그대, 아직
길 위에서 길을 버리지 못하는 이여.

－「벽 속의 편지-그날」[66] 전문

그밖에 90년대 시인이 우리에게 보여주는 시집은 『어느 별에서의 하루』
(1996)와 『등불 하나가 걸어오네』(1999)이다. 90년대에 이르러 강은교는 다
시 한 번 시세계의 변화를 꾀한다. 그의 시에 고유한 우주적 감성과 세계인
식이 일상에 대한 인식과 삶의 구체적인 이야기를 통해 존재인식의 새 틀
을 보여주면서, 그의 시어 역시 기존의 관념성을 벗어나 되도록 평이하며
간결한 문체 속에 움직인다. 그는 사물을 바라보는 시선을 극도로 확대하거
나 축소함으로써 새로운 내면 풍경을 조형해내는데, 90년대에 쓴 시들에서
이러한 창작 방법은 보다 적극적으로 활용된다. 그의 시의식은 실존적 허무
에 대한 갈등보다 영성의 측면에 다가서서 타자를 구원하려는 바리데기 의
식을 견지하면서 그의 시의 주인공인 '그 여자'도 역사와 거친 노동의 현장
에서 평온한 일상으로 귀환하고 일상의 세부를 찬찬히 들여다보기도 한다.

　　햇빛이 '바리움'처럼 쏟아지는 한낮, 한 여자가 빨래를 널고 있다. 그 여
　　자는 위험스레 지붕 끝을 걷고 있다, 러닝 셔츠를 탁탁 털어 허공에 쓰윽
　　문대기도 한다, 여기서 보니 허공과 그 여자는 무척 가까워 보인다, 그 여

---

66) 강은교, 『벽 속의 편지』, 창작과비평사, 1992.

자의 이생이 달려와 거기 담요 옆에 펄럭인다, 그 여자가 웃는다, 그 여자
의 웃음이 허공을 건너 햇빛을 건너 빨래통에 담겨 있는 우리의 살에 스
며든다, 어물거리는 바람, 어물거리는 구름들, 그 여자는 이제 아기 원피
스를 넌다. 무용수처럼 발끝을 곧추세워 서서 허공에 탁탁 털어 빨랫줄에
건다. 아기의 울음소리가 멀리서 들려온다. 그 여자의 무용은 끝났다. 그
여자는 뛰어간다. 구름을 들고.

－「빨래 너는 여자」[67] 전문

　　시의 여성 화자가 이처럼 빨래를 탁탁 털어 넣고 아이의 울음소리에 다
시 일상으로 뛰어가는 여자의 생동감 속에서 우리는 충실하게 자신에게
주어진 일상을 묵묵히 견뎌내고 고통을 스스로 치유해나가며 현실의 억압
과 모순으로부터 해방될 수 있는 구원의 힘, 그 순간에서 영적으로 고양된
화자의 정결한 손길을 느낀다. 그 만큼 시인의 발상은 자신의 내적 훈련을
통한 영적 시간 속에서 현저히 긍정적으로 변하고 있다.[68] 그럼에도 불구
하고 그는 아직 일상의 세계로 귀환해 안주하기에 좀 이르다고 자성한다.
그녀의 어둠 속에 잠재하는 심리적 갈등이 아직 자신의 '허약한 아버지'를
온전히 되살리지 못하고, 어둠과 벽은 여전히 눈앞에 가로놓여 있음을 재
인식한다. 가부장제 질서와 근대 세계의 그늘에 가려진 '그 여자'의 말들
은 여전히 하나의 육체를 얻지 못하고 아버지와 화해하지 못하는 여성의
몸인 '살'과 '뼈'로 부유하는 여성의 닫힌 자아를 정직하게 고백한다.

　　이제 일어설까, 일어서 떠나볼까.

　　나의 허약한 아버지가 나를 부르고 있으니

---

67) 강은교, 『사랑비늘』, 좋은날, 1997.
68) 박윤우, 「존재탐구로부터 존재인식으로 이르는 길」, 유성호 편, 앞의 책, 138쪽.

가장 작은 지상의 것들이 나를 부르고 있으니

지상에서 가장 작은 불을 켤 수밖에 없는 이를 위하여,
눈물 하나가 끌고 가는 눈물을 위하여,
하루치의 그림자밖에 없는 이를 위하여,
……
그대여, 길이 될 수밖에 없다.

－「새벽 바람-비리데기, 가장 일찍 버려진 자이며
가장 깊이 잊혀진 자의 노래」[69] 부분

그러나 그는 과거 시제의 떠나다, 가다, 나가다 등의 동사를 함께 구사하면서 지상의 '허약한 아버지'를 모성으로 감싸 안으며 불완전한 현실 저편을 좀 더 멀리 바라보면서 수도자가 겪어야 하는 순례길의 소명의식을 다시 보여주기 시작한다. 이렇게 강은교 시인의 최근의 시들은 사물에 대한 사랑의 세계를 영적 차원이 견고해진 사랑과 삶의 내용으로 바꾸어 헌신하는 태도를 보여준다. 이것은 그의 초기시가 허무의 실존적 소외와 갈등을 여성의 자의식으로 표현했던 이미지와는 달리 사랑의 차원이 훨씬 심화되어 나타난 것이다. 그는 새 삶을 향해 멀리 떠나올수록 지상의 윤리에 돌아와서 연민을 느끼고 모성의 긍휼로 귀의하려 기도하는 자리에 서 있다. 그리고 그는 다시 세상 속을 가로질러 떠나는 자로서의 삶의 길에서 기억을 되살리며 지상에 대한 보다 애틋한 사랑을 구가한다. 결국 그의 실존적 허무의식과 영성은 죽음에 대해 처음에는 존재론적 비극으로 다음에는 역사적 비극과 신화적 통과제의로 그리고 후기에 이를수록 그는 더 따뜻하고 낮은 목소리로 자유와 사랑의 구원을 향해 수행하는 시의식의 궤적을 그리고 있다.

---

69) 강은교, 『어느 별에서의 하루』, 창작과비평사, 1996.

제3장

초기시의 작품 분석

1. 허무의식과 죽음의 의미

강은교 시인은 초기 시집인 『허무집』에서 허무 혹은 죽음 그 자체를 노래하고 있다는 점에서 '소극적'의미에서의 허무주의[1]의 시인이었다고 할 수 있다. 어둠 속에서 시간의 흐름을 파악하면서 그의 내면은 존재와 죽음에 대한 사유를 통해 삶에 대한 근원적인 성찰을 시작한다.

> 날이 저문다.
> 먼 곳에서 빈 뜰이 넘어진다.
> 무한천공 바람 겹겹이
> 사람은 혼자 펄럭이고
> 조금씩 파도치는 거리의 집들
> 끝까지 남아있는 햇빛 하나가

---

[1] 피안 혹은 내세가 부재하다는 인식, 신은 우리의 죽음을 망각했다는 인식(망각하는 신은 더 이상 신이 아니라)에 대한 1차적 대응은 죽음에 대한 응시, 죽음에 대한 예감, 죽음에 대한 떨림, '죽음에 대한 환기(memento mori)'들로 나타난다. ―박찬일, 앞의 글, 163쪽.

어딜까 어딜까 도시를 끌고 간다.

날이 저문다.
날마다 우리나라에
아름다운 여자들은 떨어져 쌓인다.
잠 속에서도 빨리빨리 걸으며
침상 밖으로 흩어지는
모래는 끝없고
한 겹씩 벗겨지는 생사(生死)의
저 캄캄한 수세기(數世紀)를 향하여
아무도
자기의 살을 감출 수는 없다.

집이 흐느낀다.
날이 저문다.
바람에 갇혀
일평생이 낙과처럼 흔들린다.
높은 지붕마다 남몰래
하늘의 넓은 시계소리를 걸어놓으며
광야에 쌓이는
아, 아름다운 모래의 여자들

부서지면서 우리는
가장 긴 그림자를 남겼다.

―「자전 1」[2] 전문

　'무한천공'이 공간과 관계한다면 '바람 겹겹이'라는 표현은 시간과 관

---

2) 강은교, 『허무집』, 칠십년대 동인회, 1971, 30-31쪽.

계한다. 여기 바람은 사람과 집과 빈 뜰을 펄럭이고 파도치고 넘어지게
한다. 바람이 한 방향을 향해 흐름을 보여주듯 시간도 종말을 향해 치닫
고 있으며 하늘과 땅, 도시와 집들, 사람들까지 모든 존재가 죽음 앞에 흔
들리고 있는 것이다. 무한 공간 무한 시간이 흘렀으나 변하지 않는 것은
'사람은 혼자 펄럭'인다는 것. 사람은 혼자 살다 혼자 죽는다는 것.[3] 혼자
펄럭인다는 것을 혼자 살다가 혼자 죽는 것을 의미하는 것이다. 첫째 행
'날이 저문다'와 둘째 행 '먼 곳에서 빈 뜰이 넘어진다'라는 표현 중의
'넘어진다'와 '저문다'라는 동사는 다 같이 하강과 추락의 이미지를 보여
주며 어둡고 황량한 분위기를 조성하고 죽음의 의미를 불러일으킨다. '날
이 저문다'는 시간적 흐름 속에서 죽음이 인간에게 점점 가까이 닥쳐오고,
인간은 죽음에 대한 두려움과 슬픔에 어쩔 수 없이 흐느끼게 된다는 것을
나타내는 것이다. 햇빛이 있지만 그것은 사람과 무관한 것이고 '끝까지
남아있는 햇빛'은 사람이 죽어도 도시를 어디론가 끌고가는 반짝이는 햇
빛이다. 초기 시에서 시인은 화자의 고백을 통해 현재의 소외 상황 속에
서 유한자로서의 종말을 향한 근원적 고독과 불안 의식과 어두운 내면을
명료하게 표상하고 있다.

　둘째 연의 '잠 속에서도 빨리빨리 걸으며'라고 한 것처럼 화자에게 주
어진 시간은 잠 속에서도 흐르고 그 누구도 소멸을 향한 가속의 시간을
빠져나갈 수 없다는 극적 심리 상황을 표현한다. '침상 밖으로 흩어지는/
모래는 끝없고'에서 모래란 몸이 허무한 것으로 해체되는 주검의 종착에
대한 강박관념을 상징하는 것으로 보아야 한다. 인간은 덧없는 시간의 흐
름에 놓인 주체로서 모래처럼 침상 밖으로 떨어져 흩어졌다고 보는 것은
광야에서 생을 마감한 여자의 비극적 운명이었기 때문이다.[4]

---

3) 강은교, 위의 책, 156쪽.

이 시에서 주목해야 할 것은 시의 시적 주체로 보이는 '우리나라'의 '아름다운 女子들', '아름다운 모래의 女子들'은 슬퍼하는 여자들, 흔들리는 여자들이라는 것이다. '일평생이 낙과처럼 흔들린다'는 바로 이 여자들이 삶의 온전한 주체로 구원적 완성의 시간을 이루지 못하고 트라우마를 겪고 소외의 삶을 반복해온 것에 대한 비극적 심정을 '낙과'의 이미지로 반영함으로써 여자의 불안한 실존을 드러낸다. 물론 여기서 '여자들'은 소외된 사람들의 이미지로 극적으로 확장되고 있다는 점에서 보편적 의미를 함축한다.

'높은 지붕마다 남몰래/하늘의 넓은 시계소리를 걸어놓으며/曠野에 쌓이는/아, 아름다운 모래의 女子들'에서 시계가 상징하는 것은 질적인 시간이다. 순례자의 신분임을 암시하는 시적 화자가 추구하는 구원의 도정에서 현재의 공간은 '광야'인 불모지로 표상된다. 불모지에서 시계소리를 듣는 여자들은 죽음을 기다리는 여자들이다. 그들이 이 광야를 언제 벗어날지 모른 궁핍한 상황에서 결국 모래로 환원된다는 것은 불모의 이미지로서 허무와 다름이 아니다.

더 살아있고 싶은데 시간은 가혹하다. 인간은 유한성이 있는 존재뿐이다. 그래서 화자는 시간 앞에서 '아무도 자기의 살을 감출 수는 없다'라고 고백한다. 맨 끝 연의 '가장 긴 그림자를 뒤에 남겼다'라는 표현은 그동안 이 불모지에서 죽어간 여자들의 삶에 대한 사랑, 그러한 삶에 대한 연민이 반영된 것으로 보아야 한다. 그만큼 시인은 화자의 언술을 통해 전통적인 여자의 삶에 대한 허무와 한을 비판적으로 성찰하는 주체 의식을 보여준다.

시적 주체인 여자가 시련을 겪고 있는 상황을 암시하는 이 시의 지배적

---

4) 강은교, 위의 책, 156쪽.

인 이미지는 '바람'과 '어둠'이다. '어둠'은 존재의 운명이며 '바람'은 어
둠으로 존재를 이끄는 죽음의 집행자인 것이다. 외부의 부정적 상황으로
말미암아 인간이 비극적 운명 앞에 근거를 잃고 떠도는 존재의 고독한 모
습을 볼 수 있다. '바람'으로 표상되는 초월적 힘, 즉 시간의 흐름 앞에서
모든 존재는 고독하게 혼자 펄럭이고 파도칠 수밖에 없는 유한성을 지니
는 것이다. 시인은 화자를 통해 이 '바람'과 '어둠'이라는 시련이 시간과
부정적 상황을 정직하고 드려다 보고 있다. 이 도정에서 그가 내다보는
'길'의 상황은 낡은 햇빛에 의해 불안하고 어두운 장면이 계속 연출되는
삶이 공간이 된다.

> 문을 열면 모든 길이 일어선다.
> 새벽에 높이 쌓인 집들은 흔들리고
> 문득 달려나와 빈 가지에 걸리는
> 수세기 낡은 햇빛들
> 사람들은 굴뚝마다 연기를 갈아 꽂는다.
> 길이 많아서 길을 잃어버리고
> 늦게 깬 바람이 서둘고 있구나.
> 작은 새들은
> 신경의 담 너머 기웃거리거나
> 마을의 반대쪽으로 사라지고
> 빗줄 속에는 어제 마신 비
> 출렁이는 살의
> 흐린 신발소리
> 풀잎이 제가 입은 옷을 전부 벗어
> 맑은 하늘을 향해 던진다.
>
> 물을 열면 모든 길을 달려가는

한 사람의 시야
허공에 투신하는 외로운 연기들
길은 일어서서 진종일 나부끼고
꽃밭을 나온 사과 몇 알이
폐허로 가는 길을 묻고 있다.

-「자전 3」5) 전문

강은교의 시에서 '문'은 자유를 갈망하는 자의식의 문이다. 따라서 문은 삶에서 전형적으로 소외된 존재로서 세계를 인식하는 의식 그 자체이기도 하다. '모든 길이 일어선다'는 것은 삶의 진리 혹은 진실이 바로 놓여 있지 않음에 대해 내면에 수직의 길을 세워 초월적 진실을 향한 존재론적 가역 반응을 표상한 것이다.

원형비평에서 태양의 이미지는 탄생, 창조의 이미지를 저녁 해는 죽음의 이미지를 대신한다. 이를 바탕으로 볼 때 강은교의 시에는 '저녁 해'의 이미지는 소멸된 상태라 할 수 있는 '어둠'의 이미지들이 나타나 있다. 그의 시에서 '해'는 그 자체로서가 아니라 일몰의 어둠으로 표현되며, 영원한 밝음으로 수세기를 지켜온 태양마저도 낡아 사라진다는 거대한 우주와 존재의 본질, 우주의 만물은 결국 소멸과 죽음을 향해 치닫고 있다는 '허무'의식을 통해 현실에 대한 부정적 인식을 보여준다.

같은 맥락에서 '바람이 서둘고 있구나'에서 '바람'은 끊임없는 운동과 흐름을 보여준다. '바람'은 형체를 지니지 못하고 쉬이 사라지는 허무의 표상이자 존재를 죽음의 아득한 심연으로 이끄는 초월적 힘이며 운명이라 할 수 있다. 즉, 존재를 종말로 이끄는 거대한 힘인 '시간'이 빚어낸 허무의 흐름에 대한 자기 인식을 이미지화한 것이다.6)

---

5) 강은교, 위의 책, 33쪽.

'연기'는 역시 어두운 상황 속에서의 자의식과 연결되어 있으며 황폐하고 불안하며 쓸쓸한 시적 분위기를 자아내는 데 기여하고 있다. 이 시에서 연기는 하늘로 상승하는 것이 아니라 허공으로 투신을 하고자 하는 내면 의식을 반영한 것이다. 사과 몇 알은 열매이고 살이다. 이 문맥에서 사과는 '폐허로 가는 길을 묻고' 있는 것처럼 아름다움과 풍요로움을 형상화하는 이미지가 아니라 그 아름다움과 충만함의 겉모습의 이면에 소멸의 길을 걷고 있을 뿐이라는 부정의식에 침윤되어 있다.

떠나고 싶은 자
떠나게 하고
잠들고 싶은 자
잠들게 하고
그러고도 남는 시간은
침묵할 것

또는 꽃에 대하여
또는 하늘에 대하여
또는 무덤에 대하여
서둘지 말 것
침묵할 것

그대 살 속의
오래 전에 굳은 날개와
흐르지 않는 강물과
누워있는 누워있는 구름,
결코 잠깨지 않는 별을

6) 정나미, 앞의 글, 37쪽.

쉽게 꿈꾸지 말고
쉽게 흐르지 말고
쉽게 꽃피지 말고
그러므로

실눈으로 볼 것
떠나고 싶은 자
홀로 떠나는 모습은
잠들고 싶은 자
홀로 잠드는 모습을

가장 큰 하늘은 언제나
그대 등 뒤에 있다.

— 「사랑법」7) 전문

　이 시는 사랑법이라는 제목과는 이율배반적으로 '떠나게 하고 잠들게
하고 서둘지 말며 침묵할 것, 그리고 쉽게 꿈꾸지 말고 쉽게 흐르지 말고
쉽게 꽃 피지 말고 실눈으로 볼 것'을 인식론의 차원에서 성찰하고 있다.
　'가장 큰 하늘'은 공허함과 무한함, 그리고 내면의 초월적인 이미지로
다가온다. 모든 존재의 등 뒤에 버티고 있는 비극적인 미래, 즉 죽음의 시
간을 안고 있는 하늘은 머무나 위압적인 것이며 거부할 수 없는 힘인 것
이다. 다시 말해, 등 뒤에서 죽음의 이별을 감지하고 있는 자는 쉽게 꽃필
수 없고 쉽게 꿈꿀 수 없으며 쉽게 사랑할 수 없다는 사물과 시간에 대한
질적 가치를 음미하게 되는 것이다.
　떠나고 싶은 자 떠나게 하고 잠들고 싶은 자 잠들게 하고 남은 시간은

---

7) 강은교, 『풀잎』, 민음사, 1974, 90-91쪽.

침묵하며 서둘지 말 것을 언술하는 화자는 그 마음의 중심이 침묵과 어둠에 기울어 있다. 희망과 기대를 저버리는 현실, 절망적 미래에 대한 통찰을 바탕으로 내뱉는 허무적 탄식과, 사랑법이란 죽음에 대한 예감으로 가득 찬 자가 살아가는 법이자, 예정된 죽음을 향해가는 존재가 사랑하는 법이다, 이 시는 결국 존재의 등 뒤에 도저하게 버티고 있는 거대한 죽음을 의식하면서 허무를 재인식하고 존재를 그 근원적 자리에서 성찰하려는 시인의 존재론적 태도를 보여준다.[8]

죽음이라는 거대한 물체 앞에서 침묵하지 않을 수 없다. 그리고 떠나는 자는 홀로 떠나는 것이며 잠드는 자는 홀로 잠드는 자라는 것을 인정하지 않을 수 없다. 실눈으로 본다는 것은 받아들이기 어려운 것을 받아들여야 한다는 지적 통찰과 각성의 의미 또는 두렵지만 감수해야 한다는 의미를 함축한다. 이점에서 '사랑법'이라는 제목은 '이별법'을, 다시 말해서 만남보다도 헤어지는 허무의 법을 선취해야 한다는 점에서 역설적이다.

> 거기서 무엇이 보이느냐.
> 저 문 뒤
> 사람도 보이느냐.
> 맞은편 하늘로 길은 사라지고
> 모든 지붕은 멀리 사라지고
> 어디서 흐린 마치 소리가
> 진종일
> 뼈의 집을 짓고 있다.
>
> 햇빛은 등 뒤에서 한결 뚜렷하다
> 몇 사람은 흙 속에서

---

8) 정나미, 앞의 글, 45-46쪽.

구름과 함께 서성이고
뒷뜰에는 자주 기침하지 않는 하느님
한겨울 쉬었다가 내리는 눈
때 없이
죽은 아비의 혼도 날아다닌다.

불치의 병을 기다리는
나의 새벽이
순라꾼의 맨발을 기웃거리고
누군가 저 산그늘 밑에서
아직 떠나지 않고 있다.

－「성북동」9) 전문

　위의 시에서도 화자는 날이 저문 뒤의 세계를 신도 침묵하는 춥고 어두운 죽음의 세계와 연결시키고 있다. 길과 지붕들이 세속화된 어둠의 시간에 의해 사라졌지만, 어둠은 다시 고독한 뼈의 집을 짓고 있다. 불치의 병을 기다리는 새벽과, 떠나지 않고 있는 누군가의 존재를 바라보면서 부정적인 것으로 가득한 공간 속에 머물 수 밖에 없는 자기 인식을 드러내고 있다. 길은 인간존재의 열림이여 기대이고 희망이다. 그리고 등 뒤, 즉 삶의 뒤편은 어둡기 때문에 햇빛이 오히려 더욱 환해 보인다. 그것은 다름 아닌 절망 속에서 희망이 더 뚜렷하게 비추고 있는 것이다. 거기엔 하느님이 있기에 더욱 그러하다고 하지만, 이 시에서 어둠의 세계가 그렇게 암담하고 두려운 것만은 아닌 것을 나타낸다. 결국 어둠과 밝음이 하나로 이어지고 있는 형이상학적 시간의 연속임을 깨닫게 한다.

9) 강은교, 『허무집』, 칠십년대 동인회, 1971, 37쪽.

사람이여
네가 가는 길 위에
엔 모래가 이리 많은가.
조금만 귀 기울여도
창 밖에는 살을 나르는 바람소리
동쪽으로 서쪽으로
내 뼈 네 뼈가 불려 가는 소리
바다로 가는 소금들의
빠른 발자국도 보인다.
여기가 너무 넓은가.
알지 못할 빛이 많은가.
오늘밤엔 시든 나팔꽃들도
다시 한번 고개를 들었다 숙이고
나팔꽃 그늘에서 우리는
몇 만 그램의 핏방울을 저울에 달았다.
살아 있지도 죽어 있지도 않은
다만 흐르는 소리뿐인
내 피의 몇 세기
날이 저물고
저편 하늘에서 기다리던 구름 서넛이
무덤 속으로 들어간다.

- 「황혼곡조 4번」[10] 전문

　초기 시에서 강은교는 삶의 아름다움을 부정하고 우주론적 절망을 부정
적으로 노래하고 호사스러운 지상의 육체를 해체하면서 끝내 모래가 된
살과 물이 된 피와 어둠처럼 끝없는 허무의 존재론적 시간을 응시하고자
했다.[11] 그는 시적 주체를 시간이라는 억압의 사슬로부터 벗어날 수 없는

---

10) 강은교, 위의 책, 67쪽.

운명적 조건에 처한 존재로 간주했다. 우리가 미래 지향적 시간을 향해 아무리 앞으로 달려도 시간의 양적 흐름을 벗어날 수 없기 때문이다.

> 아주 뒷날 부는 바람을
> 나는 알고 있어요
> 아주 뒷날 눈비가
> 어느 집 창틀을 넘나드는지도.
> 늦도록 잠이 안 와
> 살 밖으로 나가 앉는 날이면
> 어쩌면 그렇게도 어김없이
> 울며 떠나는 당신들이 보여요
> 누런 베수건 거머쥐고
> 닦아도 닦아도 지지 않는 피를 닦으며
> 아, 하루나 이틀
> 해 저문 하늘을 우러르다 가네요
> 알 수 있어요. 우린
> 땅 속에 다시 눕지 않아도.
>
> ─「풀잎」12) 전문

이 역시 미래시간에 대한 죽음과 비극적 허무의식을 나타낸 시이다. '아주 뒷날 부는 바람'과 '울며 떠나는 당신'은 죽음과 그것을 지켜보는 사람들에 관한 묘사인데 '땅 속에 다시 눕지 않아도' 미리서 그려보는 가상의 장에서 가슴 저린 통곡도 없고 애절한 매달림도 없다. 살 밖으로 나가 앉는 날이란 죽음 이후의 세계를 가상한 것이다. 살과 피 그리고 뼈의 축제는 강은교 시어에 잘 나타난다. 죽음을 직시하는 삶의 허무는 시인자

---

11) 김승희, 『영혼은 외로운 소금밭』, 문학사상사, 1980, 67쪽.
12) 강은교, 『허무집』, 칠십년대 동인회, 1971, 45쪽.

신의 허망한 삶의 폭이다. 인간의 삶은 풀잎과 같이 연약하고 시들고 말 것이므로 죽음은 모든 생명의 근원으로 돌아가는 것이어서 그저 '아주 뒷날 부는 바람'으로 떠올린 지적으로 절제된 덤덤한 목소리가 이 시에서 오히려 더욱 쓸쓸한 정서를 환기시킨다.[13]

화자는 '누런 베수건'을 쥐고 죽음으로, 땅속으로 가리라는 '어김없는' 죽음의 종말을 알고 있음을 고백한다. 화자는 삶의 끝을 인식하고 수용하여 죽음과 친화되어 있지만, 이 시에서 화자는 오히려 이러한 죽음을 예감함으로써 삶의 현실에 대한 보다 적극적 의식을 환기한다.[14] 이 시는 화자의 종말과 죽음에의 예감과 인식을 보여줌으로써, 허무에 대한 비극적 인식을 넘어서서 오히려 허무를 존재론적으로 수용하고 허무와 친화하는 인식론적 자세를 보이고 있다.

이 시는 강은교 시인이 허무주의를 넘어서서 생명의식을 본격적으로 담아내게 되는 시적 변화과정의 중심에 놓여 있다. 허무주의 속에서 예정된 죽음을 바라보고 맞이하는 모습과는 다르다. 이제는 죽음을 더 뚜렷하게 바라보고 죽음에 대한 맹목적 두려움에서 벗어나려는 화자의 삶과 죽음에 대한 도전의식이나 의지가 잘 나타나고 있다.

2. 소외된 타자에의 응시

시집 『빈자일기』(1977)에 이르면 시인은 그 눈을 외부로 돌려 자기 주변의 타자(他者)들을 응시하는데, 존재의 의미를 '낮은 것들', '작은 것들'

---

13) 송지현, 앞의 글, 124쪽.
14) 박효영, 「강은교 시에 나타난 '죽음'에 관한 연구」, 대진대학교 교육대학원 석사학위논문, 2009, 15쪽.

을 통해 탐구한다. 즉, 하찮은 것들에 주목하게 되는데 여기서 '빈자'는 가난한 사람들을 포함하여 소외된 자, 병든 자, 고독한 자, 시간의 흐름 속에 파괴되는 모든 존재자로 볼 수 있다. 그래서 '구걸하는 한 여자', '삯 전 받는 손들', '헤매는 발들'이 시적 대상으로 포착되어 있다.

시인은 죽음에의 강박 관념에서 벗어나 주위를 응시하는 태도, 살아 있 는 작은 것들을 향한 애정 어린 시선을 보이지만 그들의 소외된 생활을 포착한 것이 아니라 존재의 근원적 소외를 탐색하고 있다. 이 시집에서 그는 여전히 쓸쓸하고 자신의 육신을 이루는 살(肉)과 피(血)이기는커녕, '허공'이었을 뿐이었고, 나는 캄캄하게 텅 비어 있었을 뿐이라는 자기 인 식에서 더욱 확연해진다.15)

> 우리는 언제나 거기서 머리를 조아리고 있었다. 혀와 혀를 불붙게 하며 눈물로 빛과 빛을 싸우게 하며 다정한 고름 속에 오래 서 있는 허리를 무 너지게 하며, 황사 날아가는 무덤 가장자리에서.
>
> 그곳 천정은 불붙은 태양이었고 바닥은 썩은 이빨의 늪이었다. 싸우는 이마 갈피로 등뼈 갈피 갈피로 언제나 종이 울렸다. 식사시간을 알리는 종 이. 언제나 울렸다. 황혼을 알리는 종이. 언제나 종이 울렸다. 임종을 알리 는 종이.
> (중략)
> 다만 우리는 머리를 조아리고 있었다. 여기서, 한 고름에 다른 고름을 접붙이며 즐겁게 즐겁게, 할 일은 그뿐, 求乞하고 시들어 구걸하는 일뿐, 그러므로 결코 일어서지 않았다, 잠들지도 않은 채.
> ―「구걸하는 한 여자를 위한 노래」16) 부분

---

15) 송지현, 앞의 글, 131쪽.
16) 강은교, 『빈자일기』, 민음사, 1977, 17-18쪽.

이 시는 여성의 실존적 현실이 고름 덩어리의 더러운 육체를 지닌 채 구걸하며 살아가는 비참한 형편이라는 점을 극명하게 보여준다. '황사 날아가는 무덤 가장자리'는 앞아 「자전 1」에서 '낙과처럼 흔들리다' 떨어진 여성의 실존적 공간인 동시에 이 세계가 부여한 여성에게 부여한 척박한 현실을 지시하는 은유로 기능한다.[17] 그녀에게 허락된 현실은 '식사시간'과 '황혼'과 '임종' 외에는 존재하지 않으며, 일어서지도 잠들지도 못한 채 태양과 늪 사이에서 '언제나 머리를 조아리는' 것뿐이다. 감시하는 태양과 죽음의 늪 사이에서, 더 이상 피도 돌지 않고 삶도 흐르지 않는 그녀의 몸은 고름 투성이로 썩어간다. 이제 그녀의 육체는 '누군가 쓸데없는 제 죽음 하나 내버릴 때까지' 죽음 같은 실존을 연명해야 할 뿐이다.

한 고름에 다른 고름을 접붙이는 비참한 일을 하면서도 이를 '즐겁게 즐겁게' 할 뿐이라는 인생관, 구걸하고 시들어 구걸하는 일뿐이어서 일어서지 않지만 결코 잠들지도 않는 '구걸하는 여자'인 '우리'에 대한 인식은 평온한 세계에서의 뿌리내림과는 거리가 먼 것이다. 운명론적인 한계를 명확히 인식하면서도 그 한계 때문에 포기하거나 주저앉지도 않고 그렇다고 일어서서 대항하거나 부정하지도 않는 상태에 있는 것이다.

> 나뭇가지에 걸려있는 女子를
> 보아라
> 종이처럼 그 女子 오늘 구겨짐을
> 보아라
> 구겨지며 늘 비흐름을
> 비흐르며 그 女子 길밖으로 떠나감을

---

17) 김혜련, 「그녀의 바리데기, 아름다운 전율」, 유성호 편, 『강은교의 시세계』, 천년의 시작, 2005, 81쪽.

보아라
모든 길밖에 흐르는 길동무들을
보아라
언제나 싸우고 있는 길의 밤꿈을
보아라
正午엔 많은 바람으로 펄럭이다가
사라지는 그 女子의 꿈 속
모든 가을 길은 멀어서
마지막엔 그대도 보이지 않는 걸
보아라

-「가을의 서(書)」[18]

그는 '나뭇가지에 걸려 있는' 그 여자에게서 삶에서 소외된 자신의 '구겨진 초상'을 본다. 빈자(빈자)는 사실 그 누구보다 삶의 어둠 속에서 갈등하고 있는 시인 자신의 실존적 내면인 것이다.

지나간다
집들이.
꽁꽁 언 아이들이.
생각에 잠겨
겨울 바람이.

어릴 때 나는 흐르는 물가에 살았다. 아침이면 웃으며 물이 나를 씻었고 밤이면 지는 해가 내 발을 따스히 덮어 주었다. 나는 걷지 않았다. 달리지도 않았다. 그저 웃음. 그러면 내 발이 나를 똑바로 세워 주었다.

---

18) 강은교, 『빈자일기』, 민음사, 1977, 52쪽.

지나간다
자전거 한 대가.
자전거에 실려
목없는 닭들이.
눈물마른 눈물
숨죽인 숨들이.

조금 컸을 때 나는 내 집을 떠났다. 아무것도 나를 씻어주지 않아서 점점 나는 더러워졌다. 나는 걷는 법을 배웠다. 누가 내 발에 끊임없이 채찍질해서, 나는 달렸다.

지나간다
길들이.
헤매는 눈먼 창들이
허리 꺾인 꽃들이
넘어지며 처녀들이

어느 날 나는 별을 바라보면서 울기 시작했다. 내 발은 쉴 곳이 없었다. 걷고 걸어도, 뛰고 뛰어도 아침에 지은 집은 황혼이면 무너졌다. 아직 멀었습니까! 나는 외쳤다.

—「헤매는 발들을 위한 노래」[19] 부분

수그려라 수그려라 네 고개 깊이
소리가 온다
엎드려라 엎드려라 강물 위에
소리가 온다
빈 손 虛空에 내밀어라 내밀어라

---

19) 강은교, 『빈자일기』, 민음사, 1977, 25-26쪽.

黃昏이었다. 우리 힘껏 엎드려 사슬고리 목덜미에 더욱 반가와 아 당신
우리들의 平和, 우리들의 밤꿈, 主人이시여 主人이시여, 자랑껏 외치고 있
었을 때.

－「삯전받는 손들을 위한 노래」[20] 부분

시의 대상들은 그가 체험한 유년의 꽁꽁 언 아이들의 표상이다. 자전거
에 실려 가는 목 없는 닭들, 눈먼 창틀, 허리 꺾인 꽃들의 부정적 이미지
들이 중첩된다. 발과 관련된 그의 기억은 언 발을 녹여주며 씻어주던 유
년의 따스한 사랑과, 자전거에 실려 가는 목 없는 닭들을 대비시키고, 성
장하면서 점점 더러워진 발과 부정적 자화상을 '눈먼 창틀'과 '허리 꺾인
꽃들'로 상징한다.[21] 이렇듯 그는 작지만 진실한 것들에 대한 사랑을 제
시하기도 한다.

「삯전받는 손들을 위한 노래」에서 화자에게 모든 것을 무로 덮는 어둠
은 가난한 이들을 위한 평화와 안식의 공간이다. 그러나 지금 우리 '거품'
같이 금방 사라질 '삯전'이나 받는 고달픈 이들에게 영혼을 쉴 '밤'은 오
지 않고, 도달해야 할 안식의 '바다'는 자꾸 달아나 노 젓는 손을 통통 붓
게 하는 고통을 부여한다.

모든 '삯전'받는 이들은 '목 없는 버러지'같이 살면서 허공에 손을 내
밀어 그 부질없는 투쟁을 해본다. 그러나 빈손들이 단풍잎처럼 나부끼는
현실 속에서 시의 화자는 좀더 머리를 수그리고, 깊이 흐르는 대지에 공
손히 엎드리라고 권유한다.[22]

나아가 세상의 일체감으로 작은 것을 사랑해야 하며, 그것을 학대하는

---

20) 강은교, 『빈자일기』, 민음사, 1977, 23-24쪽.
21) 박상우, 「강은교 시 연구」, 경원대학교 교육대학원 국어교육 전공 석사논문, 2003, 37쪽.
22) 박상우, 위의 책, 35쪽.

폭력을 날카롭게 비판한다. 이러한 도덕적 의식은 시인 스스로를 포함한 '삯전 받는 손들'에 대한 사랑과 연민으로 해석할 수 있다.

이 시편들 속에서 이 시대를 사는 우리들이 함께 가질 수밖에 없는 분노나 절망을 읽는다는 것은 어려운 일이 아니다. 이것은 강은교의 이전의 시들이 가지고 있지 못했던 것들이다. 그는 이제 가난한 이웃들의 삶을 철저하고 올바르게 보게 되었고, 그 이웃들의 삶이 곧 자기 자신의 삶이 되고 만 것이다. 그의 이런 변화는 『빈자일기』에 들어오면 더욱 적극적이 되어 가면서 사회공동체적 삶으로 확대된다.

그렇다고 그가 관심을 소홀하지 않았던 존재와 허무에 관한 물음이 중단된 것은 아니다. 아주 자연스럽게 그는 죽음과 고독에 대한 질문을 그의 시세계 바탕에 전제하고 있음을 잊지 말아야 할 것이다.

　　나무 하나가 흔들린다
　　나무 하나가 흔들리면
　　나무 둘도 흔들린다
　　나무 둘이 흔들리면
　　나무 셋도 흔들린다

　　　　　　　　　　　　　　　　　　　　　　　－「숲」[23) 부분

　　펄럭이네요
　　한 빛은 어둠에 안겨
　　한 어둠은 빛에 안겨
　　지붕 위에서 지붕이
　　풀 아래서 풀이
　　일어서네요, 결코

---

23) 강은교, 『빈자일기』, 민음사, 1977, 74-75쪽.

잠들지 않네요

달리네요
한 물방울은 먼 강물에 누워
한 강물은 먼 바다에 누워
거품으로 만나 거품으로
어울려 저흰
잊지 못하네요

　　　　　　　　　　　　　　　　　　　　　-「물방울의 시」24) 부분

　물이나 숲의 이미지에서 나타나는 물이나 숲의 이미지는 강은교 시인
이 갖고 있는 소외된 사물에 대한 사랑과 관심을 나타내면서 공동체에 대
한 깊은 유대감 드러내 준다. 특히 나무와 숲과 어우러진 물의 이미지는
그가 사물에서 원천적으로 느끼고 있는 비극적 이미지와 더불어 생명현
상에 대한 시인의 존재론적 친화감에서 생성된 것이기도 하다.
　「숲」에는 대립하지 않고 관계를 지향하는 여성성의 원리가 화합과 화
해, 공존과 평화의 세계로 드러난다. 이 시에서 화자는 나를 둘러싼 세계
와의 유기적 관계에 대한 인식을 바탕으로 공존과 평화의 세계를 숲의 풍
경으로 표현한다. 화자는 나무 하나의 흔들림이 둘의 흔들림이 되고 셋의
흔들림이 되며, 나무 하나의 꿈이 나무 둘의 셋의 꿈이 되어 함께 더불어
사는 세상의 모습을 보여준다.
　한 빛은 어둠에 안기고, 한 어둠은 빛에 안기고, 한 물방울은 강물에 누
워, 한 강물은 먼 바다에 누워 어울리는 물방울의 어울림은 함께 살아가
야 하는 개별성의 총체적인 삶을 우회적으로 묘사하고 있다. 빛이 가질
수 있는 어둠, 어둠이 아는 빛의 세계는 다양화된 인간 삶의 실존적인 모

――――――――――
24) 강은교, 위의 책, 56쪽.

습이다. 강물과 바다로 섞이어 물방울이 어울려 하나의 강물과 바다를 이루는 이치에서 인간이 함께 살아가야 할 숙명 같은 현실을 노래하고 있는 것이다.[25]

3. 생명의 숨길

투병 후에 시인은 일련의 시작 과정에서 죽음으로부터의 소생, 그 소생이 안겨준 정신의 정화, 새로운 생명으로 태어났을 때 달리 보이는 세계의 풍경 묘사로 관심을 전개한다. 이 같은 시인의 모습은 소멸에의 간절한 의지, 영원에로의 귀속감, 예감적인 인간의 운명과 같은 투병 이전의 고통스러운 내면의 부정적 모습들로부터 어느 사이 변한 것이다.

> 웃고 있네.
> 눈도 감고 피도 식어서
> 피도 식고 뼈도 삭아서
> 그러나
> 아프지 않아서 웃고 있네
>
> 띵띵 불어 버린 삼장이나
> 쥐 이빨도 안 들어가는 손톱이나
> 무덤 속에서도 자라는 머리칼
> 또는
> 그림자 때문에

25) 정영자, 앞의 글, 248쪽.

아직 부서지지는 않네 우리는
흔들릴 테다 우리는

누군가 홀로 모래밭으로 가서
모래나 될 걸
모래나 되어 어느 날
당신 살 밖의
또 살이나 될 길 하지만

아무도 완전히 사라질 수는 없네
무덤 속이든지 꿈 속이든지
쥐 이빨도 안 들어가는
손톱 속이든지
살아 있는 것은 언제나
다시 물이 되고 바람이 될 때까지
살아서
하늘은 아직도 하늘
햇빛은 억만년을 햇빛으로
흐르고 있네 우리는
잠들지 못할꺼네 우리는

－「하관」26) 전문

허무와 신생을 거의 동시에 입체적으로 체험했던 강은교는 죽음 그 자
체를 온전한 사멸로 간주하지 않고 새로운 생을 얻기 위한 삶의 과정으로
인식한다. 따라서 죽음은 화자에게 괴로운 것만이 아니고 존재론적 화해
를 통한 평화를 의미한다. 그래서 '아프지 않아서 웃고 있네'라는 역설적

---

26) 강은교, 『풀잎』, 민음사, 1974, 94쪽.

반전의 이미지를 구가하면서 죽음을 평화와 안식이라고 말한다. '피'도
식고 '뼈'도 삭아서 부서지기 직전에 놓여 있지만, 여유 있게 '웃고 있'다.
그럴 수 있는 이유는 생명이 멈추지 않는 '심장'과 '무덤' 속에서도 자라
는 '손톱', '머리칼', '그림자'에서처럼 존재의 보이지 않는 끈질긴 생명력
을 보기 때문이다. 즉 '피'와 '뼈'로 상징되는 육체의 죽음은 완전히 사라
지지 않고, 자연의 섭리로 돌아가 윤회의 반복적 형상인 '물'이 되고 '바
람'이 되어서 영원히 살아남게 된다. 이 시는 순환하는 생명의 상징을 통
해 윤회와 생명의 영속성에 대한 시적 주체의 인식을 드러내고 있다.[27]
시적 주체는 죽음을 맞이했지만 계속 햇빛은 흐르고 흘러 영원성을 갖고
우리도 끝내 잠들지 않고 생명력을 이어갈 것이라고 말한다.[28]

　사물의 근원적인 허무와 존재의 순환론적인 생성원리를 체득한 그에
있어 삶은, 그리고 세계는 끝없이 생성과 소멸이 되풀이되는 순환과 변전
의 연속이다.

　　다음에 올 때면 그대여
　　저승에나 갔던 듯 돌아오게
　　저승이 저 하늘이라면
　　여기서 하늘이 참 가까우니
　　별 냄새도 조금 묻혀서
　　산 모래 부서지듯 부서지듯
　　부끄럽게 부서지며 오게.

　　다음에 올 대면 그대여
　　잠든 이의 눈까풀 속으로는 오지 말게

---

27) 박수경, 앞의 글, 50쪽.
28) 박효영, 앞의 글, 25쪽.

귀뚜라미나 풀잎처럼
오래 말 못하는 것이 되어
눈물이 죽은 강물을 깨우듯
말없이 깨우며 깨우며 오게.

다음에 올 때면 그대여
죽은 강 허리 위에
귀뚜라미 울음이나 얹어주게.
쓰러질 수 있다면 다시 한번
마지막으로 쓰러져서
귀뚜라미 울음 위에
저 하늘의 푸른색을
놓아주게, 잠들지는 말고.

　　　　　　　　　　　　　　　　　　　　-「회귀」[29] 전문

　　이승과 저승을 오갈 수 있다거나 삶과 죽음이 되풀이된다는 믿음에서
간과할 수 없는 한 가지 요소는 역설적으로 삶에 대한 강한 애착이다.[30]
'이승'인 '여기'와 '저승'인 '하늘'이 참 가깝다는 인식을 갖게 된다. 이런
인식이 바탕이 되어 2연에서 화자는 '그대'에게 '귀뚜라미나 풀잎'처럼
'사랑'처럼 '오래 말 못하는 것이 되어', '눈물'이 되어 '죽은 강물'을 깨
우고 저승에서 이승으로 새 생명을 얻어 오라고 말한다.

우리가 물이 되어 만난다면
가문 어느 집에선들 좋아하지 않으랴.
우리가 키 큰 나무와 함께 서서

29) 강은교, 『풀잎』, 민음사, 1974, 95쪽.
30) 박효영, 앞의 글, 19쪽.

우르르 우르르 비 오는 소리로 흐른다면.

흐르고 흘러서 저물 녘엔
저 혼자 깊어지는 강물에 누워
죽은 나무 뿌리를 적시기도 한다면.
아아, 아직 처녀인
부끄러운 바다에 닿는다면.

그러나 지금 우리는
불로 만나려 한다.
벌써 숯이 된 뼈 하나가
세상에 불타는 것들을 쓰다듬고 있나니

만리 밖에서 기다리는 그대여
저 불 지난 뒤에
흐르는 물로 만나자.

푸시시 푸시시 불 꺼지는 소리로 말하면서
올 때는 이적 그친
넓고 깨끗한 하늘로 오라.

—「우리가 물이 되어」[31] 전문

흔히 물과 불은 상극으로 이해되어 왔다. '불'은 존재를 소멸시키기 위하여 끊임없는 긴장과 열기를 가한다. 소멸을 향해 치닫는 고통 속에서 존재는 영혼의 정화를 경험한다. 그에 비해 '물'은 주로 존재의 생성과 결합을 위해 쓰인다. 또한 물은 불의 힘을 느슨하게 하고 내면의 열기를 가

---

31) 강은교, 『허무집』, 칠십년대 동인회, 1971, 48쪽.

라앉게 만든다. 그러나 물의 남성적 성격과 물의 여성적 성격이 항상 대립적인 관계에 놓여 있는 것은 아니다. 물과 불은 서로 연결되어 있으며 때로는 상호보완적이기까지 하다.[32]

이 시에서 희구하는 것은 '불'의 시련을 거친 후에 맞이하는 생명의 물로 가득한 재생의 공간에서의 만남과 화합니다. 즉, 진정한 생명에의 희구인 것이다. 이 시의 가장 중요한 두 가지 이미지는 '물'과 '불'이다. '물'은 '가뭄'을 해소하고, 합일을 지향하는 물질이며, 순수성을 지닌 바다로 흐르는 존재이다. 즉 순수한 물이며, 생명의 물이다. 반면에 '불'은 존재를 '숯'과 '뼈'로 이끄는 존재이며, 소멸과 죽음의 상징이다.

그러나 소멸과 재생을 거듭하는 우주의 순환 원리 속에서 바라볼 때 이 시의 진정한 의미에 다가설 수 있다. 물이 가뭄을 적실 '비'로 내리기 위해서는 '불'을 통한 기화와 승화의 과정이 있어야 하며, 수증기는 구름이 되어 다시 비로 내리는 순환을 거친다.[33] 이렇게 볼 때 시인의 상상력은 궁극적으로 '물'을 지향하고 있지만 '불'은 '물'로 만나기 위해 거쳐야 할 하나의 과정이며, 이 둘은 대립적인 이미지를 넘어서서 상호보완적인 관계로 볼 수 있다.

결국 이 시는 '물'을 통해 '불'의 허무를 극복하고 재생으로 나아가려는 소망과 의지를 담아내고 있으며, 허무에 대한 적극적 통찰을 통해 재생과 순환의 질서를 깨닫게 되면서, 허무를 넘어서서 진정한 삶과 생명을 지향하고 있다.

강은교 시의 생명 의식은 우주의 원리가 내포되어 있는 여성의 몸에 대한 자각에서 발생한 것이다. 여성의 몸은 생명의 모태이며, 세계의 근원이

---

32) 나희덕, 「물과 불, 그리고 탄생」, 유성호 편, 『강은교의 시세계』, 천년의 시작, 2005, 97쪽.
33) 정나미, 앞의 글, 57쪽.

자 생성원리를 내포하고 있다. 강은교 시에서 이런 생명의 모태로서의 여성의 몸은 '자궁'의 이미지로 표현된다. '자궁'은 물로 가득찬 온전한 삶 이전의 세계인 동시에 하나의 생명 안에서 새로운 생명을 배태한다는 점에서 재생의 공간이라 할 수 있다. 생명을 배태하고 자라게 하는 '자궁'은 여성에게 존재하며, 남성 권력에 의해 왜곡된 세계를 보살피고 치유함으로써 재생으로 이끄는 여성성의 상징이다.[34]

(1)
그렇다. 바다는
모든 여자의 자궁 속에서 회전한다.

─「자전 2」[35] 부분

(2)
열린 자궁을 닫고
이제 드는 잠은 얼마나 깊은지
가까운 대륙에는
몇 번이나 다시 고친 긴 무덤
강이 흐르고
누가 풀밭가에서
맨몸으로 돌아간다.

─「여행차」[36] 부분

(1)에서 자궁은 여성성을 표출한 여성언어로서 존재를 드러내며 포용성이 크고 포괄적인 여성의 힘을 표상한다고 할 수 있다. 시인은 '바다'와

---

34) 박수경, 앞의 글, 53쪽.
35) 강은교, 『허무집』, 칠십년대 동인회, 1971, 32쪽.
36) 강은교, 위의 책, 69쪽.

'자궁'을 연결시킨다. '바다'는 우주의 자궁이며, 그것은 여자의 자궁과 상동성을 갖는다.37) 곧 여성의 몸 속에는 우주만물의 탄생, 생성, 소멸, 죽음을 관장하는 우주적 생명의 자궁이 들어 있으며, 여성의 자궁은 그와 같은 생명의 근원적 기능을 대행한다고 흔히 인식된다. 그러므로 탄생과 죽음의 영원한 순환운동을 하는 '바다'는 여자의 자궁 속에서 '회전한다'.38) 이것은 여성이 자신의 내부에 우주의 순환원리를 가지고 있으며, 세계를 치유할 수 있는 재생의 힘을 지니고 있다는 것에 대한 자각으로 여성의 정체성을 분명하게 하는 것이다.

(2)에서 '자궁'은 열리기도 하고 닫히기도 한다. 열린 자궁은 삶의 국면이고 닫힌 자궁은 죽음의 국면이다. 닫힌 자궁은 '무덤'과 유사성을 지닌다. 여성의 몸은 결국 생과 사의 무한 순환을 반복하는 공간으로 우리가 발 디디고 있는 대륙과도 같다. 대륙도 몇 번이나 열리고 닫힌 세상의 긴 무덤이며 자궁인 것이다.39) 이처럼 시인은 궁극적으로 여성의 몸이 우주와 맞먹는 신비와 생명의 근원임을 환기시킨다.

> 죽어도 죽지 않는
> 피(血)의 騷擾를.
> 살아도 실지 않는
> 살(肉)의 平溫을.
> 언제나 있는 슬픔의
> 언제나 없는 슬픔을.
>
> 보고 있었어, 난

---

37) 김경복, 앞의 글, 258쪽.
38) 박수경, 앞의 글, 54쪽.
39) 박수경, 앞의 글, 54쪽.

결코 잊을 수 없었어, 한 誕生
뒤에서
달려오는 다른 誕生을.
어둠 속에서
빛나는 어둠을.
물의 죽음 뒤에
불의 胎芽.

눈뜨고 이렇게
쓰러져 누운 벌레들 짐승들
銀빛 비늘 반짝이는 물고기들
입술 부비며 침 흐르며
저녁 煙氣 사방에
쏘다니는 것들.
눈뜨고 이렇게.

흐르는 者는 福되도다.
한 번 흐르고
다시 흐르는 자는
恩寵받도다.
핥아라, 네 어둠이
구름을 벗기고
구름 밖 기다리는
그 사람

무릎에 재(灰)로
잠들 때까지.

　　　　　－「생자매장(生者埋葬) 3·공기들, 잠들지 않다」40) 전문

이 시에서 '나'는 '한 誕生/뒤에서/달려오는 다른 誕生을', 즉 끝없이 이어지는 생명의 탄생을 바라보고 있다.

죽음은 또 다른 삶을 의미한다. 죽는다는 것은 다시 사는 것이다. 삶은 동시에 죽음이며, 산다는 것은 곧 죽는 것이다. 삶은 동시에 죽음이며 산다는 것이 그대로 죽는 것이라는 사실을 자각하면, 곧 삶이 이미 삶이 아니고 죽음이 이미 죽음이 아니라고 장자는 보았다. 결국 생사와 존망이 하나이며 죽음과 삶은 마주보고 있는 것이 아니라, 모두 근원적으로 하나라고 할 수 있다. 여기서도 죽음이 끝이 아님을 그리고 또 이상 세계에 대한 희망을 드러내고 있다. 그것은 여성성으로서 바로 근원적 생명에로 환원하는 이미지가 될 수도 있고, 윤회라고 이름 되는 우주의 순환적 생명질서가 있는 것이다.

시인은 이렇게 '허무'라는 우리 삶의 본질을 이야기하고자 했으며, 그러나 그는 허무에 머무르지 않고 여성으로서 허무를 안으면서, 다시 새로운 생명의 자궁인식에 도달하여 허무 너머의 세계를 바라보고 있다. 삶이란 종국적으로 죽음에 맞닿아 있다는 비극적 세계인식은 허무를 노래하게 했고, 윤회에 대한 우주론적 인식은 생명의 영속성에 대한 인식으로 이어져 허무 자체에 머무르지 않고 풍요로운 생명 의식을 담보해 내고 있다. 그러므로 강은교 시인을 여성으로서의 인식을 갖고 있는 동시에 보편적인 생명원리에 대한 인식에 당도함으로써 여성을 넘어서고 있다.

이러한 강은교의 여성성과 생명원리에 대한 관계론적 시의식은 소외된 여성으로서 자기희생을 통해 타자의 생명을 구원하는 '바리데기'라는 전통 신화인물을 시에 수용하면서 더욱 구체적인 시의 순례여정에 들어서게 된다.

---

40) 강은교, 『빈자일기』, 민음사, 1977, 45-46쪽.

제4장

이미지의 복합성과 실존적 대응

　강은교는 감각보다는 지성, 관념의 환원보다는 사물의 존재 원리에 가까이 다가가는 창작 방법론을 구현하였고, 그것은 풍부한 이미지 조형 능력과 맞물려 그로 하여금 한국 시단의 고질적 병폐인 감상성 위주의 여류주의(女流主義)를 극복하게 만들어주었다.

　강은교 시의 큰 특색의 하나는 대부분의 시어들이 고유명사가 아닌 보통명사의 범주에서 채택되고 있다는 점이다.[1] 살, 뼈, 피, 어둠, 하늘, 바람, 강물, 바다 등 강은교 시의 중요한 이미지와 상징들은 거의 다 일반어의 형태로 나타나 있다. 평이하고 보편적인 보통명사가 비유와 상징으로 활용될 때 의미의 폭은 더욱 커지며, 읽는 이에게도 쉽게 뜻을 파악하게 한다. 그의 시가 여러 의미로 해석되며 사랑 받아온 것은 이 때문이라고 할 수 있다. 그는 자기의 추상적 관념을 명징한 사물 이미지로 바꾸어 놓

---

1) 김수이, 앞의 글, 71쪽.

음으로써 독특한 진술과 묘사 방법을 획득했다.

1. 죽음과 소외를 가로지르는 실존적 이미지

강은교 초기 시의 주요한 모티브는 죽음에 관련된 허무다. 그의 초기 작품 속에서 찾아낼 수 있는 수많은 죽음과 소멸의 이미지들로 인해서 강은교를 '허무의 시인'이라 이름 붙이기를 많은 비평가들이 별로 주저하지 않았다.

　　　죽은 아비의 혼도 날아다닌다.

　　　　　　　　　　　　　　　　　　　－「성북동」

　　　저 혼자 깊어지는 강물에 누워
　　　죽은 나무뿌리를 적시기도 한다면.

　　　　　　　　　　　　　　　　　－「우리가 물이 되어」

　　　죽은 꽃 하나가 뜰에 서있다.
　　　나는 죽은 꽃을 보러간다.

　　　　　　　　　　　　　　　　－「희유곡(嬉遊曲)」

　　　죽어서 낯모르는 女子의 무명치마를 입을 차례다.

　　　　　　　　　　　　　　　　　－「황혼곡조 1번」

　　　넘어지고 또 넘어져도
　　　죽음은 가까이 오지 않는다

　　　　　　　　　　　　　　　　　　－「저녁 바람」

큰山이 무덤과 함께 昇天한다.

－「여행차」

西쪽 하늘이 열리고
큰 무덤이 보이고

－「저물 무렵」

위의 인용한 시에서는 직접적으로 죽음이나 무덤이라는 단어가 들어있는 경우가 나타나고, 그 외에도 죽음과 유사한 의미를 지닌 사라짐, 부서짐, 떨어짐 등『빈자일기(貧者日記)』이전의 시들의 이미지는 온통 죽음에 대한 의식과 소멸과 허무의 정서에 짙게 물들어 있다.

죽음이라는 벼랑 끝에서 삶을 조망하고 있는 시에 나타난 죽음의 이미지는 그 자체가 삶에 대한 부정적 의식으로 나타나게 되고, 시인의 내면은 부정적인 자기 인식과 허무 의식에 침윤되어 있다.

그러나 강은교의 죽음에 대한 허무의식과 삶에 대한 비극적 태도는 여러 가지 심리의 양태로 해석할 수 있다. 죽음의 부정적 성격이나 삶의 덧없음을 강조하면서도 역으로 현세적인 삶의 향수(享受)를 강조하는 경우와, 둘째는 죽음의 어두운 상황을 극복하여 밝음의 국면으로 바꾸려는 경우, 셋째 죽음 자체를 완곡하게 표현하여 세속적 삶보다 죽음에 긍정적 의미를 부여하는 경우 등 여러 가지 태도의 변수가 있을 수 있다. 이러한 변수 가운데 말 그대로 허무 의식에 젖어 있는 경우란, 우리는 어차피 죽게 되어 있는 허무한 존재이니, 그 허무함을 수락하여 그냥 이 세상을 즐기자는 경우와, 혹은 역으로 우리의 삶의 덧없음, 나라는 실존적 존재의 하찮음을 깊이 자각하고 그렇게 만든 현실에 절망하는 경우로 나타날 수 있다.[2] 강은교의 초기시들은 현실에 즉자적 대응의 분위기를 어느 정도 풍기고 있기도 하다. 그러나 사물의 존재 근원에 대한 질문으로 다가서는 그의 죽음에 대한 허무의식이나 비극적 정서는 후기시로 진행될수록 좀 더 존재의 근원적 모습에 대한 발견과 생명에 대한 구원 의식이 확장되고 심화되는 특징이 나타난다.

특히 실존적 허무의식을 딛고 서 있는 그의 시의식은 치열한 저항이나, 현실이 완전히 닫힌 몽상이나, 신비주의로의 호기심에 기울지 않는 균형감을 유지한다. 아마도 이런 균형감은 사물의 원형이나 보편적 상징을 목표로 하면서도, 그의 시의식 내면에 겸허하게 스스로를 어두운 현실에 하강시켜 사물을 정직하게 바라보려는 알레고리 담론의 역사의식이 배경으로 자리하고 있기 때문일 것이다. 현실에 대한 부정의식이 전제되었음에도 불구하고 점점 더 사물의 원형적 이미지에 접근하여 그는 여성으로서 체험한 삶에 대한 근원적 소외와 비극적 정서를 표상하는 근거를 마련하기 위해 노력하고자 했다. 여성의 독특한 내면성이 결합된 존재론적 '물의 이미지'를 다양한 방법으로 형상화하면서 강은교는 풍요롭게 사물을 현상하는 시의식과 다양한 정서적 공간을 확보한다. 한편 그는 삶의 위기가 지속되는 위기 상황을 직면하면서 끊임없이 무너지고 붕괴되는 삶의 내적 초상을 '하찮은 존재'로 정의하면서도 소멸하는 존재의 측면보다 오히려 세상과 역사의 현장에 끝까지 남아 있는 '모래 이미지'를 바라보면서 사물이 지니고 있는 가치의 견고한 항존성을 발견한다. 그는 사물의 근원을 재성찰하려는 허무 의지의 해체의 끝에서 영성의 절대적 가치를 발견하는 차원으로 시의식을 반전하는 시적 혜안을 일찍이 터득하였다. 그의 궁극적 진리와 가치에 대한 이러한 회심은 궁극적으로 그의 여성성이 추구하는 생명의식으로 승화되고, 드디어 종말의식 발현될 때에는 구원의 차원에 이르는 영성을 상징하는 '바람의 이미지'를 빈번히 구사하였

---

2) 진형준, 앞의 글, 450쪽.

다. 스스로의 삶에 대한 복합적 문제를 풀기 위해 허무를 화두로 삼아 진
지하게 접근한 그가 이룬 진정한 화해의 장은 결국 모든 욕망을 비우는
실존적 허무와, 그 결과 이후 모든 타자를 '물'의 사물성으로 환원시켜 무
거운 삶의 모든 무게를 내려놓고 자유를 획득할 수 있는 '바람'의 영성을
수용하는 실존의식을 시의식에 재현하였다.

1) '무거운 물'의 이미지 : 허무에 대한 비극적 대응

그의 초기 시들에서는 주지하다시피 죽음과 관련된 어두운 이미지들이
평자들에 의해 자주 주목을 받았다. 그리고 이러한 어둠의 이미지가 착색
된 가운데 특히 그의 시편들은 무형성을 띤 액체형태인 '물'의 이미지가
곳곳에 산재해 있고 초기에 그것은 비, 강물, 바다, 고름, 피 등 끝없이 아
래로 추락하는 심리적 중압감을 내리누르는 '무거운' 형태로 나타났다.
죽음은 어둠의 빛깔로 슬픔은 감상적 정서를 내면화하면서 추락의 위기
에 사로잡힌 여성의 불안 의식을 예리하게 표현하였다. 이러한 자의식은
허난설헌 이후 나타난 뚜렷한 여성 시인의 자의식이라고 평가할 수 있으
며, 여성의 불안 의식 대두된 것은 역설적으로 근대 한국 여성의 주체 의
식이 새롭게 대두된 것이기도 하다. 강은교 시인에서 새롭게 부활된 여성
으로서의 현실에 대한 인식론적 관점과 자기 인식의 태도는 남성 시인과
의 대타 의식의 자리에서 한국 근대 여성시의 새로운 획을 긋는 여성 시
인의 지적 모험과 실천의식을 보여주는 것이었다. 후기시로 갈수록 그가
구사하고 있는 물의 이미지 무게는 '눈물', '눈', '물방울', '빗방울', '얼
음' 등 물의 결정체(結晶體)[3]인 맑은 표상과 이미지로 바뀌어가는 경향을

---

3) 김경복, 앞의 글, 230쪽.

보여준다. 이것은 물에 대한 시인의 관점이 보다 세련된 측면과 아울러 사물 이미지에 대한 중압감을 덜어내고, 시어의 경제성을 살려 시의 효과를 높이려는 선택으로 보인다. 이러한 흐름의 변화는 시인이 겪고 있는 현실 속에서 삶의 허무와 소외가 쉽사리 치유될 수 없는 질병과 같은 요소임을 깊이 자각한 데도 그 원인이 있다. 그는 오래 동안 고통스럽고 불안하게 지속되는 질병의 체험과 더불어 고독과 슬픔을 겪으면서 얻은 자기 인식을 통해 그 어둠이 안팎의 경계 없이 몸 안에 녹아든 질병이기 때문에 어느 부분 하나를 쉽사리 제거해서 극복될 수 없는 것임을 깊이 깨달은 것 같다. 후기시로 갈수록 그는 허무를 끌어안고 슬픔과 고통을 안으로 짊어지면서 어둠의 여정에서 어둠에게 길을 묻고 새로운 길을 모색하는 순례자로서의 견인주의를 추구하는 모습이 보인다. 『허무집』에서 물과 관련된 이미저리를 찾아보면 다음과 같다.

'불의(不意)의 비가 내리고', '헛되이 내리고', '찬비는 내리고', '비는 마당가에서 끝나지 않는다'. '비는 내린다. 밤이 온다';
'저 혼자 깊어지는 강물', '앞선 강이 끊어진다', '아까운 강물이여', '흐르지 않는 강물', '눈물이 죽은 江물을 깨우듯';
'닦아도 닦아도 지지 않는 피', '사천년 묵은 늪', '시든 피'. '피로 물드는', '내 피의 몇 세기', '낡은 피', '피도 식고 뼈도 삭아서';
'精液', '고름';
'시냇물', '수증기', '흘리는 땀', '땀방울', '물방울', '진눈깨비', '얼음', '눈', '눈꽃';
'여러 해나 고인 눈물', '누군가 버리는 눈물 속으로'.

초기에는 맑고 순수한 물보다는 탁하고 어두운 물의 이미지가 집중되어 나타난다. 또 물이 진행하는 방향은 상승하기보다는 하강하고 아래로

침투하는 특성을 엿볼 수 있다. 위와 같이 물의 형용사와 명사들이 강은
교 시 전반에 걸쳐 다양한 이미지로 여러 번 변주되어 나타나고 있다. 이
러한 변화 양상은 시인이 물의 원소가 가지는 원형적 표징에 친근하게,
그리고 깊이 인상 받은 것을 알 수 있다. 그를 '물의 시인'4)이라고 부른
이유도 여기에 있다. 그러한 물의 물질적 상상력이 구체적으로 어떻게 그
의 시에 나타나는가를 살펴볼 필요가 있다.

> 부끄러운 모래의 죽음을
> 불의의 비가 내리고
> 마을에 헛되이 헛되이 내리고
>
> —「자전 4」

> 오늘 밤은 저쪽에 있으면 좋겠네
> 한 채의 부서지는 집을 짓고
> 젖은 바다 거품 속에
> 없는 무덤으로 흐르면 좋겠네
>
> —「여행차」

위 시에서 '비'는 아래로의 하강을 보여주는 물이며, 그것은 외부의 힘
에 의해 끊임없이 부서지는 '모래의 죽음'과 연결되어 '헛되이 내리는' 비
로 나타난다. '젖은 바다' 역시 '거품', '무덤'과 연결되어 혼탁하고 어두
운 죽음의 음영을 띠고 있다.

그의 시에서 물은 유동하는 이미지의 공허한 운명이며, 그것은 매 순간
죽고 그의 실체는 끊임없이 무너지고 있다. 물은 항상 흐르며, 떨어지며,
항상 수평적인 죽음으로 끝난다.5) 물의 고통은 끝이 없다. 물을 따라 이

---

4) 김경복, 위의 글, 230쪽.

르는 곳은 영원한 실존적 심연이다. 물은 언제나 더 낮은 곳, 더 깊은 곳으로 내려갈 준비가 되어 있다. 물의 이런 사물성은 강은교의 상상력을 끝없이 그 하강의 심연 속으로 이끌고 내려간다. 시의 화자는 그 심연을 두려워하며 회피하기보다는 오히려 그 경계 없는 어둠과 끊임없는 고통에게 적극적으로 손을 내밀고 함께 그 심연을 즐기고 있다. 화자의 태도를 통해 시인은 어두운 대상을 외면하거나 회피하지 않고 대상을 직시하고 내면 의식 속에서 대결하면서 진정한 화해를 향한 돌파구를 탐색함으로써 그 어둠을 가로지르려는 여성의 존재성과 강인하게 여성 의식을 견지한다.

죽음에 대한 이러한 적극적 접근은 결과적으로 그가 죽음에 빠려드는 물의 이미지를 많이 취하게 된 동인으로 나타났고 그 중에서도 깊은 심연으로 가라앉는 이미지군을 다량으로 거느리게 된 것으로 볼 수 있다.6) 사실 물이 죽음과 밀접히 관련되는 관점은 '물은 항상 흐르며, 물은 항상 떨어지며, 그리고 항상 수평적인 죽음으로 끝나기 때문에 일상적인 죽음은 물의 죽음이다'7)라는 실존철학적 사유와도 관계가 깊다. 특히 초기시에서 상승하고 승화되는 보편적 상징으로서의 물의 이미지가 아니라 현실 아래로 하강하는 물의 알레고리 이미지에 붙잡힌 강은교의 상상력은 무거워지고, 어두워지고, 고뇌에 차 있는 것이다. 물론 물의 하강 상황을 강조하는 실존적 현실 속에 놓인 이 물의 역사적(상황적) 알레고리는 강은교 시가 점유하고 있는 역사적 의식을 뚜렷이 암시하고 있는 국면이기도 하다. 이렇듯 소멸을 향해 흐르는 물의 알레고리적 운명과 상황을 통해 강은교는 사물과 존재에 대한 역설과 역사적 아이러니를 접근한다. 그리고 이

5) G. 바슐라르, 『물과 꿈』, 이가림 역, 문예출판사, 1980, 13-14쪽.
6) 김경복, 앞의 글, 239쪽.
7) G. 바슐라르, 앞의 책, 14쪽.

알레고리를 통해 시인은 어둠을 만들어낸 상황에 대한 예리한 판단과 보다 깊은 여성 의식의 성찰과 자각을 드러내면서 감정주의에 벗어나 허무의식의 심연을 꿰뚫고 들어간다.

그의 시에서 밝은 물, 예컨대 샘물이나 맑은 시냇물의 이미지가 찾아보기가 힘들다. 소외된 그의 여성 의식은 인간의 운명이 내려가고, 깊어가고, 부서지는 '무거운 물'의 이미지처럼 추락해 갈 수밖에 없는 현실에 초점이 닿아 있기 때문이다. 순수한 물의 원소들인 '물', '강물', '바다'는 물론, 복합적 물의 원소들인 '피', '고름', '늪'(진흙구렁) 등이 내포한 이미지도 마찬가지다. 이 외에도 '살', '정액(精液)', '술' 등이 있는데, 이것은 물의 하강적인 특질을 나타내는 것들과 결합됨으로써 생명의 근원과 연관된 '피'와 '고름'의 이미지들이 어둠의 상황 속에 끝없이 썩고 곪아가 고귀한 생명이 훼손되는 반생명의 그로테스크한 현실감을 참람하게 재현함으로써 두렵고 무서운 전율을 환기한다.

> 살(肉) 밖으로 나가 앉는 날이면
> 어쩌면 그렇게도 어김없이
> 울며 떠나는 당신들이 보여요.
> 누런 베수건 거머쥐고
> 닦아도 닦아도 지지않는 피(血)들 닦으며
>
> ― 「풀잎」

> 갈 곳 몰라
> 헤매는 저 구름덩이들과
> 살 틈마다 웅크려 누운 고름들
>
> ― 「소리 1」

엄마 등에는
四千年 묵은 늪이
황톳물이
묻혔다 다시 묻히는
아아, 四千 사내의
떼죽음

-「단가 3편·늪」

 '피'는 생명을 비유하는 대명사인데 인간이나 동물이 죽을 때 피를 흘린다는 점에서 위 시의 문맥에서 '피'는 죽음, 희생의 알레고리적 상징으로 나타난다.8) 피는 물의 이 양가적 국면을 가장 잘 극적으로 보여준다. 밝음의 문맥에서 피와 물의 상징은 어둠으로 변질된 문맥에서 상징을 뒤집는 알레고리로 변신한다. 상징이 알레고리로 변신하는 것은 부정적 현실 상황을 은연 중 비판하고 고발하는 이미지의 복합적 층위를 시인이 의도적으로 내포하고 있는 수사적 당위이다. 한편 피의 사물성을 입체적 문맥에서 바라볼 때, 피는 삶으로 이끄는 동력임과 동시에 죽음에 대한 본능적 이끌림의 변증법적 힘을 갖고 있다.

 '고름'의 이미지도 무겁고 아프고 탁한 분위기를 불러온다. 이 고름에서 연상되는 것은 '병'과의 싸움과 패배이다. 이러한 이미지들이 범람하는 배경으로 시인에게는 운명적으로 쉽게 치유될 수 없는 불치의 고통스러운 병력을 갖고 있었다. '늪'의 속성은 '끈적거림'과 '어두움'이고 그곳에 빠지게 되면 죽음으로 가는 깊이를 알 수 없는 심연의 통로이다. 강은교에 있어서도 죽음으로의 하강 이미지는 인간이 도피할 수 있는 한계점인 절망의 장소로, 혹은 운명적으로 피할 수 없는 자승자박의 도피처로

---

8) 이승훈, 『문학으로 읽는 문화상징사전』, 푸른사상사, 2011, 557쪽.

나타나기도 한다.[9]

　강은교 첫 시집 『허무집』은 이처럼 허공에서 미궁으로 떨어지는 이미지가 주종을 이루고 있다 해도 과언이 아니다. 추락은 물의 가장 큰 표상이다. 모든 추락하는 요소는 비극적 자기 인식을 표상하는 물의 하강 이미지 변용에 지나지 않는다.

　　날이 저문다
　　빈 뜰이 넘어진다
　　아름다운 여자들은 떨어져 쌓인다

　　　　　　　　　　　　　　　　　　　　　　－「자전 1」

　　나는 늘
　　떠나간 뜰의 落花가 되고

　　　　　　　　　　　　　　　　　　　　　　－「자전 2」

　　사과 한 알이 허공에서 떨어진다

　　　　　　　　　　　　　　　　　　　　　　－「창의 이쪽」

　　땅 위에 부서지는 살

　　　　　　　　　　　　　　　　　　　　　　－「이번 여름」

　　무너지지 않으면
　　壁은 이미 壁이 아니다

　　　　　　　　　　　　　　　　　　　　　　－「황혼곡조 3번」

　　오래닦인 초침 하나가
　　궁릉 밖으로

---

9) 김경복, 앞의 글, 244쪽.

장미 가시를 끌고 떨어진다

-「순례자의 잠」

싸운다.
落葉은 落葉끼리
……
잠시 반짝이는
저 하늘의 별들도 떨어지고 말면

-「싸움」

입은 옷이 무거워
地下의 저 길도 무너지려 한다.

-「십일월」

옷고름이 탁 하고
저고리에서 떨어지는 소리
새벽에도 그치지 않고

-「비리데기의 여행노래 1곡·폐허에서」

떨어지는 것들이 쌓여서 잠이 들면
이제 알았으리, 바람 속에서

-「순례자의 잠」

그의 시에서 추락과 죽음이 어둠의 이미지를 충실히 보여줌을 알 수 있
다. 반복해서 나타나는 하강적이고 추락하는 이미지는 죽음에 대한 화자
의 어두운 자기 인식의 내면이 지닌 중압감을 환기한다. 강은교의 시에
나타나는 이 허공의 추락물들은 역시 모두 죽음 의식을 동반하고 있으며,
이러한 허무의 극적 상황이 지속적으로 반복되는 것은 그의 시의식 저변
에서 여성의 삶이 끊임없이 죽음의 심연으로 끌려들어가는 비극적이고

아이러니한 상황을 우의적으로 제시하고 환기시킴으로써 독자의 관점을 반전시키고, 존재의 근원과 생명 의식에 대한 각성과 관심을 유도하는 작용을 한다.

2) '모래'의 이미지 : 소멸을 통한 존재의 인식

그의 허무에 대한 시적 표상은 무형성으로 스스로를 변형시켜 사물과 깊은 만남을 추구하는 물의 이미지와 더불어, 끊임없이 무너지고, 붕괴되어 하찮은 사물이 된 고체적 물체로 '모래'의 사물 이미지를 그의 시에 자주 불러들인다. 모래 이미지 역시 부서지고 쌓이는 특성을 이미지로 극화시킴으로써 또 다른 추락적 상상력을 극대화시키고 있다. 그러나 전술한 것처럼 모래는 외부적인 힘에 의해 끊임없이 부서지고 흩어지고 떨어져 아주 작고 하찮은 것으로 부서져 본래의 모습을 잃고 전락했지만, 모래는 그 부서진 사물의 흔적을 숨김없이 드러낸 채 땅 위에 오롯이 남아 있다.

> 침상 밖으로 흩어지는
> 모래는 끝없고
>
> ─「자전 1」

> 땅 위에 부서지는 살
> 부서져 모래가 되는 뼈
>
> ─「이번 여름」

> 그 때
> 壁이란 壁은 모두 젖어
> 살 속엔 가만가만

부서지는 모래

-「물과 꿈」

물론 이 모래도 물의 이미지가 갖는 추락과 무화(無化), 곧 죽음으로 빨려 들어가려는 허무의 힘과 그 경계를 잘 보여주고 있다.10) 물이 추락하는 성질을 지니고 결국 어디로 도착하는가? 바다, 즉 궁극적인 장소인 죽음의 심연으로 가는 것이다. 다시 말해서 인간의 삶을 유한적 시간 안에서의 한 여행으로 본다면 궁극적으로 도착하는 곳은 죽음으로 당도하는 종말의 시간이다.

바다는 흔히 유동하는 물, 공기 같은 무형적인 존재와 대지 같은 유형적인 존재를 매개하는 이미지로 드러난다. 거대한 바다는 혼돈, 끝없는 운동, 생명의 원천을 상징하는 바 이는 생명의 원천이 물이고 바다가 원초의 물을 뜻하기 때문이다. 하늘이 수직의 극단으로 피안을 상징하듯이 바다는 수평의 극단으로 피안을 상징한다. 바다는 물의 상징이 그렇듯이 풍요와 다산을 상징하지만 동시에 죽음을 상징한다.11)

이렇게 물의 이미지는 시인의 시편들에 물의 종말인 바다의 이미지로 확장되어 나타난다.

죽은 나무뿌리를 적시기도 한다면.
아아, 아직 처녀인
부끄러운 바다에 닿는다면.

-「우리가 물이 되어」

---

10) 김경복, 위의 글, 237쪽.
11) 이승훈, 앞의 책, 210쪽.

강물로 거슬러오는 바다
東洋式의 흰 바다

-「자전 4」

눈물 하나가 바다를 일으킨다.
바다를 일으켜서는
또 다른 바다로 끄을고 간다.
……
바다에서 자는 물
잠자리가 불편하다고
곳곳에서 女子들은
무덤을 가리키며 울었다.

-「비리데기의 여행노래 2곡·어제 밤」

바다로 가는 소금들의
빠른 발자국도 보인다.

-「황혼곡조 4번」

가다가 물이 있으면
잠깐 쉬어 물로
흐른다.
흘러서 더 큰
바다로 간다.

-「연도 4」

모든 사물이 죽음을 향하여 허무의 자리에 모여 해체되듯이 물은 궁극적으로 죽음의 바다로 흘러간다. 시인의 생각처럼 만일 우리가 스스로 물이 되어 바다로 도착하려는 꿈과 염원을 이룬다면, 물은 더 이상 죽음 혹은 소멸의 강박 관념에 사로잡히지 않고 자기 해체의 두려움에서 벗어나

크나큰 자유로움으로 변모할 수 있겠기 때문이다. 염원을 향한 대상으로서의 바다나 물은, 궁극적인 목적이나 목표로서의 대상이 아니라 보이지 않는 궁극적인 가치에 이르는 방법을 획득하고자 하는 매개적 사물이다. 그 바다는 허무의 끝이며 다른 한편에서 또 다른 생명의 근원, 모태이기도 하고, 인용부분에서 보듯, 모든 흐름 속에서 시간을 이끌어서 사물을 재창조하는 눈물로 대변되는 여성의 모성이 새롭게 인식되는 거룩한 공간이기도 하다.

유한한 인간존재는 시간의 흐름 속에 산다. 인간은 어차피 죽게 마련이다. 그것은 우리 인간이 피할 수 없는 엄연한 인간 조건이다. 강은교 시에 나온 '강'의 이미지가 바다로 흘러가는 것은 시간의 흐름과 변화와 창조적 순환을 암시하며 되돌아갈 수 없는 시간의 경과, 곧 상실과 망각을 비극적으로 상징한다. 한편 바다로 흐르는 강은 삶의 과정을 상징하고 바다는 죽음의 의미를 지니고 있다. 시의 화자는 거듭 이렇게 인간은 죽음을 피할 수 없는 무한한 시간 속에 유한한 존재에 불과하다는 사실을 나타낸다.

> 벌써 數世紀나 地下로 가는 사람들은
> 어느 날 하루도
> 깊이 잠들지 못한다.
> ······
> 밥상 위에 놓아 둔 시간이 모두 젖어
> 그대의 눈은
> 빈 그릇을 만지며 울고
>
> ─「비리데기의 여행노래 5곡·캄캄한 밤」

愛人아
天地에 날 어둡는 소리가 들린다.

-「황혼곡조 1번」

내가 지고 가는 하늘의
一千萬個의 별빛을

-「황혼곡조 3번」

다만 흐르는 소리 뿐인
내 피의 몇 世紀

-「황혼곡조 4번」

落果처럼 地球는 숲 너머 출렁이고
오래 닦인 秒針 하나가
穹窿 밖으로
장미가시를 끌고 떨어진다.

-「순례자의 잠」

時間은 스위스製 時計 속에서만 반짝입니다.

-「고백」

나의 슬픔은
正午에 느릿느릿 파내는.
샛빨간 샛빨간 時間예요.
핏물예요.

-「나의 슬픔」

눈감고 또 눈감아서
九萬里 하늘까지 보이도록 감아도
보이지 않는다, 보이지 않는 것은.

-「배후」

하늘은 아직도 하늘
햇빛은 億萬年을 햇빛으로
흐르고 있네, 우리는.
잠들지 못할꺼네, 우리는.

-「하관」

無限天空 겹겹 바람

-「연도 4」

한 男子와 女子의,
늙은 時間과 젊은 時間의,
삐걱이는 뼈

-「연도 6」

강은교의 시들에는 유한과 무한의 대조적 이미지와, 시간과 관련된 표현이 빈번하게 나온다. 인간이 그 끝에 죽음에 도착한다면 부단히 우리를 내쫓아 죽음에 이르게 것은 결국 시간이다. 즉, 우리가 궁극적으로 죽음에 도착하는 과정을 여행으로 간주하면 여행자인 실존적 인간을 인도해주는 것은 시간이다.

그런데 시인은 양적 시간이 환기시키는 그런 허무감, 절망감에 오래 애통해 하고 침잠하거나, 침묵해 있지는 않다. 그의 죽음 노래, 허무 노래가, 그것들에의 공포, 허무감 등을 단순하게 드러내는 이미지들로서가 아니라 그것들을 극복하기 위해 고통스럽게 구도를 향해 몸을 여는 겸허한 몸짓임을 쉽사리 알 수 있다.[12] 시인의 시작품들에 비극성과 비관성이 늘 배음으로 작용하고 있지만 실존 의식으로 깨어 있는 그의 목소리는 허무의

---

12) 진형준, 앞의 글, 452쪽.

절망감에 깊이 빠져들고만 있지는 않다.

> 날마다
> 우리나라에
> 아름다운 女子들은 떨어져 쌓인다.
> 잠속에서도 빨리빨리 걸으며
> 침상 밖으로 흩어지는
> 모래는 끝없고
> ……
> 부서지면서 우리는
> 가장 긴 그림자를 뒤에 남겼다
>
> ―「자전 1」

이 시에서 모래처럼 무너져 내리는 덧없는 여인의 삶을 허무와 회한이 쌓인 연민의 눈길로 바라보는 듯하다가도, '가장 긴 그림자를 뒤에 남겼다'는 결구에 이르러서는 다른 시구에서처럼, 그 부서짐, 소멸이 단순한 소멸이 아닌 다른 어떤 것으로 의미가 전복되어 비극적 정서와 각성을 통해 새롭게 자기를 의식하는 실존적 사유가 충돌하는 효과를 낳는다. 화자는 모래가 소멸되어 없어지는 허무감만을 주조하지 않는다. 무너지고 떨어지는 모래는 무너지고 떨어지면서 하찮은 것이 되었지만, 그것을 응시하고 있는 시적 주체의 눈은 결코 이 세상에서 완전히 소멸하지는 않는다. 그 자기 초월적 시선 속에서 모래는 허무의 시간 속에서 소멸과 무너짐을 반복하면서 그것을 내면에 인지하고, 인정하고, 인식한다. 또 동시에 그 부서져 희생하는 가운데, 보이지 않는 가치들이 긴 시간의 역사 속에 쌓이고 쌓여 가고 있음을 응시하는 여성의 시선과 미덕이 세상에 긴 그림자로 남기고 있음을 고백한다. 그것은 남성 중심 문화에 짓눌려 그림자처럼 어두

운 그림자를 남길 수밖에 없었던 시간을 여성 화자가 우의적이고 역설적
으로 드러냄으로써 가부장 지배의 그릇된 삶에 대한 근본적 비판과 희생
을 끊임없기 강요당하는 여성으로서의 항변을 암시하는 것이기도 하다.

강은교의 시에서 '모래'의 이미지가 지니고 있는 불멸의 자취를 읽어낼
때, 우리는 그 작은 것들이 모여서 이루는 위대한 규모와 힘을 읽은 것이
아니라, 그 작고 하찮게 보이는 것 속에 발견되는 모래의 고유한 사물성
처럼 오랫동안 자신의 희생을 감수하고 인고의 시간을 보내면서 생명을
잉태하고 사라진 여성에게 내재된 견고한 힘과 가치를 존재와 역사의 시
간으로 읽은 것이다.[13]

다음에 올 때면 그대여
저승에나 갔던 듯 돌아오게

―「회귀」

아직 부서지지는 않네, 우리는.
흔들릴테다, 우리는.

누군가 홀로 모래밭으로 가서
모래나 될 걸,
모래나 되어 어느 날
당신 살 밖의
또 살이나 될 걸 하지만

아무도 완전히 사라질 수는 없네.

―「하관」

---

13) 진형준, 위의 글, 457쪽.

시 「下棺」에서 모래는 결코 더 이상 '부서지지' 않고 다만 '흔들릴테다'라는 화자의 삶에 대한 실존적 저항의식이 나타난다. 화자는 어두운 이 세상에서 또 하나의 '살'이, 생명으로 영원히 남아 있기를 스스로 다짐하고, 양적인 시간을 넘어서 여성의 자유를 지속시킬 수 있는 질적인 시간을 유지하기 위해 단호하게 바깥을 향해 스스로를 지키려는 구호를 절규한다.

시 「회귀」에서 화자가 이승과 저승을 오갈 수 있다거나 삶과 죽음이 되풀이된다는 믿음에서 간과할 수 없는 한 가지 요소는 역설적으로 삶에 대한 강한 애착이 담겨 있다.[14] 나아가 시인은 화자를 통해 죽음 자체에 대한 완강한 거부를 보여주고 영겁, 회귀 혹은 순환사상을 노래하기도 한다.

인간의 무너지는 살은, 분명히 무너지고 소멸하지만 그 소멸 안에, 혹은 그 소멸로 인해, 하나의 영속성을 갖게 되고 영속성을 보장받는다. 무너짐의 보상으로서의 영속성이라는 생각은 곧 우리를 영혼의 차원으로 이끈다.[15] 그것은 영혼이다. 즉, 시인이 죽음을 건너서 영성(靈性) 쪽에 더 가까이 접근하고 있다. 그런데 시인의 이런 접근은 서구적 상상력에 물들어 있다는 지적이 그른 것임을 우리는 알아야 한다. 시인은 유한한 우리 인간 육체는 영혼의 비상에 이르기 위해 필요한 존재이라고 보는데 이것은 영과 육을 명백히 이원적인 것으로 나누고 있는 실체론에 바탕을 둔 서구의 관념적 인식과는 근본적으로 다른 영과 육을 유기적인 관계로 인식함으로써, 하나의 근본적 시적 사유의 맥을 형성하고 있다. 따라서 그의 시에서 나타나는 모래의 이미지는 '부서지는' 것으로서의 어둠과, 들여다보는 '남아 있는' 자로서의 미래 시간이 지속적으로 열려 있으며, 그러한 부활의 계기를 봉합하고 있는 시인의 여성 의식을 함축적으로 형상화하고 있는 것이다.

---

14) 이성우, 「종합에의 의지」, 유성호 편, 앞의 책, 189쪽.
15) 진형준, 앞의 글, 452쪽.

3) '바람'의 이미지 : 죽음에 대한 영적 초월

바람은 불가시적인 사물로서 가시적인 세계 속에 가려진 존재 내면의 흔적과 소리를 바깥으로 환기시키는데 가장 유용하게 활용될 수 있는 이미지이다. 강은교의 시에서 바람의 이미지는 어둠의 시간과 결합하여 미래 지향적인 시인의 예감을 예리한 울림으로 들려주는 역할을 한다.

> 누가 중얼대고
> 중얼대다가 쓰러지고
> 가끔 神靈님의 살이 비치는
> 흰 구름이나 기다리면서
>
> ─「비리데기의 여행노래 2곡·어제 밤」

> 그래도 흐린 날은
> 귀신이 되어 울지
> 잊지도 않고
> 잊을 수도 없이
>
> ─「황혼곡조 2번」

> 이 집 천정에는
> 내가 모르는 魂들이 있어요.
> ……
> 이 집에 사는 귀신들은
> 야곰야곰 내 손톱도 갉아먹고
> 피도 마시고.
>
> ─「네 개의 삽화·이집 천정에는」

> 가벼운 魂이여
> 죽어서 비로소 平安을

얼을지어다 다행할
지어다.

　　　　　　　　　　　－「연도 기다리는 모든 다정한 혼들에게」

　강은교 시편들에서 죽음을 건너서 영적 세계와 연결하는 매개적 물질
이 있다면 바로 기체 이미지로서 바람이 등장한다. 그의 시에서 바람의
이미지는 연기, 허공, 구름, 하늘 등의 다양한 형태로 변주되어 나타나기
도 한다.

　　바람은 능동적이고 격렬한 상태에 있는 공기로 영(靈), 우주의 호흡, 창
　　조적 숨결을 상징하고 우주를 지배하는 1차적 요소가 된다. 융에 의하면
　　아랍인들의 경우 바람이라는 낱말은 숨결과 정신이라는 두 가지 의미를
　　소유한다.
　　　……
　　바람은 무형(無形)이라는 점에서 손에 잡히지 않는 것, 옮겨가는 것, 실
　　체가 없는 것을 상징한다. 한편 역동적인 바람은 삶의 역동성, 야성적이고
　　충동적인 힘을 상징한다.[16]

　죽음을 건너서 시공을 초월한 자유로움을 추구하는 강은교의 시에서
그 자유로움을 실현하고 있는 이미지는 바람의 다양한 현상 속에서 구현
된다. '사라져 버리려는 이미지들'이면서 동시에 바람은 이동에의 능동적
갈망과 움직임을 나타내므로 정지되어 있는 상태를 배제하고 끊임없이
자유롭고자 하는[17] 삶의 변화를 추구하는 자유 의지를 지니고 있기 때문
이다.

16) 이승훈, 앞의 책, 211쪽.
17) 김현자, 『시와 상상력의 구조』, 문학과지성사, 1983, 46쪽.

'무한천공 바람 겹겹이', '바람에 갇혀', '바람이 서둘고 있구나', '바람
은 가벼이 살 속으로 달려가고', '바람은 바다로 가고 있었다', '아주 뒷날
부는 바람', '저 혼자 부는 바람', '찬 바람 위에서 운다', '살을 나르는 바
람소리', '바람 부는 무덤', '바람은 늘 떠나고 있네'

인용구에서 '바람'은 스스로 어디론가 서둘러 가고 있으며, 또 대상을
어디론가 나르고 있다. '바람'은 끊임없는 운동과 흐름을 보여주고 그 자
체로서는 형체를 지니지 못하고 쉽게 사라지는 허무의 표상이자 존재를
죽음의 아득한 심연으로 이끄는 초월적 힘이며 운명이라 할 수 있다.[18]

바람은 가벼이 살 속을 달려가고
一生의 가벼움으로 달려가고

-「자전 4」

긴 뜰에는 빈 집이 혼자
바람을 기다리고
나의 죽음을 기다리고

-「십일월」

아주 뒷날 부는 바람을
나는 알고 있어요

-「풀잎」

저혼자 부는 바람이
찬 머리맡에서 운다.

-「비리데기의 여행노래 3곡·사랑」

---

18) 정나미, 앞의 글, 37쪽.

늘 밝은 하늘이 가리고
운명적으로 오르는 연기
......
문을 열다가
바람을 만났다.
바람은 바다로 가고 있었다.
내가 따라 가려고 하였을 때
누군가 뒤에서
내 이름을 불렀다.
그것은 맨발
흔들리는 모래의 宇宙
그리고 나는 門안에 있었다.
아무 것도
변한 것은 없었다.

— 「창의 이쪽」

시에서 드러나 있는 죽음의 분위기는 바람을 운명적으로 만나는 상황
과 바람을 실존적 의식을 일깨우게 하는 화자의 자기 인식과 무관하지 않
다. 시인은 허무 의식과 하강 이미지를 통해 소멸과 해체의 통로를 열고,
소외 상황에서의 비극성을 극복하기 위해 시적 자아를 극적 시간 위에 배
열한다. 이것은 화자가 겪고 있는 질곡의 시간을 상대적으로 바라보려는
자기 인식의 전략이며, 이러한 시의 전략은 '바람'이라는 질료를 통해 보
이지 않는 불가시적 세계와 가시적 세계의 경계를 허물어 죽음과 삶을 자
유롭게 넘나들 수 있는 영혼의 초월적 시공과 가시화된 이미지가 조응하
는 경계이기도 하다. 이처럼 죽음으로 이끄는 어두운 시간의 흐름을 지속
하면서 보여주는 '바람'이나 '공기'와 관련된 이미저리는 허무를 매개로
소멸, 해체를 지향하면서 동시에 초월적 정신세계가 어우러진 영적 지향

의 정신 현상을 보여주는 특징적인 수사이다.

> 연기를 구성하는 것은 공기와 불이다. 그런 점에서 연기, 특히 연기 기
> 둥은 불처럼 영혼의 승천, 시공을 벗어나 영원한 무한에 드는 것을 상징한
> 다. 기독교에서 연기는 인생의 덧없음, 분노의 허망함을 상징한다. 한편
> 기둥 모습을 한 연기, 곧 기둥 연기는 불에 의한 구원을 상징한다. 연금술
> 에 의하면 연기는 육체를 떠나는 영혼을 상징한다.[19]
> 상승의 이미지는 두 가지 주요한 양상을 나타낸다. 하나는 외적 현상으
> 로 숭고한 가치를 상징하고 다른 하나는 내적 현상으로 내적 삶, 곧 상부
> 를 지향하는 충동을 상징한다. 엘리아데에 의하면 종교적 문맥과 관계없
> 이 산이나 계단을 오르는 행위 혹은 하늘로 날아오르는 행위 같은 모든
> 상승은 인간이 초월적 존재라는 사실, 그리고 보다 높은 우주적 단계를 지
> 향한다는 사실을 의미한다.[20]

특히 그의 시들의 결구에서 빈번하게 나온 하늘의 이미지에 대해 유의
해야 한다. 그의 시가 지향하는 곳은 끊임없이 스스로를 해체하면서 당도
하려는 드넓은 시공이며, 이 시공은 궁극적인 정신의 자유와 사랑을 구가
하는 그의 시 정신 내면에 새겨진 세계로서 순례의 좌우명을 갖고 최종적
으로 도달하려는 절대적 공간이다. 그래서 그가 스스로의 단련과 고행을
통해 하강하면서 도달한 삶의 바닥으로서의 바다는 죽음의 바다이면서
부활을 꿈꾸는 하늘 바다라 명명될 수 있는 것이다.

> 뜰에는 아직
> 멈추지 않는 하늘의

---

19) 이승훈, 앞의 책, 407쪽.
20) 이승훈, 위의 책, 300쪽.

하루 뿐인 짧은 내 뒷모습
반짝이는 반짝이는 잠을

—「자전 4」

맞은 편 하늘로 길은 사라지고
모든 지붕은 멀리 사라지고

—「성북동」

사방 一千里의 하늘을
나보다 큰 人類가 걸어가고 있다.

—「십일월」

날이 저물고
저편 하늘에서 기다리던 구름 서넛이
무덤 속으로 들어간다.

—「황혼곡조 4번」

저물 무렵 네가 돌아왔다
西쪽 하늘이 열리고
큰 무덤이 보이고

—「저물 무렵」

무덤은 十里 밖에 있는데
오늘 밤
여기서 하늘이 너무 가깝다

—「네 개의 삽화·겨울 밤」

저승이 저 하늘이라면
여기서 하늘이 참 가까우니

—「회귀」

가장 큰 하늘은 언제나
그대 등 뒤에 있다.

－「사랑법」

　인간에게 죽음은 가장 큰 것이므로 '저승길'의 도정을 거쳐 이를 수 있는 '가장 큰 하늘'을 죽음 뒤에 궁극적으로 존재하는 거대한 초월적 공간으로 보는 것이 강은교 시가 지닌 고유의 특징이다. 하늘은 주지하다시피 영혼, 하느님, 신성, 우주의 창조자, 초월적 존재를 회심을 통해 교감하는 존재의 근원이다. 뜰과 하늘이 대비되면서 내게 주어진 시간의 순간성과 한계성을 직감하는 화자의 내면에는 현재의 자리에 대한 세속적 집착으로부터 멀리 벗어나 있다. 죽음과 하늘이 대비되면서 그 죽음은 '잠'의 시간으로 변형되고 시의 화자는 그래서 밝은 대낮의 시간보다 '저무는 시간'에 대한 관심이 더 많아진다. 저녁의 시간은 모든 저물어감과 죽음은 세속적 욕망을 잠재운 안식 안에서 하늘문을 열고 들어가는 통로의 시간을 상기시키기 때문이다. 순수한 의식의 지평에서 저승과 하늘은 둘로 나뉘어 대립하지 않기 때문에 삶과 죽음을 가로지르는 시인의 영성 지향 속에서 죽음과 하늘이 같은 시간 위에 나란히 병치된다.

　그것은 내면의 불안이 아니라 세속을 초월한 눈이 바라보는 보이지 않은 세계와의 진정한 화해이다. 죽음에 대한 예감으로 가득한 「사랑법」에서는 등 뒤에서 죽음이 쳐다보고 있는 것을 아는 자는 세상에 대해 쉽게 꿈꿀 수 없고, 쉽게 흐를 수 없고, 쉽게 꽃 필 수 없다. 죽음이라는 거대한 물체 앞에서 세상 중심의 윤리와 가치는 침묵할 수밖에 없다. 그래서 떠나는 자는 언제나 단독자로서 자기 인식 속에서 홀로 떠나는 것이며 잠드는 자는 홀로 잠드는 자라는 것을 인정하게 된다.[21] 세상을 실눈으로

---

21) 박찬일, 앞의 글, 73쪽.

본다는 것은 세속적 욕망으로는 받아들이기 어려운 것을 긴장된 시선으로 내면에 받아들여야 한다는 것을 의미한다. 죽음은 두렵지만 두려움을 넘어서 그 두려움을 감수해야 한다는 자기 초월적 자리에서 드디어 완전한 '사랑법'을 역설적으로 터득할 수 있음을 스스로 다짐하는 것이다.

2. 내적 치유와 영성 회복의 이미지

강은교 시의 이미지는 이렇게 늘 복합적인 삶의 이면을 투시하면서 감정이나 지적 호기심에 치우치지 않고 스스로 갖고 있는 다양한 문제들을 실존적 영성으로 통찰하고 진단하는 시공의 이미지를 구사한다. 그의 시에서 시간의 흐름은 대체로 하강적 이미지로 지속되지만 그 하강적 이미지를 지속하면서 시의 주체는 심리적인 부담을 가중시키는 양적 시간에서 벗어나 실존적 가치를 유지하는 질적인 시간을 확보하고자 고투한다. 질적 시간을 확보하기 위한 이 탈영토의 전략적 하강은 고통과 허무를 경험한 시인의 내적 치유의 과정이며, 영성 회복을 위한 길을 모색하는 진정한 여성의식이기도 하다. 따라서 그의 시적 이미지는 무거움을 내려놓는 과정에서 죽음의 중압감에 대한 고통을 겪지만, 오히려 더욱 고통 속으로 침잠할 대로 침잠하는 자기 해체의 과정을 통과하면서 순례자와 같이 영적 내면을 다스리는 힘을 양육하여 밝음과 맑음의 '가벼운 물'의 영적 실존의 시간으로 충만해진다.

1) '가벼운 물'의 이미지 : 하강과 상승의 내적 치유

'가벼운 물'은 '무거운 물'에 대립되는 이미지의 실체로서의 의미보다
하강과 상승의 관계가 전제된 관계론적 이미지이다. 후기 시에서 이 '가
벼운 물'의 이미지는 현실과 대결하는 '무거움'을 스스로 해체하면서 내
적 치유를 통한 영성을 회복하는 과정을 효과적으로 반영하고 있다.

> 눈물이 죽은 江물을 깨우듯
> 말없이 깨우며 깨우며 오게.
>
> ―「회귀(풀잎)」

> 오늘도 어두운 거리 거리
> 눈물 되어 떠도는,
> 그 옛날
> 부여 강가에 누워 있던
> 柳花여.
>
> ―「소리 2 류화(柳花)(소리집)」

> 씻어라 진흙구덩이 너의 눈물로
> 별보다 눈부시게 너의 속살로
>
> ―「소리 9(소리집)」

> 입에도, 눈물 출렁이는 눈에도
> 세상보다 넓은 자물쇠를 채웁니다
>
> ―「야밤(소리집)」

> 그리고 미사 위에
> 언제나 언제나 홀로 서 있는 십자가 위에
> 끝내는 눈물이 되어
>
> ―「눈발(소리집)」

진눈깨비가 내리네
속시원히 비도 못 되고
속시원히 눈도 못 된 것

—「진눈깨비(소리집)」

서리 맺힌 우리 마음들
날이면 날마다 일어나

—「이제 스미리(소리집)」

　화자의 눈물은 죽음으로 무거워진 역사의 강물을 자기의식 속에서 스스로 일깨우는 여성의 눈물이다. 여성의 눈물은 세속의 연약한 여인으로 청승을 떠는 재래적인 가벼운 눈물이 아니라, 자기희생을 무릅쓰고 죽음의 제의를 통과하여 영적으로 카타르시스된 성결성을 지닌 눈물이다. 그런 눈물은 오랜 여성의식이 발현된 것으로서 새로운 민족 역사의 공동체를 위해 그림자를 드리운 '유화'의 눈물이며, 죽음의 진흙을 하늘의 별로 바꾼 위대한 여성의 눈물이다. 그 눈물은 시적 화자의 현재 시간 위에서 예수를 위해 미사 드리는 마리아의 눈물로 부활하기도 한다. 그는 여성 눈물의 기독교적 신화를 기억하면서 성스러운 제의 의식을 환기시킬 뿐만 아니라, 민족의 특수성을 넘어 인류의 보편적인 지평 위에 실존하는 여성의 비극적 운명과 눈물이 지닌 숭고한 가치를 환기시킨다. 이 눈물은 '속시원히 비나 눈이 못되는' 상황을 비켜 설 수 없는 오늘의 여성들에게, 남성의 힘과 권력의 엄혹한 시간 속에서 늘 '서리'가 맺힐 수밖에 없는 여성이 스스로 고통을 치유할 수밖에 없는 절대적 현존의 빛과 여성의 가치가 각인된 눈물로 재인식된다.

2) 식물과 관련된 이미지 : 사물의 소외와 모성의 관심

식물은 빛이 창조해낸 하나의 생명체이고 식물을 생산해내는 대지의 이미저리도 생명, 특히 모성성의 상징이라고 볼 수 있다. 여성의식과 모성성을 통해 세상의 모든 질곡을 스스로 치유하려는 강은교의 시적 전략은 그의 시편들 중에 동물적 알레고리와 식물과 관련된 이미저리를 대비시켜 구사하고 있다. 그가 형상화한 식물적 이미지를 찾아보면 아래 표와 같다.

[표 1] 강은교 시에 수록된 식물적 이미지 양상

이미저리	예시	시 제목
꽃	꽃, 꽃밭, 꽃잎, 꽃송이 개나리꽃, 장미, 나팔꽃, 사과꽃, 할미꽃, 연꽃	자전 3, 창의 이쪽, 희유곡, 비리데기의 여행 노래 1곡, 2곡, 황혼곡조 4번, 이곳에서는, 순례자의 잠, 저물 무렵, 사랑법, 그의 귀, 풍경제·서쪽 하늘, 풍경제·지는 해, 풍경제·없는 무덤, 연도 4, 소리 1, 소리 7, 소리 9
나무	나무, 동백, 솔나무, 나뭇가지, 느티나무, 나뭇잎	십일월, 우리가 물이 되어, 황혼곡조 1번, 벽제를 생각하며, 그의 귀, 풍경제·봄뜰, 연도 9
사과	사과	자전 3, 창의 이쪽, 봄바람
풀	풀잎, 풀밭가, 엉겅퀴, 나물, 잡초, 잡풀, 솔잎	자전 3, 봄 무사, 십일월, 여행차, 눈물 하나가, 회귀, 풍경제·지는 해, 풍경제·없는 무덤, 연도 5, 연도 6, 연도 10, 소리 1, 소리 4, 소리 6, 소리 10, 이제 눈뜨게 하소서, 허총가 3
뿌리	뿌리, 실뿌리	봄 무사, 우리가 물이 되어, 낮에는 깊이 깊이, 풍경제·지는 해, 일어서라 풀아, 이제 눈뜨게 하소서
숲	숲속	저녁 바람, 순례자의 잠

창조된 사물을 소외의 공간과 시간 속에서 인상적으로 표현함으로써 왜곡된 시공에 일그러진 사물의 사물성을 회복시키려는 시인의 의장은 식물 이미지의 모든 부분을 호명한다. 화자가 불러낸 사물들은 제 시간과 제 자리에 있지 못한 어둠의 상황을 극적으로 환기시키는 효과를 창출한다.

꽃밭을 나온 사과 몇 알이
廢墟로 가는 길을 묻고 있다.

－「자전 3(허무집)」

사과는 그러나
마을까지 오지 않는다.
마을에는 빈 꽃밭이 있고

－「창의 이쪽(허무집)」

죽은 꽃 하나가 뜰에 서있다.
나는 죽은 꽃을 보러간다.

－「희유곡(嬉遊曲)(허무집)」

우리가 키큰 나무와 함께 서서
우르르 우르르 비오는 소리로 흐른다면.

－「우리가 물이 되어(허무집)」

뜰 앞 솔나무에는
아직 하느님의 흰 눈이 쌓이고

－「황혼곡조 1번(허무집)」

풀잎이 제가 입은 옷을 전부 벗어
맑은 하늘을 향해 던진다.

－「자전 3(허무집)」

귀뚜라미가 풀잎처럼
풀잎처럼 사랑처럼
오래 말 못하는 것이 되어

-「회귀(풀잎)」

가장 넓은 길은 뿌리 속
자네 뿌리 속에 있다.

-「봄 무새(허무집)」

사과 같은 손녀
빨간 뺨 위에
봄바람이 분다

-「봄바람(소리집)」

이 햇빛 따라가요, 어머니
벌판의 풀들도 전부 일어서는데.

-「소리 1(소리집)」

우리들 이제
꽃으로 피어나리니
낯익은 꽃잎 꽃잎

-「오소서, 꿈마다 깨우치며 오소서(붉은 강)」

눈뜨게 하소서.
풀에는 풀의 눈
……
실뿌리 뿌리 더 깊이
눕게 하소서.

-「이제 눈뜨게 하소서(바람노래)」

'꽃밭을 나온 사과 몇 알이/폐허로 가는 길을 묻고' 있듯이 시인의 여성의식 안에서 세상은 빈 꽃밭으로 자리하고, 그것은 폐허를 향해 가는 길로 인식되고 있다. 빛의 창조물인 '사과'가 길을 묻고 있다는 것은 곧 '빛'의 위기를 절감하고 있다는 화자의 존재성과 화자의 심리 상황을 극적으로 대비시켜 반영하는 것이다. 그의 의식 깊은 곳에는 존엄한 생명 가치로서의 꽃과 사과가 항존하고, 현재의 시간 속에서 그 존엄성이 훼손되고 소외되고 있음을 고통스러워하면서 어둠의 상황 속에서 진정한 삶의 결실이 회복될 것을 염원한다. '사과'는 마을까지 오지 않는 경계에 있음은 그의 영적 가치로서의 생명이 결코 세속화될 수 없는 순결한 가치임을 스스로 깨닫고 있는 것이다. 화자는 '죽은 꽃'을 보러 가지만, 그렇다고 죽음 그 자체에 침잠하는 것이 아니다. 오히려 그는 '키 큰 나무'가 잘 자랄 수 있도록 뿌리를 적시는 비의 마음을 갈망하고 있다.

> 나무는 돌과 대립되는 동적인 생명, 우주의 생명을 상징하고 이런 생명은 조화, 성장, 증식, 생성, 재생의 과정을 내포한다. 또 한 나무는 끊임없이 지속되는 생명을 상징하고, 따라서 불멸성을 상징하는 이미지들과 등가의 관계에 있다.[22]

큰 나무가 잘 자랄 수 있는 비를 갈망하면서 '우리가 물이 되기'를 호소하는 목소리는 자기중심의 욕망으로부터 벗어나 타자를 사랑으로 적셔서 양육하는 영적 치유와 빛의 길을 모색하는 시인의 진정성을 암시한다. 그래서 그가 한 겨울의 추운 상황에서 바라보는 '솔나무'에는 '아직 하느님의 흰눈이 쌓여' 있다고 읊조릴 만큼 시인은 생명에 대한 애착과 은총의 시선이 가득하다. 시인의 시선과 함께 '빛'을 따라가는 풀들은 모두 일

---

22) 이승훈, 앞의 책, 96쪽.

어서고 있음을 흥분된 어조로 어머니에게 고하는 화자의 목소리는 충일된 생명감 속에 시의식의 정점을 드러내기도 한다. 빛 가운데 피어나는 꽃잎은 지금까지 어둠의 경계에서 낮은 목소리로 죽음의 위기를 넘겨오던 인고의 태도와 현격히 대비되는 밝은 정서로 대두하면서 '낯익은' 얼굴이 나타남을 반복하고 강조하는 친화감이 드러난다. 이것은 시인의 궁극적인 관심이 어두운 시간 속에서도 '눈 뜨는 풀'과 '뿌리를 깊이 내리는' 생명의식을 지향하고 있음을 단적으로 보여주는 예이기도 하다.

3) 대지와 관련된 이미지 : 대지와의 영성적 교감

대지와 관련된 이미지에서 가장 많이 나타나는 것은 '무덤'의 이미지이다. 그만큼 시인에게 대지는 죽음의 극적 상황을 환기시키는 삶과 죽음의 경계 위에서 존재하는 공간으로 다가선다. 그밖에 흙이나 산, 혹은 뜰과 들의 이미지들도 시적 화자의 부정적 시간 의식 위에 놓여 있다. 물론 그 부정적 시간 의식은 알레고리적 현실을 환기하면서 다른 한편 그의 영성적 내면이 교감하는 층위를 암시한다.

[표 2] 강은교 시에 수록된 대지적 이미지 양상

이미지저리	예시	시 제목
무덤	무덤, 풀무덤	비리데기의 여행 노래 1곡, 비리데기의 여행 노래 2곡, 황혼곡조 4번, 여행차, 이곳에서는, 저물 무렵, 눈물 하나가, 오래된 이야기, 최근의 달, 네 개의 삽화·겨울 밤, 사랑법, 하관, 벽제를 생각하며, 저문 날 허공에, 풍경제·임진강, 풍경제·없는 무덤

이미저리	예시	시 제목
흙	흙	성북동, 순례자의 잠, 오래된 이야기, 연도 6, 소리 9
산	산	단가 3편·가는 곳, 희유곡, 비리데기의 여행 노래 1곡, 비리데기의 여행 노래 5곡, 황혼곡조 1번, 여행차, 연도 4
뜰	뜰, 빈 뜰, 뒤뜰	자전 1, 자전 2, 자전 4, 성북동, 십일월, 희유곡, 황혼곡조 1번, 이곳에서는, 저물 무렵
벌/들	갯벌, 큰 벌, 벌판, 들, 들판	이번 여름, 단가 3편·붉은 해, 비리데기의 여행 노래 2곡, 비리데기의 여행 노래 5곡, 순례자의 잠, 풍경제·서쪽 하늘, 소리 1, 소리 6
대지/지구	대지/지구	봄 무사, 생자매장, 안개 속에는
땅	땅	이번 여름, 풀잎, 비리데기의 여행 노래 1곡, 비리데기의 여행 노래 5곡, 황혼곡조 1번, 풍경제·서쪽 하늘, 풍경제·지는 해, 연도 4, 연도 7, 소리 9, 일어서라 풀아, 저렇게 눈떠야 한다

 화자가 밟고 있는 대지가 '흔들림'으로 나타나는 것은 시인의 독특한 의장에서 비롯된다. 대지의 흔들림은 외부적인 요소 그 자체가 아니라 외부적인 상황으로 인한 여성 화자의 자의식 속에 나타나는 부정적 내면을 이미지로 현상하기 때문이다. 화가가 지나가는 순례의 도정에서 나타나는 대지의 상황은 어둠과 추위 등의 궂은 날이 계속된다. 그럼에도 화자의 대지에 대한 헌신적 사랑은 시종일관한다.

 사람 걷는 소리는
 山 쓰러지는 울음으로 변하고

누워있는 땅은 조금씩
아, 조금씩 흔들리는데

               -「비리데기의 여행노래 1곡 · 폐허에서(허무집)」

밟고 또 밟아
다시 더 밟을 수 없는 땅 위
사랑하는 자들은 서로
젖은 잎으로 끝없다.

               -「풍경제 · 서쪽 하늘(풀잎)」

이슬의 대지에
다만 녹으라 녹으라
명령하며
다음 일어서라 일어서라
구원하며.

               -「생자매장(生者埋葬) 1 · 불의 참상(빈자일기)」

벌써 이별해버린 남녀들이
살비아꽃처럼 흐득흐득
대지에 저희
꿈의 씨를 뿌립니다.

               -「안개 속에는(빈자일기)」

가문 들판엔 신신한 빗방울
궂은날엔 빛그리메
한데 한데 날고 있으면.

               -「소리 6(소리집)」

사랑이 땅에 하늘을 이어 준다고
하늘에 땅을 닿게 해야 한다고

소리쳐야 한다

－「저렇게 눈떠야 한다(붉은 강)」

한데 안은 얼음들 땅 위에 칭칭 감기듯이
함께 녹아 흐르기 위하여 감기듯이

－「흰 눈 속으로(벽 속의 편지)」

지금 어두운 것들은 한겹 더 어두운 것들을 데리고
돌아가 이 땅 모든 얼음 설레는 곳
출렁출렁거리자

－「벽 속의 편지·어제 우리는(벽 속의 편지)」

그의 대지에 대한 애정과 관심은 모성성을 환기시키고, 모성을 통해 구원을 확신하는 견고한 믿음의 지평에서 떠나지 않는다. '산 쓰러지는 울음'과 '누워있는 땅'은 주지하다시피 환유법을 통해 위 시의 문맥에서 '사람의 걷는 소리'와 유기적으로 결합되어 있다. 이것은 그의 여성적 상상력이 대지와 대지모에 대한 영적 상상력이 깊이 교감하고 있음을 입증해 준다.

무덤은 육체의 죽음을 상징한다. 또한 무덤은 대지의 자궁으로 모성과 여성을 상징한다. 대지는 하늘과 대비되는 정신적 힘을 상징한다. 하늘이 천상의 신성한 힘, 신, 신성, 아버지를 상징한다면 대지는 지상의 힘, 모신(母神), 모태, 어머니를 상징한다. 따라서 대지는 지상의 존재들을 양육하는 양육자, 다산(多産), 창조력을 상징한다. 인간은 흙에서 나서 흙으로 돌아가기 때문에 흙, 땅, 대지는 탄생과 죽음을 상징하고 고향, 조국을 상징한다.[23]

---

23) 이승훈, 위의 책, 590쪽.

화자는 '다시 더 밟을 수 없는 땅 위/사랑하는 자들은 서로/젖은 잎으로 끝없다'고 읊조리고 있다. 그는 대지를 밟고 또 밟고 싶을 만큼 대지에 대한 재인식과 소중한 애정을 나타낸다. 그 대지는 시인의 여성 의식이 하늘의 은총이 녹아 흐르는 축복의 은혜로운 공간이고, 생명의 씨앗을 뿌릴 수 있는 공간이며, 풀이 일어설 수 있는 생명의 근원적 터전이기 때문이다. 나아가 그의 상상력 속에는 '사랑이 땅에 하늘을 이어 준다고/하늘에 땅을 닿게 해야 한다고/소리쳐야 한다'고 일갈할 정도로 하늘과 땅과 사람이 삼위일체가 되어 교감하는 전통적인 천지인(天地人)사상과 인내천(人乃天)사상을 창조적으로 수용하여 시심에 북돋는다.

4) '소금'의 이미지 : 삶의 윤리와 절대적 현존

소금은 방부적인 사물 이미지와 더불어 견고한 윤리를 뜻하는 심리적 이미지로서의 양가성을 갖는다. 그리고 이 양가적 이미지는 생명 본질과 영성을 향한 절대적 현존의 위치에서 사회학적 차원과 영성적 접근을 아우르는 중층적인 가치를 환기시키는 중요한 이미지이다.

바다로 가는 소금들의
빠른 발자국도 보인다.
여기가 너무 넓은가.

－「황혼곡조 4번(허무집)」

부끄러워라 우리 살은
한 대접 冷水에도 쉬이 풀리는
소금이라 하더이다.

－「단가 3편·붉은 해(허무집)」

우리가 한밤중
흘리는 땀이
보이지 않는 저
바다의 소금들을 다시
모든 소금이게 할 때

－「연도 3(풀잎)」

모래밭에 밤낮 풀리던 소금기와
물풀들의 자유
빛나는 아침 햇살을
동해나 서해 혹은 남해의.

－「어허, 도미(소리집)」

풀어질래, 거기
풀어져 방방곡곡
소금기로 누울래

－「소리 12(소리집)」

　소금은 부패를 막고 썩지 않는다는 점에서 생명, 불사, 영속, 혼을 상징하고 지혜의 소금이란 말이 있듯이 지혜, 예지를 상징한다. 한편 소금은 사물을 정화시키기 때문에 정화, 순화를 상징하고 우리 민속에선 악귀를 쫓는 힘을 상징한다.

　(중략)

　아이를 낳지 못하는 부인이 깨끗한 소금을 먹으며 치성을 드리면 아이를 낳는다는 믿음은 소금이 생명력을 상징하고 액막이를 상징하기 때문이다.[24]

---

24) 이승훈, 위의 책, 328쪽.

소금과 관련된 이미지는 그의 초기시집에 실린 시 「황혼곡조 사번(黃昏曲調 四番)」에서 처음으로 나타난다. "바다로 가는 소금들의/빠른 발자국도 보인다./여기가 너무 넓은가."와 같은 구절에서 나타나는 것처럼 '소금'의 이미지는 은유적 수사가 아니라 환유적 수사로 활용된다. 의인법이 구사되고 있는 것은 사람의 윤리적 본질을 소금으로 대유하고 있기 때문이다. 소금들이 빠른 발걸음으로 바다로 가는 이유는 '여기가 너무 넓은가'라는 질문의 대답 속에 있다. 넓은 바다에 대비되는 이미지는 '좁은문'으로 상정할 수 있으며, 이 '좁은문'은 물론 삶의 진리 혹은 삶의 궁극적 구원을 향하는 영적 구도를 선택한 길이다. 보편적 가치를 추구하기 위해서는 누구든 부패하지 않는 소금으로서의 윤리적 삶의 길을 선택해야 하며, 그 윤리적 삶은 죽음을 상징하는 바다를 향해 나아가면서, 항상 시간과 상황 속에서 윤리적 양심에서 비롯된 실존적 결단을 내려야 한다. 이 구절은 시인의 삶에 대한 실존적 주체로서 윤리적 태도를 견지하겠다는 서시적 자세를 보여주는 중요한 의미가 있다. 물론 이 경우 상정되는 '소금'이나 바다로 가는 길이 '좁은문'을 상기시키는 것은 강은교 시인의 시의식이 기독교 사상에 짙게 침윤되어 있음을 시사해준다. 따라서 전기시에서 진하게 나타나는 그의 실존사상은 기독교적 실존사상과 무관하지 않으며, 강은교 이러한 시의식을 실존적 영성 의식이라고 명명할 수 있는 뚜렷한 근거가 된다. 다시 말해서 그의 윤리의식은 실존사상과 기독교 사상이 융합된 지평 위에 존재하는 실존적 영성으로 정의될 수 있다.

시인의 이러한 실존적 영성의 사유는 초기시부터 결코 관념의 나열이 아니라 육화된 의식으로 일관되게 나타난다. '우리의 살' 자체를 '소금'이라고 비유하는 것은 우리의 영성적 몸, 그 자체가 소금과 다르지 않으며, 부패를 방지하는 소금은 우리 구체적 몸과 생명을 구성하는 요소임을 강조하고 있는 데서 시인의 소금에 대한 구체적 인식이 잘 반영되어 있다.

한 걸음 더 나아가 시의 화자는 '보이지 않는 저 바다의 소금이' '다시 모든 소금이게 할 때'까지 우리가 '땀'을 흘려야 할 것을 역설한다. 소금은 그에게 있어서 절대적이고 영원한 생명의 존엄한 가치를 지닌 사물로서 현상되어 있는 것이다.

　우리의 생활 속에서 늘 풀리던 생명의 기운인 '소금기'는 시인의 의식 속에서 '햇빛'과 더불어 풀들의 생명을 자유롭게 양육하는 자양분으로 인식될 정도로 절대적 가치로 인식된다. 그래서 화자는 '풀어질래, 거기/풀어져 방방곡곡/소금기로 누울래'라고 구가하면서 그의 소금에 대한 지극한 친화감정을 숨기려 하지 않는다. 이것은 강은교의 시가 앞으로 근본적인 차원에서 '소금'의 생명 윤리적 자리를 고수하겠다는 견고한 의식을 표명하는 것이기도 하다. 소금이 전통적으로 액막이의 도구물로 사용된 것도 생명 보존을 위한 방부적 기능을 발휘한 것이라는 점을 감안한다면 시인의 부조리에 대한 대응은 사회학적 차원을 넘어서 생명 본질에 대한 존재론적 접근과 영성적 접근을 아우르는 깊은 사유로 진전되어 있음을 발견하게 된다.

5) '불', '빛'과 관련된 이미지 : 재생과 생성의 힘

　모든 '불'이 '빛'과 연관되어 있듯이 불과 빛은 어둠의 허무 속에서 재생과 생성의 힘을 발휘하는 초월적 능력을 가진 존재이다. 후기 시에 올수록 이 '불'과 '빛'의 이미지는 화자의 부정의식과 대결의식을 현상하는 쪽보다 순례자로서의 영성적 꿈과 지향성을 띤 이미지로 이행되고 있다.

[표 3] 강은교 시에 수록된 불/빛의 이미지 양상

이미저리	예시	시 제목
불	불, 불빛, 숯	우리가 물이 되어, 저녁 바람
해	해, 빛, 햇빛, 태양, 무지개, 그림자	자전 1, 자전 2, 자전 3, 성북동, 싸움, 창의 이쪽, 풀잎, 단가 3편·붉은 해, 비리데기의 여행 노래 1곡, 황혼곡조 3번, 황혼곡조 4번, 순례자의 잠, 눈물 하나가, 나의 슬픔, 네 개의 삽화, 하관, 허총가 1, 소리 8, 소리 12, 일어서라 풀아, 해 좋은 날
달/별	달, 별, 별빛, 달빛, 반딧불	자전 4, 싸움, 단가 3편·가는 곳, 비리데기의 여행 노래 1곡, 황혼곡조 3번, 이곳에서는, 눈물 하나가, 봄에는 언제나, 태초에, 소리 1, 소리 8, 소리 9
번개/천둥	번개, 천둥	비리데기의 여행 노래 1곡, 허총가 2, 소리 8
재	재	저녁 바람, 요즈음을 위하여, 허총가 5, 생자매장 1, 생자매장 3
황혼/노을	황혼, 노을, 해거름	허총가 4, 소리 10, 소리 12

불의 붉은 빛깔은 태양과 관계되고 따라서 절대적인 힘과 존재 가치를 지닌 태양을 상징한다. 상부를 향해 승화를 지향하는 불인 불꽃은 영적인 힘, 초월, 명상, 신선한 힘에 대한 깊은 깨달음을 의미한다. 그러나 여성의 실존적 상황 의식이 내면화된 그는 사물의 하강적 방향성과 '하찮은' 사물성에 보다 관심을 보이고 있으므로 불과 빛의 이미지가 단순하게 긍정적 이미지로 나타나지 않는다. 그러나 궁극적으로 모든 사물들은 불과 빛에 의해 소멸하고 다시 소생한다는 존재 근거의 관점에서 불과 빛의 에너지는 재생과 순환의 모티프를 동반하는 초월적이고 절대적인 힘을 지닌 상징으로 작용한다. 한 걸음 더 나아가 슈나이더는 두 종류의 불을 구별

하고 있다. 하나는 에로티시즘, 태양열, 물질적 에너지를 재현하는 지상의 불이고, 다른 하나는 신비주의, 순화나 승화, 정신적 에너지를 재현하는 천상의 불이다.[25] 우리의 감각 기관을 통해서 감지할 수 있는 사물로서의 불과 오감을 초월한 영적 차원에서 감지할 수 있는 불의 이런 양면성에 의해 불은 물질적 파괴와 동시에 정신적 절정(結晶)을 뜻하는 양가적 의미를 소유한다. 이처럼 불과 빛의 이미지는 강은교 시에서 양가적 의미를 내포한 불, 불빛, 햇빛, 빛, 무지개 등으로도 나타나며, 소멸 이미지와 결합하여 황혼, 노을, 해거름, 재, 그림자로 변용되기도 한다. 그의 초기시의 시구에서 '햇빛', '빛'은 부정적인 '불'의 이미지라 할 수 있으며, 이들은 힘, 재생, 에너지나 밝음의 상징이 아니라 '낡은', '죽음', '떨어지고', '묻어주는' 모습으로 사물의 어둠을 부각시킴으로써 오히려 여성 시인이 부조리한 상황 속에서 지니고 있는 '허무'의 자기 인식을 보이고 있다. 시인이 '수세기(數世紀)' 동안이란 상황적 시간의 단서를 붙임으로써 시대를 초월하여 영구불변의 절대적 밝음을 지켜온 태양의 상징적 가치를 '낡아지다'라는 역사적 알레고리로 변화시켜 의식한다. 알레고리화한 빛은 우주와 존재의 절대가치로서의 항존성을 강조하기보다, 절대적 가치의 관계를 끊고, 타락한 인간 역사의 윤리적 어둠의 장을 환기시키는, 극적인 상황을 환기시킨다. 그의 여성의식은 절대적 가치가 전도된 비극적이고 부조리한 소외 현실에서 참담한 삶을 살아야 하는 여성의 비극적 현실과 허무의식을 보여준다. 그러나 후기의 전환점에 이르는 시집 『소리집』에 들어가면서 빛은 어둠의 대비적 이미지에만 사용되지 않고 갈등이 극화된 현실 속에서 오히려 더욱 절대적 현존을 삶과 시의 가치를 갈망하는 여성 화자의 의지를 통해 영성의 '빛'에 대한 보다 깊은 사유의 측면을 드러내기 시작했다.

---

25) 이승훈, 위의 책, 590쪽.

그러나 지금 우리는
불로 만나려 한다.
벌써 숯이 된 뼈 하나가
세상에 불타는 것들을 쓰다듬고 있나니

－「우리가 물이 되어(허무집)」

수세기(數世紀) 낡은 햇빛들
사람들은 굴뚝마다 연기(煙氣)를 갈아 꽂는다.

－「자전 3(허무집)」

그러나 햇빛이여
방에는 벌써
생각보다 많은 죽음이
기다리고 있다.

－「창의 이쪽(허무집)」

저 하늘의 별들도 떨어지고 말면
강물이여, 피 같은 너
혼자 남아서
남은 세상 햇빛을 묻어주게.

－「싸움(허무집)」

흥건히 남아 우리 얼굴 비추는
이 햇빛 따라가요.

－「소리 1(소리집)」

생굴이요 생굴!
햇빛처럼 외치는 그 여자

－「그 여자 1(소리집)」

손톱만한 사랑 담은
뼈들 피들
햇빛 섞어 부풀려 주소.

－「해 좋은 날(소리집)」

'지금 우리는 불로 만나려 한다'라는 상황 의식에서 나타난 불은 긍정적 의미에서의 불이 아니라 화해롭지 않은 갈등의 국면이 만연되어 있는 현실 세계를 극적으로 암시한다. '수세기(數世紀) 낡은 햇빛들/사람들은 굴뚝마다 연기(煙氣)를 갈아 꽂는다.' 구절에서도 낡은 햇빛은 결코 긍정적인 이미지가 아니다. 그것은 그야말로 낡아빠진 힘과 권력을 알레고리화하여 풍자하고 비판한다. 그러한 '폭력적인 햇빛'은 사람들의 생활에 '굴뚝마다 허무의 연기(煙氣)를 갈아 꽂아' 놓아줄 뿐이라고 더욱 신랄하게 비판한다. 이렇게 초기시에서는 햇빛의 이미지는 시인의 현실 세계에 대한 소외 의식으로 말미암아 가부장적 폭력을 혐오하는 부정적 대상으로 자주 표상된다.

그러나 '햇빛이여/방에는 벌써/생각보다 많은 죽음이/기다리고 있다'는 화자의 독백적 문맥으로 보아서 햇빛은 긍정적 대상으로 나타나기보다는 방 속의 많은 죽음이 계속되는데도 불구하고 현재의 부조리한 상황을 외면하고 있는 절대적인 힘에 대한 깊은 원망과 회의로 나타나고 있다. 그러나 시인이 빛에 대해 지니고 있는 실존적 영성 의식의 저변은 '저 하늘의 별들도 떨어지고 말면/강물이여, 피 같은 너/혼자 남아서/남은 세상 햇빛을 묻어주게.'에서처럼 피로 얼룩진 역사적 상황에 대한 화자의 실존적 윤리와 의지를 강렬하게 나타내는 이면에 '하늘의 별'과 '남은 세상 햇빛' 그 자체가 지니고 있는 절대적 현존에 대한 가치를 모두 부정하는 허무주의에 침잠하지는 않는다.

‘생굴이요 생굴!/햇빛처럼 외치는 그 여자’의 구절은 생굴을 팔면서 생굴처럼 타자에게 희생당하고 있은 여성을 자조적인 자의식으로 바라보는 한편, 햇빛처럼 외치는 비장한 모습을 강조함으로써 부조리한 현실의 고통이 지속 되는 가운데 끈질기게 살아남아 있는 여성 본래의 실존적 존엄을 응시한다. ‘햇빛처럼 외치는 그 여자’의 문맥에서 햇빛은 그 여자가 살고 있는 그늘의 상황을 극복시키는 힘으로 작용할 만큼 시인에게 절대적 현존의 불변적 가치임에 틀림없다. 특히 ‘해 좋은 날’에 이르러서는 해의 이미지가 역시 절대적 현존의 가치로 뚜렷이 부각된다. 시인의 실존적 영성 의식 속에서 현실의 부조리한 상황이 지속되는 세상에서 피부로 느끼는 그의 여성적 소외 의식이 사라질 수는 없다. 그러나 소외와 허무 의식이 착색된 가운데 강은교 시인의 영성적 시의식은 더욱 확장되고 심화되어 나타난다. 세속화되고 사물화되어 지상의 모든 윤리가 더럽혀진 속에서 오직 실존적 영성을 통한 시의식이 진정 생명의 회복과 구원에 이르는 방법임을 자각하고 있기 때문이다. 이 영성적 가치는 눈에 보이지 않는 사물성으로 존재하지만 항상 사물의 본성과 내면에 자리하고 있는 불변의 가치이다. 절대적 가치에 등을 돌린 인간의 원초적 죄성과 사회적 부조리와 불평등의 상황으로 인해 여성이 학대 받고 어둠의 현실이 지속되는 가운데 여성 주체가 바라보는 햇빛은 늘 축복과 은혜로운 감사의 대상일 수는 없다. 오히려 그것은 역설적이고 아이러니하게도 바라보는 소외의 여성들에게 허무와 우울증을 더 가중시킬 수 있다.

　강은교는 소외 받고 있는 여성의 대표적인 존재로서 ‘그 여자’의 존엄성 회복에 깊은 관심을 가진 시인이다. 모든 하찮게 취급당하는 사물과 사람들이 사회적 불평등에서 해방되는 것은 결국 자율성을 지닌 생명 주체의 존재론적 존엄성 회복에 긴밀히 닿아 있다. 그리고 보이는 세계와 보이지 않는 모든 관계에 이르는 궁극적 화해는 인류와 사물이 모두 영성적 존엄성을 회복하는 단계에 이르는 길이다. 강은교 시인은 멀고 먼 그 순례의 시적 도정에 대한 확고한 의지를 갖고 실존적 영성을 지향하고 있는 지성적인 여성 시인으로 판별된다. '손톱만한 사랑 담은/뼈들 피들/햇빛 섞어 부풀려 주소.'라고 섬세한 여성의 목소리로 타자에게 고백하는 구절에서 시인의 사물에 대한 섬세한 사랑과 윤리 의식이 궁극적으로는 절대적 현존과 큰 손을 잡고 사랑을 나누고자 하는 거대한 모성성을 잘 반영하고 있다. 따라서 '소금'과 '빛'의 이미지 속에는 시인이 지향하고 있는 실존적 윤리의식과 거시적인 사랑의 실현에 대한 영성적 사유가 농축되어 있다고 할 수 있겠다.

제5장

바리데기 : 타자의 구원을 향한 삶의 순례*

1. 바리데기 설화의 서사시적 의미

서사시는 서정시와 달리 개인의 섬세한 감정이나 정서를 묘사하는 장르가 아니라 특정한 집단이나 공동체의 이해와 밀접한 이해관계를 맺고 있다. 집단이나 공동체의 존립을 근거로 삼는 이야기는 대체로 목적론적 계몽의 담론 성격을 띠게 된다. 공동체의 지속적인 유대와 생존을 위해 서사는 문제적 인물의 영웅적 담론을 생산하기도 하고, 그 중요한 인물의 위기와 그 극복의 과정을 극적으로 그려내기도 한다. 서사에 나타나는 사건은 서사적 주체가 지향하는 가치와 이념을 존속시키는 것과 깊은 관련이 있다. 집단이나 종족의 이념이 훼손되는 것은 그 공동체가 지닌 삶의

---

* 여성의 소외 문제를 역사적 층위와 실존적 영성인 측면에서 다루고 있는 일련의 '바리데기' 주제의 시는 극적인 상황 아래서 여성 주체의 비극적 서사를 반영하려는 시인의 서사적 진술의식을 반영하고 있다는 점에서 '서사시'로 볼 수 있다. 서사시의 구성과 발생 측면에서 볼 때, 강은교의 바리데기 서사시는 특히 여성의식을 새롭게 재현하고 있다는 점에서 '여성 서사시'로서의 주목을 받는다. 조남현, 「서사시 논의의 개요와 쟁점」, 『한국현대시사의 쟁점』, 시와시학사, 1991, 260-280쪽 참조.

기반이 해체되고 멸망하는 것을 의미하기 때문이다. 따라서 서사는 주체가 위기의 순간을 맞아 그 서사 주체와 공동체의 관계가 단절된다하더라도 그 이면에는 항상 주체와 공동체의 관계를 재건하려는 의지와 부활을 기약하는 도전적 담론을 생성한다.[1]

유태인과 이스라엘 민족 형성의 대표적 서사인 창세기에서 아브라함의 순례 서사는 유태 족장이 약속의 땅에 대한 믿음을 갖고 현재 자기가 살고 있는 땅에서 나와 가족을 이끌고 미지의 세계를 찾아 모험의 길을 떠나는 이야기다. 그와 그의 가족이 험난한 역경을 감수하고 길을 떠난 것은 그들이 처한 현실이 더 이상 안식할 수 없는 가난한 상황이 되었음을 시사한다. 그리고 그가 족장으로서 족속을 이끌고 찾아가는 가나안 땅은 복지로 명명되는 본질적인 가치를 찾아 회귀하는 공간이면서 지금까지 살고 있는 곳과는 전혀 다른 새로운 가치의 삶이 열리는 공동체의 세계였다.

가부장적 사회의 주군인 아버지로부터 버림받은 바리데기 공주가 선택한 저승길은 험난한 여정이 예고되었다는 점과 궁극적으로 가족 공동체의 가부장인 아버지와의 진정한 관계 회복을 모색하는 과정이라는 점에서 아브라함의 유대 민족 설화와 공통점과 차이점을 동시에 지닌다. 공동체의 위기를 극복하고 구원의 목적을 위해 순례를 떠나는 것은 인류의 보편적인 서사이며, 남성이 아닌 여성의 신분으로 아버지의 생명을 구하기 위한 약을 찾아 저승길을 떠나는 것은 남성지배 이데올로기에 의해서 유기된 여성으로서의 비극적 운명과 그것을 극복하려는 이념적 특수성을 띠고 있다. 버려진 공주인 바리데기는 공동체를 대표하는 왕의 생명을 구하기 저승길이 험난한 도정을 선택하고 그 어려운 과정을 치루어 낸다.

---

1) 나병철, 『소설의 귀환과 도전적 서사』, 소명, 2010 참조.

이것은 여성으로서 공동체의 위기를 극복하는 역사에 기여함으로써 사회적 신분과 존재론적 존엄성을 회복하려는 여성 의식을 지닌 서사이다.

여성의 신분으로서 공동체 의식을 추구하는 것은 당위적인 것이지만 가부장적 원리가 지배하는 제도 속에서 신분을 회복하려는 여성주체는 안팎으로 중층의 고통과 모험이 요구된다. 신과의 언약을 어긴 아담의 후예로서 아브라함은 죄성을 지닌 인간이 자기중심의 삶을 회개하는 과정에서 역경과 고통을 겪으며 영적 구원과 그 구원의 땅을 향한 순례길을 떠난다. 유대 민족의 순례 서사는 망각했던 타자성으로서 신을 묵상하면서 궁극적이고 영원한 가치에 대한 신앙의 회복과 신의 섭리에 의한 구원의 과정을 근본 바탕에 두고 있다.

이와 달리 한국의 전통적 바리데기 설화는 인간의 욕망이 남성 중심의 이데올로기로 폭력화함으로써 삶의 진정성이 훼손된 가부장적 지배 권력에 의해 가족 공동체가 붕괴되고 가족에게서 버림받은 여성의 사건을 담고 있다. 공주 신분으로 가족과 사회공동체로부터 추방된 바리데기 공주는 스스로 죽음의 길을 선택하지 않더라도 이미 죽음의 공간에 버려진 딸로서 심리적 부담을 떠안는다. 그러나 바리데기 공주는 가족에게 버림받은 신세임에도 불구하고 오히려 자신에게 적대적인 아버지를 살리기 위해 죽음의 여행을 의미하는 저승길을 내려가 약을 구해 오는 헌신적 태도를 보인다.

강은교의 시의식을 논의 하는 부분에서 전술한 바와 같이 왕궁에서 사지로 쫓김을 받아 사지에 버림받은 공주가 제의적 절차를 스스로 감당하기 위해 죽음의 길인 저승길을 스스로 선택해서 하강하는 죽음과 고행의 행로는 순례길과 같은 경건한 영적 수행의 홀로코스트적 의미를 지닌다. 이 여성이 죽음을 무릅쓴 고행의 여정과 온갖 희생을 무릅쓰고 드디어 약초를 구해서 죽음의 병에 처한 아버지에게 귀환하는 헌신적 승리의 서사는 가부장적 지배와 권력 속에서 진정한 화해를 추구하는 여성의 삶이 그만큼 고통스러움을 담보한다는 비극적이고 부정적 현실을 극적인 알레고리로 보여준다. 소유의 욕망에 갇힌 의식의 영토화와 더불어 확장되는 자본의 영토화를 전복하기 위해 현대를 살아가는 여성 시인이 그로테스크한 죽음의 초상화를 호명하는 것은 여성으로서 부정적 자기 반영이 요구되는 근대의 어두운 상황을 반영한다. 현대의 여성은 물화된 의식을 철저히 해체하기 위해 선차적으로 자기 정화와 영성의 관계를 회복한 전거로서, 드디어 바리데기 설화를 찾아내고 그 설화의 주인공처럼 또 다른 '홀로코스트'로서의 통과제의가 불가피함을 재현한다. 이 홀로코스트적 제의는 강은교 시인이 여성의 자의식 속에서 스스로의 죽음을 향한 허무의지와 희생을 통해 지향하려는 실존적 영성의 경계라고 정의할 수 있다. 강은교 시인의 장시에 나타난 '바리데기' 화자의 내면 의식은 이렇게 불확정성을 띤 타자성에로의 지향을 위한 모험으로 내면의 신고를 밟으며 통과제의를 치르려는 신앙적 의식을 제의처럼 반영하고 있다.2)

이처럼 바리데기의 설화는 가부장적 제도 아래서의 여성 차별과 삶에 대한 존재론적 소외를 다루면서 이중으로 고초를 겪고 있는 여성 서사 주체의 어둡고 고통스러운 내면을 함축하고 있다. 강은교 시인은 여성의 신분 회복을 위한 전위적 의식을 갖고 소외 현실에 놓인 여성의 자기 인식을 전통적 서사에서 발견하고, 새로운 담론으로 풀어나간 중층의 서사시를 기획하였다. 이 중층의 비극과 모험을 담은 설화를 그의 시에 차용한 강은교 시인은 나름대로 한국의 근대 사회가 안고 있는 부조리한 모랄을

---

2) 홀로코스트는 분명히 절대적 현존과 관계가 끊어진 세속적 인간이 감당하는 처절한 재앙임에 틀림없다. 그러나 이 홀로코스트는 강은교 시인의 바리데기 서사시에서 가부장적 세계와 새로운 관계를 회복하고 여성 주체가 절대적 영성과 화해하기 위해 소외된 여성이 치루어야 하는 자기 정화의 극적 제의 과정이라는 자기 인식이 인상적으로 반영되고 있다.

비판할 뿐만 아니라, 여성의 신분 회복이 궁극적으로 인간의 보편적 진리로서 자유와 타락한 영성을 구원하는 길임을 인식했기 때문이다.

　한편 1950년대 이후 한국의 근대시는 일제 강점기로 인한 굴욕감과 6·25 남북전쟁의 동족상잔과 전후의 폐허 후유증으로 인한 황폐감을 극복해야 하는 이삼중의 과제를 떠안게 되었다. 복합적으로 훼손된 주체의 정체성 회복을 위해 새로운 탈근대 주체를 수립하려는 이념적 작업은 1960년대 한국 근대시의 주류를 이룬 김수영과 김춘수의 시에서 집약된 주제로 설정된다. 1940년대 후반 '새로운 도시와 시민들의 합창'이란 명제를 내세우며 등장한 후반기 모더니스트로서 가장 주목을 받은 김수영은 「孔子의 生活難」을 통해서 2,500년 전의 공자를 불러내어 한국 모더니스트 시인으로서 서구중심의 근대 사유를 극복하기 위한 탈근대를 향한 역설적이고 긴장된 주체의 의식과 태도를 보여주었다. 다른 한편에서 김춘수 시인 역시 전통적 설화 인물인 「처용단장(處容斷章)」을 통해서 한국문화의 전통 문맥 속에서 또 다른 주체와 만나려는 초현실적 실험을 모색하였다. 김수영과 김춘수의 공통점은 한국의 근대 주체를 회복하기 위해 전통적 가치를 기억할 수 있는 서사적 주인공과 사건을 찾아 미래에 대한 주체 재건의 실험의 장을 열었다는 점이다.

　물론 당시 서구 자본주의의 미덕인 개인의 재능을 비판적인 시각으로 바라본 이 전통 회복의 개념은 엘리엇의 '전통과 개인의 재능'이라는 담론의 영향권 아래 있었다. 미국을 대표하는 천박한 자본주의 문명을 '황무지'로 해석한 엘리엇의 근대문명에 대한 회의와 비판적 관점은 1차 세계대전의 참상과 볼셰비키 혁명 이후 동서양의 모더니스트 시인들에게 잃어버린 전통의 가치와 권위를 회복해야 한다는 휴머니즘의 화두로서 깊이 각인되었기 때문이다. 엘리엇이 주장한 전통적 가치는 물론 물화된 근대사회에서 상실된 삶의 근본적 공동체 가치에로의 '귀환'을 뜻한다.

영미권 문화의 정보에 능통한 김수영이 아이러니하게 공자를 호명한 것
은 그 나름의 진보적인 주체의 사유에서 비롯되었다. 김수영은 이국취미
에 빠진 '후반기' 모더니스트 시인들의 경박한 모더니즘에 대해 불만을
품고 그에 대응으로서 동양의 고전적 전통가치인 공자의 이성과 서구 모
더니즘을 길항하면서 새롭게 혼융된 시세계를 추구하였다.

이와는 달리 언어의 내면에 보다 초점을 맞춘 김춘수의 무의미시 탐구
는 서구 중심의 근대 이성적 합리주의가 이루어 놓은 파시즘과 전체주의
체제를 근대 공동체의 병든 표상으로 규정하고 그것을 치유하기 위한 존
재론적 시어의 출발점을 삼았다. 그는 물화된 근대성을 극복하기 위해 무
의식 차원의 낯설게 하기 언어를 구사하여 도구적 언어들을 전복시키고자
했다. 김춘수가 추구한 무의미시는 지나친 내성화로 인해 난해시의 문제를
낳았지만 미학적 성공 여부를 떠나 그의 탈근대적인 시의 실험은 타락한
근대문화를 무의식 차원에서 해체하려는 근본적 모색이었다. 그는 서구의
문명 비판적 모더니스트들처럼 광기로 전화된 병든 세계를 치유할 수 있
는 아우라로서 신약성서의 예수 그리스도의 영적 서사와 닮은 초월적 인
물인 처용의 서사를 빌어, 한국 전통의 관용과 평화의 사유를 지닌 정체성
으로 삼고 처용의 순수한 담론을 무의식의 수준에서 다루고자 했다.

선천성 뇌동맥 혈관 질환으로 불치병을 안고 살아온 여성 지식인으로서
강은교 시인은 월남한 아버지의 딸이었으며, 가부장적 문화의 재래적인 가
치에 저항하면서, 새로운 세계에 대한 보다 지적인 판단과 근대 이성이 이
룩한 현실에 대한 자기 인식을 능동적으로 구가하였다. 60-70년대 당대
시의 주제가 주체의 자유로 점철되고 지성과 형이상학적 인식의 폭이 확
장되는 한국의 진보적 시단 분위기 속에서 그의 시에 대한 관심은 동시대
의 선배 시인과 더불어 여성 의식의 정체성 추구로서 탈근대적 주체성 회
복에 초점이 맞추어 있었다. 이러한 문학 배경 속에서 바리데기 설화를 그

의 시에 도입한 관점도 김수영이 그의 모더니즘 시에서 '공자'를, 김춘수가 '처용'을 호명한 것과 결코 무관하지 않은 것이다. 그들의 시에 등장하고 있는 세 인물의 공통점은 서구인이 아닌 동양인이며 공자는 한국의 전통적인 가치 규범의 한가운데 자리 잡고 있는 사표적 인물이다.

한편 처용과 바리데기는 벽사와 치유를 기구하는 전통 굿의 영적 매개를 대표하는 초상이기도 하다. 강은교는 흑인의 인권 회복 운동을 벌이다가 암살된 흑인 목사인 마틴 루터킹을 추모하는 시를 문단 데뷔작으로 내놓은 바 있다. 그는 마틴 루터킹의 사건을 흑인의 진정한 권리 회복과 민주주의 열망을 향한 혁명적 서사로 보았으며, 그의 데뷔 시「순례자의 잠」은 전기 시에 나타난 강은교의 자유에 대한 진보적 의식을 웅변하는 시이기도 하다. 이 시를 쓴 이후 강은교는 '순례자'라는 화두를 그의 시 화자 목소리의 중심에 두었다. 이 신앙적 순례자의 화두를 전통 설화에서 빌어 바리데기의 저승길 순례 서사와 연결시킨 것은 그의 자유에 대한 보편적 가치관을 한국의 전통 설화에 접맥시켜 토착화하려는 시도로 보인다. 그는 김수영의 '온몸'적 이성이나 김춘수의 '무의식' 위치에서 한 걸음 더 내려와 한국 여성의 탈근대적 주체를 죽음과 대결하는 영성적 신화 차원으로 심화 시켰다. 이것은 강은교 시인이 전통적인 바리데기 설화를 서사시로 수용하여 여성의 복합적인 내면의식을 표현한 한국 모더니즘 시의 독특한 성취이기도 하다.

2. 전기 시에 나타난 바리데기의 자의식

강은교의 시에는 지속적으로 '그 여자'가 등장해 왔다. '그 여자'는 전통적으로 이 땅에서 살아 온 사람으로서 이 땅의 어디에나 있고 어느 시간 속에나 있는 소외된 사람들, 즉 버려지고 상처받은 여자들이다. 이들은 놀랍게도 자신의 고통을 타인에 대한 사랑과 삶의 에너지로 변화시키려 한다. 바리데기처럼 현실 세계에서 버림받은 '그 여자'는 강은교 자신이 자 그녀 주변의 여자들이며, 실재하는 여자이자 유추된 상상 속의 여자들 이고, 특정한 여자이자 여자 일반으로서의 여자이다.

> '그 여자'는 하나의 독립된 육체가 아닌, 무정형의 '살'과 '뼈'(강은교의 시에서 '뼈'는 허무의 뼈, 소리의 뼈 등의 무형의 존재성을 형상화한다)와 '피'로 떠돈다. 독립된 몸의 개체성이 아닌, 살과 뼈와 피의 원형질로 존 재하는 '그 여자'는 늘 타자에게 흘러들어갈 준비를 갖추고 있다. 강은교 의 시는 '살'과 '뼈'와 '피'의 원형적인 실존의 방식으로 혼돈의 세계를 살아내려는 의지의 산물이다. 무정형과 무형의 존재 방식, 자유로운 변신 과 흐름의 존재 방식을 달성하려는 의지는 강은교 시의 기본 골격을 형 성한다.[3]

살과 뼈와 피로 떠도는 그 여자의 소외된 몸, 강은교는 한국 여성으로 서의 특수성과 삶의 보편성을 아우르면서 자신의 정체성을 전통 설화에 서 그 원형을 찾아내 '바리데기'로 규정하면서 보다 구체적인 존재론적 시의 출발점을 마련한다. 강은교가 바리데기 설화를 시에 차용하면서 얻 은 효과는 매우 컸다. '버림받은 여자가 (아버지의) 생명을 구원한다.'는 궁극적인 생명의 구원이라는 메시지로 요약되는 한국의 전통적인 바리데 기 설화를 현대시에 부활시킴으로써 전통적으로 지속되는 가부장제의 실 체를 환기하고, 그 상황 속에서 억압된 여성의 말을 본격적인 시의 담론 으로 부상하게 만든 것이다.

---

3) 김수이, 앞의 글, 58-59쪽.

강은교의 전기시에 나타나는 바리데기는 소외와 비극적인 상황에 갇혀 있는 여성의 어둠이 죽음과 허무 속에 반복되어 연주된다. 타자의 힘에 의해 억압당한 시적 주체는 현실 상황에 대한 저극적인 자기 인식을 표현하면서 소외와 허무 가운데 생명을 이어가고 있는 비극적 초상을 자조적으로 풍자하는 지적 태도를 유지한다.

> 집이 흐느낀다.
> 날이 저문다.
> 바람에 갇혀
> 일평생(一平生)이 낙과(落果)처럼 흔들린다.
> 높은 지붕마다 남몰래
> 하늘의 넓은 시계 소리를 걸어놓으며
> 광야(曠野)에 쌓이는
> 아, 아름다운 모래의 女子들
> 부서지면서 우리는
> 가장 긴 그림자를 뒤에 남겼다.
>
> —「자전 1」[4]

전기시 대표작의 하나라 할 수 있는 「자전(自轉) 1」에는 강은교 시인이 바리데기 설화를 그의 시에 차용하게 된 몇 가지 근본적인 계기를 발견할 수 있다. 시에 나타나 있는 것처럼 시의 화자가 현재 거주하는 공간은 "흐느끼는 집"으로서 비극적 현실의 환유 공간으로 제시되고 있으며 그 비극적 공간의 배음에는 강은교의 다른 시에서 일반적으로 나타나듯이 시간이 대체로 허무와 어둠으로 착색되어 설정된다. 그리고 그 실존적 어둠의 시간 속에서 흐느끼는 화자의 상황은 순례자의 눈으로 바라볼 때,

---

4) 강은교, 『풀잎』, 민음사, 1974.

그가 불모와 험난한 역경이 가로놓인 '광야' 속에 살고 있는 것과 같다. 기독교 성서의 문맥에서 광야는 여러 가지 의미를 함축하고 있지만, 순례자로서의 정체성을 갖고 미래의 가치를 시로 추구하는 화자에게 현재의 어두운 공간은 출애굽의 주인공인 모세처럼 자신과 공동체 구원의 미래를 향해 안팎으로 형극의 과정을 가로질러 넘어가야 할 난궁이 펼쳐지는 알레고리의 역사로 다가선다. 시간(바람)에 갇혀 일평생이 '낙과(落果)'처럼 흔들리는 불안 속에서도 또 다른 삶의 결실을 맺어야 하는 여성성 회복의 근원적 결실에 대한 목적의식을 잊지 않고 있는 시인의 생명 의지는 결코 재래적인 감정주의에 매몰되지 않고 자기 인식을 천착하는 존재론적 위치에서 언술하는 특징을 지닌다.

김병익이 지적하고 있듯이 이러한 존재론적 심연을 들여다보고 있는 강은교의 시의식은 지금까지의 이른바 여류로 폄훼되어온 여성 시인의 재래적인 한과 연결된 감정주의와는 전혀 다른 실존적 자기 인식을 통해 현세계의 현상을 바라보는 인식론적 차원의 시세계를 보여주었다. 화자는 특히 여성으로서 극도의 시련과 모험이 요구되는 부조리한 시공 속에서 '하늘에 넓은 시계소리를 걸어놓은' 종말론과 유사한 의식을 암시하는 기도와 간구를 보여줌으로써 견실한 내면의 형이상학적 자세를 유지한다. 견고한 관념을 갖고 사물을 투시하면서, 삶의 보편적 진실을 향한 깊고 견고한 화자의 의식은 '모래로 쌓이는 여자(女子)들'을 결코 허무하고 비극적인 존재로 그리지 않고 중도적 위치에서 바라본다. 그러한 허무의 흔적을 통해 비극과 죽음을 넘어선 비전을 지닌 묵시적 여자들이 자기희생을 통해 이루어놓은 거룩한 아름다움의 시간은 여성시인이 여성 스스로의 희생을 선택해 추구하고 지키고자 하는 여성의 자존감으로 인식하기 때문이다.

세상을 지배해온 가부장적인 권력들이 그렇게 역사의 뒤편으로 허무하게 사라졌듯이 권력을 휘두른 거대 서사가 모두 사라진 뒤에 오히려 저 작은 모래들처럼 오롯이 남아있는, 여성의 보이지 않는 힘과 가치는 비록 안팎으로 무너지고 부서져서 모래처럼 하찮은 것으로 취급되어 왔지만, 역설적으로 '가장 긴 역사' 혹은 영원한 생명의 역사를 이끌어가는 뚜렷한 존재임을 재인식한다. 이처럼 강은교 시의 문맥에 나타나는 바리데기는 '모래'처럼 소멸하면서도 그 정체성을 영원히 지니고 있는 여성의 실존적 가치와 이미지를 되살리기 위해 전통적인 무속의식 속에 오래 전승되어온 '버려진 공주'의 초현실적 모험과 궁극의 승리를 환유 담론으로 삼은 것이다.

> '바리데기는 망인(亡人)의 낙지왕생(樂地往生)을 기원하는 무가(巫歌)로서, 산중(山中)에 버림받은 오구 대왕(大王)의 일곱째 딸 비리데기가 죽은 부모(父母)를 살려내기 위해 저승에서 약수(藥水)를 구해오는 줄거리로 씌어 있다'[5]

위에서처럼 주를 달아 바리데기 설화의 유래를 간략히 밝히고 「비리데기의 여행(旅行)노래」라는 큰 제목 아래 5곡(曲)의 시가 씌어져 있는데, 첫 번째는 '폐허(廢墟)에서' 둘째는 '어제 밤', 셋째는 '사랑', 넷째는 '마을로 가다', 다섯째는 '캄캄한 밤'이라는 표제를 붙이면서 의미가 깊은 시의 의장을 나타내고 있다.

주석을 음미해보면 「비리데기의 여행(旅行)노래」는 여행을 떠나는 화자가 기도하는 노래조의 시 이야기임이 밝혀진다. 그리고 그 기도조의 바리데기 서사의 원래 목적은 궁극적으로 죽은 사람의 영혼을 극락으로 가도록 빌기 위해 바쳐지는 주술적 서사이다. 대개의 무가 주인공이 그러하듯

---

5) 강은교, 위의 책.

이 바리데기는 죽음의 공간에 내버려진 공주로서 한이 많이 맺힌 여자이며, 그 여자의 행장을 노래함으로써 바리데기를 위로하는 굿을 벌이고, 이 굿은 또 다른 죽은 자의 한을 풀고, 명복을 비는 무가로서 초월적 힘을 발휘하는 겹 노래의 성격을 지닌다.

강은교 시인이 바리데기를 그의 시 마당에 불러들인 것은 삶과 죽음이 얽힌 경계에 놓인 소외된 여성의 주제를 극적으로 서사화시켜 인상적인 극적 효과를 노리기 위함이다. 화자는 바리데기의 몸을 입고 현재 그가 처한 상황과 속사정을 시로 풀어냄으로써 개인의 주관적인 감정의 흐름에 침잠하지 않고 그가 처한 어려운 사정을 좀더 객관적인 장에서 극적인 상황으로 이야기를 끌고 나아가 곡절이 깊은 내면과 비극적 정서를 실감 있게 연출해 놓는다.

> 누구 머리칼 젖히는 소리
> 옷고름이 탁하고
> 저고리에서 떨어지는 소리
> 새벽에도 그치지 않고
> 잠 속에서는 더 크게 크게
> 그렇구나, 나는 어느새
> 몹쓸 곳에 누워 있다.
> 달빛도 멀리 지나가버리는
> 무덤 위에서
> 가끔 반딧불 하나가
> 드러누운 빈 길로 달려나간다.
> 모래이불을 펴고
> 오늘밤도 돼지꿈이나 기다릴까.
> 산이 바다로
> 다시 산으로 설마

변하지는 않겠지만
한 마리의 배고픈 돼지는
만날 수 있으리라.
열두 모랭이 눈감고 기어가면
어디서 울고 있는 신령(神靈)님이라도
만나지 않으리.
꽃밭에서 아직
걷는 사람이여
어디에 누울까 누울까 말고
가벼히 떨어지는 옷고름 위에
하늘과 함께 나의 뼈를 뉘여다오.
가만히 소리나지 않게
발자국도 없이 일세기(一世紀)를

－「바리데기의 여행(旅行)노래 1곡(一曲)·폐허(廢墟)에서」 부분6)

바리데기가 아버지 오구대왕의 병을 낫게 하는 약수를 구하기 위해 저승으로 가는 여행을 시작하는 곳은 '폐허'에서이다. '모래이불'을 펴고 돼지의 꿈을 기다리는 '바리데기'는 '열두 모랭이'를 '눈감고 기어가'는 고통을 통해서 '신령님'을 만나고자 희망한다. 이는 자신을 버린 아버지를 위해 여행을 떠나야 하는 자신의 운명에 대한 번민의 표출이다. '무덤', '몸 덥힐 햇빛도 없는 곳', '몹쓸 곳' 등의 '폐허'의 어두운 저승의 공간에서 바리데기는 무장승을 만나서 생명수를 얻기 위하여 물 삼 년 길어주고 볼 삼 년 때주고 나무 삼 년 해 주는 온갖 고통을 겪으며 노동을 하게 된다. '흔들리는데', '넘어진다', '젖히는', '떨어지는', '지나가 버리는', '달려나간다' 등의 시어는 시적 화자의 불안하고 불편한 처지와 심정을 표현

---

6) 강은교, 위의 책.

한다. 바로 '몹쓸 곳'이 폐허라는 상징적 공간이다. 그 가운데 '무덤'은 삶
과 죽음이 공존하는 공간이다. 다시 말하면 죽은 자를 위한 저승으로 가
기 위한 중간 단계로서 죽음을 예비하는 곳이다. 이 시에 형상화된 바리
데기의 구약 여행은 타자로서의 여성의 삶과 같으며, 여행의 공간인 '폐
허'는 여성의 척박한 삶을 상징적으로 형상화한 것으로 볼 수 있다.

「바리데기의 여행(旅行)노래」의 첫 노래의 내용은 화자가 '버림받은 바
리데기'의 서사를 빌려와 어둠과 죽음의 공간인 황천에서 바깥세계를 향
해 독백하는 장면으로 시작된다. 시인이 화자가 처한 공간을 '폐허에서'
라고 밝힌 것은 일단 그곳이 소외된 심리 공간임을 암시하고 그 곳으로부
터 새로운 세계를 찾아 길을 떠나는 과정이 글자 그대로 그로테스크한 여
정임을 알레고리화 한다. 그 공간은 하늘 공간과 대비되는 지상에서 죽음
으로 하강한 '무덤'으로 나타나며, 화자는 스스로 '일어나자 일어나자'라
고 토로함으로써 서사 주체가 현재 무덤에 무력하게 누워있는 형국임을
암시한다. 더욱 주변 상황은 그가 무덤에서 일어나서 길을 묻기조차 어려
운 형편임을 호소한다. 그리고 그가 떠나고 싶은 마음의 길은 하늘 꽃밭
이며, 사람의 걷는 소리가 들리는 곳이다. 사람의 소리가 들리지만 사람을
만날 수 없는 '폐허'에 주검처럼 버려져 누워있는 주체의 부정적 환경이
자연스럽게 떠오른다. 그것은 '무덤'으로 알레고리화된 공간으로서 몸 덥
힐 햇빛도 없는 추운 곳이며, '길은 한 켠으로 넘어지는' 삶의 진실이 전
도된 위태롭고 저주 받은 곳이다. '버려진 자'의 어두운 내면은 저주 받은
죽음의 공간으로 환유되며, 그 몹쓸 곳에서 그가 꿀 수 있는 것은 겨우
"모래이불을 펴고/오늘밤도 돼지 꿈이나 기다리고, 배고픈 돼지 한 마리
나 만날" 정도의 극도로 삭막한 공간이다. 이는 시인이 어두운 현실 세계
에서 스스로 들여다본 여성의 소외와 전락한 주체의 삶을 객관적으로 반
영하기 위해 극적 상황을 연출해 나가는 여성 주인공 서사시 기획의 일환

이다. 여성 화자는 그가 버려진 그곳은 결코 축복 받는 땅이 아니라고 생각하고, '신령님'을 상정하여 신령님도 그런 상황을 울고 있을 것이라고 풍자한다. 그럼에도 불구하고 화자는 그 신령님 만나기를 고대한다. 돼지 취급을 받는 그가 오직 사람의 대접을 받을 수 있는 신령스런 사람의 신분이 될 수 있는 상승과 회복의 통로이기 때문에 그와 만나기를 기도한다. 역설적으로 시인은 화자의 황폐해진 내면 서술을 통해 현재 여성 화자가 겪고 있는 고통이 신성을 앗긴 짐승으로 전락하여 돼지꿈이나 꾸고 배고픈 돼지나 만날 수 있는 죽음의 상황과 같음을 환기시킨다. 시의 문맥 속에 시간은 '일세기(一世紀)'라는 시간으로 확장되고 하늘과 함께 누울 뼈를 소원하는 화자의 내성은 그가 겪는 소외의 어둠을 고통스럽게 호소하면서 '근대적' 삶의 현실에서 남성에 의해 오히려 더 가렴주구의 고통을 받아온 여성의 불행한 삶을 예리하게 고발하고 있다.

그의 시에는 소외되고 버려진 타자로서의 여성의 이미지가 독립된 육체를 얻지 못하고 '살과 뼈와 피'로 형상화되어 나타난다. 하나의 독립된 육체를 얻지 못하고 떠도는 '살과 뼈와 피'의 이미지는 역사와 사회로부터 가난한 타자로 버려지고 소외된 채 살아가는 여성의 또 다른 존재방식이다.

그렇다 여행(旅行)이다.
가장 가까운 곳에서
눈물 하나가 바다를 일으킨다.
바다를 일으켜서는
또 다른 바다로 끄을고 간다.
부끄럽게 가만가만
폭풍(暴風) 속에서도 새우를 키우며
돌아오지 않으려고

바다에서 자는 물,
잠자리가 불편하다고
곳곳에서 여자(女子)들은
무덤을 가리키며 울었다.
              －「바리데기의 여행(旅行)노래 2곡(二曲)·어제 밤」 부분7)

따라서 오래 동안 변하지 않는 죽음의 상황에서 여성 시인이 자각하는
고통은 그의 시에서 어두운 현실을 떠나야 하는 구도자의 순례로 설정될
수밖에 없는 것이다. 소외를 벗어날 수 없는 현실에 대한 부정적인 시인
의 자의식은 주체의 객관적 인식을 반영하기보다는 주체가 극도로 소외
된 상황에서 주관적인 자기 인식을 알레고리로 표상할 수 있을 뿐이다.
이것은 그만큼 시적 주체에게 현실이 보편적 상징으로 넘어설 수 없을 만
큼 세계의 권리를 남성만이 전유하는 남성 중심의 강고한 현실로 여겨지
기 때문이다. 여성에게는 근대 세계가 오히려 극도의 불모지로 전락한 부
정적 현실로 더 전복된 위기 상황임을 의미하며, 시에 등장하는 바리데기
의 문맥을 따라가면 근대 계몽 이성이 추구한 민주 혁명이나 제도적 개혁
으로 변혁될 수 없는 종말을 치닫는 여성의 자기 인식을 실감하게 된다.
시인이 생태적 이성을 추구하는 여성 본연의 자리에서 세계를 내다볼수
록 그것은 더 큰 절망과 위기의 어둠으로 다가선다.

두 번째 시인 이곡(二曲)은 화자가 "깨어진 거울 속에서 어제 밤은/바다
로 가는 물을 보았다"고 고백하면서 허두를 떼고 있다. 가부장적인 욕망
의 얼굴만 비춰주는 거울은 여성에겐 이미 진정한 거울이 아니라 정체성
이 깨어진 거울이다. 세상의 현실에 존재하는 그 권력의 거울 속에 자기
모습을 더 이상 제대로 비춰보는 것은 불가능하기 때문이다. 화자는 현실

―――――――――

7) 강은교, 위의 책.

과 분열된 내면의 거울을 들여다보기를 포기하고 깨어진 거울 조각을 들고 서 있는 고독하고 불안한 자기를 인식한다. 그만큼 주체의 소외가 좀더 근본적 위기의식에 닿아 있다. 이런 위기 상황은 자연스럽게 화자를 죽음으로 상징되는 "바다로 가는 물"로 알레고리화하여 몽상하게 한다. 세상에서 헐벗고 남루해진 자기를 발견한 화자는 "옷과 신발도 버리고/맨몸으로 맨몸으로/물은 祖國을 떠나서 갔다"고 담담하게 진술한다. 버려진 바리데기가 오구대왕의 나라를 부득이 떠나갔듯이 남성중심의 '조국(祖國)'은 이미 여성을 버린 이데올로기의 조국이기 때문에 화자에게는 가로질러 떠나가야 하는 불모의 공간과 다르지 않다. 그러므로 여성화자는 가난한 행장으로 바다로의 여행을 떠날 수밖에 없는 참람한 처지가 되었음을 통감한다. 죽음의 공간인 바다로 떠나가는 이들의 "시든 피가 홀로 모래를 씻는데/ 죽은 이는 한 마디 말도 없이" 숨소리만 남기고 떠난다. 바리데기 길손은 "중얼대다가 쓰러지고/신령(神靈)님의 살이 비치는/흰 구름이나 기다리면서/잊을 수 없어 잊을 수 없어/한 사발의 숭늉에 설탕과 정액(精液)을 섞는다"고 되뇌이며 소외와 가난한 삶에 전락한 자기 모습을 신랄하게 자조하고 풍자함으로써 처절한 비극적 장면을 도출한다. 그러한 자기 인식에서 나타나는 의식과 행동은 눈물로 한탄하는 감정주의로 나타날 수 없다. 오히려 먼 여행에의 자전적 의지가 강화되고 그녀로 하여금 눈물 하나가 잠자는 바다, 혹은 죽어 있는 바다를 일으키는 힘으로 역전되는 강인한 내적 변화를 일으킨다. 먼 여행을 기획하고 있는 화자의 깊은 내면에서 바다는 이처럼 늘 핍박받은 주검으로 누워있지는 않는다. 주체의 무의식은 바다를 일으키고 끌고 가는 잠재적인 힘을 발휘하고 있으며, 그 폭풍의 바다 속에서 새우를 키우며 어제의 밤으로 되돌아오지 않기 위해 '여자(女子)들은 무덤을 가리키며 울었다'고 술회하며 바다를 가로지르는 순례자의 의지를 화자가 어두운 무대 위에서 셀리프를 방백하

듯 담담한 어조로 읊조린다. 그 먼 여행을 향한 화자와 더불어 시인의 의
지는 "폭풍에 실려/반짝이는 천개(千個)의 지붕과 벌판을 거쳐 방황하는 수
백인(數百人)의 침실(寢臺)"로 돌아와서도 바리데기 여행의 자유에 대한 자
기 구원의 소망을 잃지 않는다.

　삼곡(三曲)은 버려진 자의 길 떠남이 끊어진 길을 이으려는 궁극적인 사
랑으로 이어져 있음을 극적으로 나타내고 있는 시이다.

　　　　저 혼자 부는 바람이
　　　　찬 머리맡에서 운다.
　　　　어디서 가던 길이 끊어졌는지
　　　　사람의 손은
　　　　빈 거문고 줄로 가득하고
　　　　창밖에는 구슬픈 승냥이 울음소리가
　　　　또다시
　　　　萬里길을 달려갈 채비를 한다

　　　　시냇가에서 대답하려무나
　　　　워이가이너 워이가이너

　　　　다음날 더 큰 바다로 가면
　　　　청천에 빛나는 저 이슬은
　　　　누구의 옷 속에서
　　　　다시 자랄 것인가

　　　　사라지는 별들이
　　　　찬바람 위에서 운다.
　　　　만리 길 밖은
　　　　베옷 구기는 소리로 어지럽고

그러나 나는
시냇가에
끝까지 살과 뼈로 살아 있다.

—「바리데기의 여행(旅行)노래 3곡(三曲)·사랑」 전문8)

이 시는 바리데기가 출산과 결혼의 통과의례를 거치고 아버지를 살려
낸 이야기이다. 이 시에서 바리데기는 원초적으로 가부장제의 희생자였으
나, 저승에서 9년의 시집살이를 한 후 궁전에 돌아와 부모를 살리고 구원
하는 만신의 몸주가 된다. 그런데 아버지를 구한 딸이 아버지의 체제에
입성하지 않고 '끝까지 살과 뼈로 살아'지상의 현실에 남는 것으로 시를
마무리한다. 바리데기가 가부장에 질서의 편입을 거부하고 스스로 선택한
길은 아버지의 세계에서 수동적인 위치를 거부하고 자립적인 정체성을
추구하려는 확고한 신념의 길이다.9) 결국 강은교의 바리데기는 피폐화된
가부장제의 질서를 복원시키는 데 등조하는 여성이 아니라, 남성의 주변
으로서의 여성이 주변의 삶을 극복하고 새로운 삶의 질서를 창조하는 주
체로 복귀하는 과정을 노래한 것이라 볼 수 있다.10)

사랑의 관계가 끊어진 현실 상황은 화자에게 언제나 "저 혼자 부는 바
람"같은 고독하고 냉엄한 불면의 시간 속에 울부짖는 영혼과 다르지 않
다. 대상과의 올바른 상호 관계가 끊어진 길은 존재 근거가 사라짐으로써
마치 거문고가 없는 줄로 가득한 세상과 같고, "창밖에는 구슬픈 승냥이
울음소리"가 들리는 처량함이 팽만한 가운데 '만리길을 달려갈 채비를 한
다'고 고백한다. 이 부분은 먼 길을 떠나는 내면의 고통과 더불어 먼 여행

---

8) 강은교, 위의 책.
9) 박수경, 앞의 글, 29쪽.
10) 김영숙, 「여성중심 시각에서 본 바리공주」, 『페미니즘 문학론』, 한국문화사, 1996, 90쪽.

을 나선 화자의 비장한 결의를 투사하면서, 그의 만리 길이 결코 순탄하고 낭만적인 여정이 아님을 암시한다. 만리라는 먼 거리감과 '다음 날 더 큰 바다로 가면'에서 잘 알 수 있다. 죽음의 바다를 건너야하는 더 큰 바다에서 잠시 하늘의 은총 받은 '이슬'이 다시 '누구의 옷 속에서 다시 자랄' 숱하게 반복되는 고통의 '눈물'로 바뀔 수밖에 없을 고통을 감수하며 화자는 더 힘든 길을 떠나야 하는 여성 순례자의 처지를 예감한다.

그러므로 그의 어두운 여행길에는 지금처럼 '사라지는 별들이/찬 바람 위에서 운다'고 읊조릴 만큼 실존적 고뇌의 상황이 계속 될 것이다. 냉엄하고 살벌한 죽음의 분위기를 환기시키는 '차다'의 촉각 이미지가 연이어 구사되면서 '만리 길 밖은/베옷 구기는 소리로' 여성으로서 비극적 죽음이 반복되는 혼미의 나날이 계속될 것도 비극적으로 미리 예감한다. 그럼에도 불구하고 화자의 궁극적인 사랑에 대한 끈질긴 회복과 구원의 염원은 '그러나 나는/시냇가에/끝까지 살과 뼈로 살아있다'고 고백하는 신앙적 선포에 이른다. 이 부분은 강은교 시인이 시에서 추구하는 사랑에 대한 염원이 화자의 깊은 내면에서 어떻게 자리잡고 있는가를 깨닫게 한다. 그가 살고 있는 곳은 궁극적으로 '시냇가'라는 믿음의 공간이다. 이 공간은 기독교 성경의 '시냇가에 심은 나무'의 시편 구절을 연상시키고 있다. 그의 영혼은 이렇게 시냇가에 심은 나무처럼 풍요한 영성으로 내면화되어, 먼 길, 혹은 더 큰 바다를 가로질러 죽음을 넘어서야 하는 험난한 도정을 무릅쓰고 순례자로서 순조롭게 감내한다. 세 번째 사랑 편에서 극적으로 보여주고 있는 시인의 사랑에 대한 구원의 확신과 더불어 어두운 현실 속에 사랑을 구가하는 영적인 화자의 자기 인식이 잘 나타나 있다.

바리데기는 가부장제에 대한 투쟁과 사회적 갈등에 머물지 않고, 더 근원적 차원의 삶을 추구함으로써 여성의 보편적 특질인 평화와 공존의 방식으로 모성성의 무조신이 되었으며, 결국에는 가부장제의 질서를 벗어나 주체적이고 독립적이고 능동적인 삶의 길을 선택한 것이다. '찬바람 위에서 울'고, 세상은 '베옷 구기는 소리로 어지럽'다. 하지만 이러한 불완전한 현실 속에서 '바리데기'는 '끝까지 살과 뼈로 살아있'는 것이다. 이는 바리데기의 굴하지 않는 생명력을 뜻하며 만물 치유에의 의지를 나타내는 것이다.

종말론적 사랑의 구원을 확신하고 있는 화자는 사곡(四曲)에서 부조리한 모럴로 알레고리된 어두운 세상의 '마을'로 기꺼이 들어선다.

> 가거라 마을로,
> 마을에서는 뱀 한 마리가
> 피의 하늘을 몸에 감고
> 새로 올린 청(靑)기와 지붕을
> 튼튼한 지붕의 풍경소리를 넘어간다
>
> (중략)
>
> 설레는 잠의 저 쪽
> 싸움하는 나라의 마을에는
> 이제 남은 연기(煙氣) 하나 없고
> 다만 누군가 죽어서
> 벌써 여러 해나 고인 눈물을
> 꽃상여(喪輿) 위에 씻을 뿐.
>
> 그러니 네가 가거라 가거라.
> ─「바리데기의 여행(旅行)노래 4곡(四曲)·마을로 가다」 부분[11]

11) 강은교, 위의 책.

화자가 '잠'의 저쪽 너머에서 바라보는 미래의 '저쪽' 싸움하는 마을은 결코 밝은 이상향이 아니다. 물론 여기서 잠이 함축하고 있는 의미의 진폭은 암살당한 흑인 지도자의 죽음을 '순례자의 잠'이라고 명명한 문맥과 같은 비극적 비전의 맥락에 놓인다. 싸움하는 곳에서 암살당하여 잠든 마틴 루터킹의 세계는 화자가 꿈 속에서 만날 수 있는 설레이는 '이쪽' 미래 세계이다. 미래의 꿈을 담지하고 선취한 순례자의 죽음을 가로지르고 있는 바리데기 화자의 여행은 궁극에 안식과 연결된 상징이지만, 삶의 진정한 가치가 전도된, 싸움이 그치지 않는 타락한 저 '마을'로 비유되는 가부장적 세상에 대한 내적 갈등과 부정의식은 변하지 않는다. 따라서 마을에서는 탐욕과 죄성의 알레고리인 뱀이 '하늘을 몸에 감고', 마을의 집마다 욕망을 추구하는 지붕의 풍경소리가 쓸쓸하고 그것을 벗 삼아 뱀이 넘어가는 죽음의 공간으로 나타난다. 화자가 현실에서 겪고 있는 갈등의 초현실적 내면에는 마을 안에서 '싸움하는 여자(女子)들의/핏자국 맑은 뒤통수'가 보이고, 마당 가득히 헤매는 사람의 손톱과 부딪힌다. 이것은 교활한 욕망과 혈투와 방황의 그림자로 얼룩진 세상의 그로테스크한 면을 강조한다. 화자는 '싸움하는 나라의 마을'에 남은 것은 오직 죽음을 통곡하는 눈물이며, 그것을 구원하기 위해서 '그러니 네가 가거라 가거라' 외치는 명령하는 수사로 강조하면서 스스로의 여행길을 재촉하고 다짐한다. 화자를 통한 시인의 현실 인식은 유토피아보다 많은 부분이 미래를 부정의식으로 바라보는 디스토피아의 연장선 위에 있다. 물론 삶에 대한 디스토피아의 관점은 역설적으로 시인의 삶에 대한 의식이 종말론적 믿음 위에 닿아 있음을 뜻하며, 삶의 가치가 전도된 가부장적 삶의 세상에 대한 구원은 오직 자기희생을 통한 순례자로서의 삶을 실천하는 것뿐이라는 것을 의미한다. 네 번째 「바리데기 여행」 연작시의 결미에서는 더욱 이런 주제의식이 강조되고 있다.

마지막 오곡(五曲)의 시에서는 이곡(二曲)에서 나온 '밤' 주제가 다시 '캄캄한 밤'의 주제로 더욱 강조되어 나타나면서, 버려진 바리데기의 신분과 그녀의 저승길 순례의 하강하는 서사와 맞물린 허무와 어둠의 일관된 시간 의식이기도 하다. 그만큼 강은교 시인의 시의식은 감성이나 이성적 차원을 넘어선 자리에서 어둠과 결부된 허무의식이 강조되고, 그러한 상황 속에 갈등을 겪어가는 과정에서 또 다시 실존의식과 영성으로 접근하는 특징을 지니고 있다.

> 곧 쥐들이 일어나리라.
> 그대 등 뒤에서
> 가장 오래 기어다니던
> 저 쥐가 이 땅을 정복하리라.
> 그래도 그냥 두어
> 어찌 하겠는가
> 비가 내리고 밤이 온다.
> 누울 자리를 찾는 사람의
> 긴 발자국 소리가
> 꽃밭에서 들려온다.
> 정말 천국(天國)이 가까워진다.
> ─「바리데기의 여행(旅行)노래 5곡(五曲)·캄캄한 밤」 부분[12]

계시록 문투를 띤 이 시는 그의 「바리데기의 여행(旅行)노래」가 지닌 묵시적 성격을 가장 잘 드러내준다. '가장 오래 기어다니던 쥐'가 이 땅을 정복하리라는 가부장적 지배권력의 종착에 대한 예언적 알레고리는 바리데기로 분장한 화자가 왜 죽음을 가로질러 저승길에 내려가는 신고를 겪

---

12) 강은교, 위의 책.

어야 하는 이유를 세상 밖으로 드러내는 전거이기도 하다. 이렇듯 시인은 지배 욕망이 점철된 세상에 대한 어떤 긍정적 전망을 갖고 있지는 않다. 그 욕망은 동물의 탈을 쓴 '쥐'와 세속적 존재로의 죄성이며, 그 거듭되는 죄성의 욕망과 싸우는 것은 죄성을 지닌 인간으로서 무의미하다는 것을 존재론적 영성으로 접근하고 있기 때문이다. 그 종말은 결코 인간의 허무 의지로 해결될 수 없으며, 모든 가치가 욕망에 의해 정복당하는 죄의 세상으로 뒤덮일 때, 삶의 모든 전도된 진리의 종말과 더불어 인간 능력이 허무에 당도할 뿐이라는 한계를 자인할 때, 비로소 새로운 세상이 열리게 될 것이라는 신앙적 믿음을 시인은 이 시를 통해 묵시적으로 보여준다. 그 종말의 지점에서 비로소 화자는 '누울 자리를 찾는 사람의/긴 발자국 소리가/꽃밭에서 들려온다.'고 말한다. 이 문맥에서 누울 자리는 진정한 영혼의 안식을 상징한다고 볼 수 있다. 그리고 이때의 '사람'은 '쥐'의 차원에서 사는 물화된 인간과는 다른 영성을 지닌 성화된 인간으로서의 존귀함을 의미한다. 시인의 형이상학적 구원을 향한 믿음은 그때에 '정말 천국(天國)이 가까워'짐을 알 수 있다는 신앙고백으로 나타난다.

이상의 「바리데기의 여행(旅行)노래」 오곡(五曲)을 살펴보면서 전기 시에서 보여준 강은교 시에 나타난 시인의 허무의식과, 여성이 소외된 더럽혀진 세상에 대한 실존의식과 부정의식 나아가서 그가 접근하고 있는 궁극적인 구원의식으로서 영성적 시정신을 검토해 보았다. 전기 시에서 볼 수 있는 강은교 시인의 여성으로서의 자의식은 정치적 이데올로기의 차원에서 사회적 비판과 부정의식이 아니라 인간의 세속적 욕망이 배태한 삶에 대한 좀더 근원적이고 존재론의 차원에서 접근하고 있음을 알 수 있었다. 이것은 그의 모더니즘이 감성적 비관이나 지적인 허무주의, 혹은 도구적 이성에 대한 갈등과 비판의 수준을 넘어서 영성적 차원에서 사물화된 현실세계의 어두운 삶을 종말론으로 바라보는 여성으로서의 자기 인식과 반성적 사유를 발견할 수 있었다. 이러한 그의 시의식은 후기 시에 이르러 좀 더 실존적 여성의식과 영성의 진폭이 확대 심화되면서 구체화되는 면모를 보여주게 된다.

3. 후기 시에 나타난 바리데기의 영성 도정

　1974년 전기 시집 『풀잎』에 「바리데기 여행(旅行)의 노래」 연작시 5편을 상재한 이후 강은교 시인은 20여 년이 지난 1996년 그의 후기 시집 『어느 별에서의 하루』에 '바리데기, 가장 일찍 버려진 자이며 가장 깊이 잊혀진 자의 노래'라는 부제가 달린 6편의 바리데기 주제의 시 「너를 찾아」, 「너무 멀리」, 「비 내리는 언덕 위에」, 「물에는 산들이」, 「새벽 바람」, 「짧은 그림자로」 등을 발표한다.[13] 전기 시에서 다루었던 서사적 인물의 주제가 반복되어 나타나는 것은 바리데기라는 알레고리적 인물이 그의 시를 영성 의식으로 이끌고 가는 힘으로 작용하기 때문이다. 한국의 국내는 90년대 이후 독재정권이 무너지는 역사적 고비와 새로운 정치적 소용돌이 과정이 나타난다. 5·18 민주항쟁과 6·29 선언 같은 역사적 사건과 문민정부가 들어섰지만, 후기자본주의의 물신화된 사회관계가 일상에 깊이 파고든 더욱 어두운 상황은 시인으로 하여금 반생명의 또 다른 국면을 맞닥뜨리게 했다. 부조리와 허무의 상황이 거미줄처럼 주도면밀하게 지구촌 곳곳을 휘감고, 안팎으로 경계를 허물며 흑사병처럼 만연된 물질 숭배에 대한 불치의 욕망은 강고한 폭력과 무자비한 지배 권력으로 현실을 이른바 문화산업사회로 만들어놓았다. 물신이 무의식까지 깊이 영토를 확장함

---

13) 김병익, 『어느 별에서의 하루』 해설, 창비, 1996.

으로써 자유와 생명의 구원에 대한 전망이 극도로 무기력하게 되었다. 영성을 잃은 아담의 도구적 언어가 무한경쟁으로 바벨탑을 높이 쌓고, 광란의 담론은 우상 숭배의 넋두리와 푸념으로 전락할 뿐이다. 삶과 죽음의 경계가 더욱 모호해진 세상 속에 살면서 바리데기의 영성으로 먼 미래를 지켜보고 있는 강은교 시인은 '보이지 않는 것과 보이는 것', 들리지 않는 것과 들리는 것'의 복합적 삶이 지닌 경계를 넘나들며 오늘의 문학이 짊어진 험난한 언덕들을 넘어서는 어려움을 고백하며 더욱 내적 성숙의 시간을 맞는다.14) 전기 시에서 나타난 바와 같이 영성의 깊이를 향한 여성 시인의 눈에는 보이는 것과 들리는 것이 다 세속적으로 부조리하고 허무한 것들로 가득 차 있다. 부정적 현실에서 진정한 영적 공동체와 미래와의 진정한 화해를 꿈꾸며 내면으로의 먼 길을 또 다시 시작하는 시의 도정은 순례자로서의 실존적 영성에서 비롯된다.

후기 시의 일관된 화두는 시의 부제에서 나타나는 것처럼 '바리데기, 가장 일찍 버려진 자이며 가장 깊이 잊혀진 자의 노래'라고 서사 주체의 대상에 대한 화자의 자기 인식이 명료하게 밝혀져 있다. 시인이 서사적 주체로 설정한 바리데기에 대한 관계론적 담론을 뒤집어 보면 강은교 시인의 세계 인식과 자기 인식을 엿볼 수 있다. 그가 후기 시에 이르러서도 삶과 죽음의 경계선에서 존재하는 초현실적 인물인 바리데기 설화를 시의 주제로 삼은 것은 그의 현실 세계에서의 진정성 회복이 요원하고 늘 불확실성을 띠고 있다는 종말론적 자기 인식을 보여준다. 그는 현대인의 위기를 진화론적 역사의식으로 바라보지 않고, 잃어버린 삶의 가치와 그 삶의 진정성으로부터 너무도 멀리 떠나온 존재 망각의 현실로 진단을 내린 듯하다. 시인의 영성은 이런 부정적 현상이 더욱 심각해지는 정신적

14) 김병익, 『풀잎』 해설, 민음사, 1974.

불모와 반생명의 환경이 치유되지 않고 더 혼미한 절망 쪽으로 기울고 있음을 실존적 영성의 관점에서 들여다 본다. 이러한 존재 망각의 모순을 극복하기 위해 그의 탈영토의 공간에 존재하는 바리데기를 불러내어 대화의 상대로 삼고 그의 서사적 화자가 떠나야 할 여행 노래를 계속해서 부를 수밖에 없는 것이다.

> 너를 찾아 간다
> 천리사방
> 바람들이 우수수 닫히고 있다
> 늑대 한 마리가 허연 이를 내밀고 엎드려 있다
> 땅위의 모든 육체들은
> 제 그림자들을 꺼내어
> 구름밭에 기대어 있구나
> 저마다 추억의 거울을 꺼내들고
> 호호 입김을 불며 닦고 있구나
> 여기, 받쳐들 안개도 없는
> 여기, 한 개의 추락이 다른 한 개의 추락을 손꼽아 기다리는
> 여기!
>
> -「너를 찾아」 부분15)

후기 시의 허두에 화자가 찾아가는 인물이 왜 계속 '바리데기'였을가에 대한 질문은 전술한 바와 같다. 우리가 살펴보아야 부분은 화자의 심리 정황이 구체적으로 전기 시와 어떻게 다르게 전개되고 있는가 하는 점이다. '천리사방' '바람들이 우수수 닫히고 있다'에서 대두되는 것은 '천리사방'이란 표현을 통해 부정적 시간이 화자로 하여금 밀폐된 위기공간에

---

15) 강은교, 『어느 별에서의 하루』, 창비, 1996.

간히는 상황으로 몰아넣고 점점 극대화되어 중압감을 느끼게 한다. 강은교의 시에서 시간을 감각적 표상하고 있는 '바람'이 우수수 닫히고 있는 상황은 실존적 시간의 몰락 위기를 알레고리로 표현한 것이다. 시간의 몰락은 물론 모든 삶의 가치와 의미가 끝없이 무너져 내리고 추락하여 거의 사라져 없어짐을 의미한다. 한 걸음 더 나아가 시인은 독자들을 공포와 전율을 느끼는 현장으로 이끌고 간다. 시인은 죽음이 닥쳐오는 시공 속에 늑대가 인간의 시신을 먹기 위해 이를 내밀고 엎드려 있는 공포스러운 광경 속으로 독자들을 견인함으로써 더욱 혐오스러운 죽음의 현장을 전경화한다. 혐오와 전율을 환기하는 이런 전경화의 배경 속에서 '땅 위의 모든 육체들'이 할 수 있는 일은 오직 제 어두운 그림자를 꺼내어 허무가 끝없이 펼쳐진 구름밭에 기댈 수밖에 없는 무기력한 존재로의 전락하는 일뿐임을 각성시킨다. 끊임없이 추락하는 현대인은 자기의 영화로웠던 과거 추억에 사로잡혀 지내지만 그 시간도 그리 많이 남아 있지 않다고 화자는 냉혹하게 비아냥거린다. 왜냐하면 지금 시공 속에 인간의 추락이 추락을 손꼽으며 가속화하기 때문이다. 그는 후기 시에 이르러서 더욱 어두워진 현실에 대해 냉소적이고 풍자적인 태도를 유지한다. 합리적 이성이 개혁과 혁명의 비전으로 미래 시간에 대한 낙관적 확신을 갖는 것이라면, 그것을 욕망에 가려진 자기중심의 도구적 이성이라고 판명한 냉소적 자기 인식은 근대 주체와 그 문화에 대한 모든 불신을 자기비판의 최후의 보루로 삼는다. 쓰나미처럼 예기치 않은 순간에 세상을 한꺼번에 무너뜨리는 폭력에 여러 번 전율을 경험한 화자가 조건반사적인 동물적 육감으로 현실을 죽음의 위기에 처한 것으로 반응하는 것은 자연스러운 본성적 귀결이다. 그에게 들이닥친 현실의 위기를 '어느 별에서의 하루'라고 익명화할 만큼 시인은 그 현실을 낯선 세계로 치부하고 후기자본주의 사회의 더욱 견고해진 영토화된 어둠의 공간으로부터 탈주하기 위해 바리데

기를 불러내어 동행하면서 새롭게 전개된 이질화된 낯선 세계를 다시 가
로질러 고독한 여행을 시작한다.

> 그리움을 놓치고 집으로 돌아오네
> 열려 있는 창은
> 지나가는 늙은 바람에게 시간을 묻고 있는데
> 오, 그림자 없는 가슴이여, 기억의 창고여
> 누구인가 지난 밤 꿈의 사슬을 풀어
> 저기 창밖에 걸고 있구나
> 꿈속에서 만난 이와
> 꿈속에서 만난 거리와
> 아무리 해도 보이지 않던 한 사람의 얼굴과
> (중략)
> 너무 멀리 왔는가.
> 아니다. 아니다. 우리는 한발짝도 나가지 못했다.
> 그리움이 저 길 밖에 서 있는 한.
>
> – 「너무 멀리」 부분16)

　시 「너무 멀리」는 화자가 결미에서 반어적 표현을 통해 '아니다. 아니
다. 우리는 (삶의 구원을 향해 : 필자 삽입) 한발짝도 나가지 못했다'고 역
설하면서, 바리데기의 저승길 순례와 화자의 삶을 대비하면서 화자의 현
재 삶이 순례의 도정에서 너무 멀리 벗어나 있다고 자책한다. 이 구절에
서 시인은 화자를 통해 '우리'라는 대명사를 내세워 사회 공동체의 물화
된 삶을 반성하는 사유를 환기시킨다. 화자가 영성의 믿음으로 궁극에 만
나야 할 그 한 사람은 세상의 헛된 욕망을 내려놓고 헌신적 사랑과 '그리

---

16) 강은교, 위의 책.

움'으로만 다가갈 수 있는 존재이기 때문이다. 그리움을 놓치고 있는 자기중심의 속악한 상황에서 갇혀 있는 화자가 추구하는 그리움의 대상은 '그림자 없는 가슴'처럼, '기억의 창고'처럼 흐릿한 기억의 창고에 묻혀 고통스럽다고 고백한다. 그러나 아직 꿈속에서처럼 몽롱한 상태이긴 하지만 '아무리 해도 보이지 않던 그 한 사람의 얼굴의 미세한 떨림과, '크고 깊은 언덕들과' 깊고 넓던 어둠의 바다를 통해 실재계를 파편적으로 감지할 수 있다. 화자는 순례길을 자청하고 떠나 왔지만, 삶의 진실이 저 길밖에서 외롭게 서 있는 한 그것은 '그리움'을 향한 순례길을 한 발짝도 다가가지 못한 것임을 통절히 반성한다. 굽은 길을 펴면서 멀리 왔다고 다짐하지만 정작 순례길이 한발짝의 진전도 없었다는 화자의 회의가 오히려 영성의 본연에서 너무 멀리 떨어져 있음을 고백한다. 자기중심의 굽은 길에서 한 치도 벗어나지 못했다는 화자의 사무치는 회한은 독자들로 하여금 견고한 의지를 지닌 시인이 시행착오로 길을 종종 벗어날 수밖에 없는 겸허한 내적 성찰을 들여다보게 한다. 회심을 다짐하면서 삶의 진정한 구원성에 도달하지 못하고 있는 어둠의 지점에 서있는 화자의 짙은 음영의 목소리에서 영성이 심화된 구도자의 깊은 고독이 묻어나온다. 이렇게 시간과 공간의 먼 거리감에 대한 재인식을 통해 강은교의 후기 시가 영적 숙성의 길에 더 깊이 들어서게 된다.

그날은 아마도 비가 내렸지, 수고하며 짐진 자들아, 내게로 오라 은빛 빛방울들이 지상을 향하여 몸을 던지고 있었어, 가슴 속까지 비에 젖으며, 우리는 그 오솔길로 올라가고 있었지. 십자가를 든 신부와 세 딸과 어린 한 아들, 길은 길게 질퍽거렸어, 풀들이 비를 맞으며 몸을 뒤틀고 있었어, 엷은 안개가 길목에 서 있다가 일행에게 인사했어. 오솔길이 주의를 두리번거리다가 드디어 울음을 터뜨리며 주저앉았어, 신부님이 중얼거렸네, '수고하며 짐진 자들아 내게로 오라'

흰 날개 펄럭이며
아버지, 비내리는 언덕 위에
서 계셨네.

- 「비 내리는 언덕 위에」 전문

-「비 내리는 언덕 위에」 전문17)

위 시에서처럼 그의 순례 여행은 언제나 미래를 향하여 열려 있는 것은
아니다. 회심은 과거와 현재와 미래의 시간을 한꺼번에 아우를 뿐 아니라,
모든 천지사방의 공간으로도 얼마든지 자유롭게 귀환할 수 있기 때문이
다. 회상하는 화자의 시점에 비가 내리고 있는지는 알 수 없으나, 어쨌든
그의 마음의 눈이 머물고 있는 언덕 위에는 비가 내리고 있다. 세상의 고
난으로 마음이 무거웠을 때, 수고와 짐을 내려놓으라는 목소리는 세상을
내려놓지 못해 고통스러운 화자의 내면을 빛 방울처럼 두드린 것 같이 느
껴진다. 그 소리를 듣는 은혜의 순간을 '은빛 빛 방울들이 지상을 향하여
몸을 던지고 있었어'라고 되뇌며, '가슴 속까지 비에 젖으며, 그 오솔길을
올라갔다'고 화자의 깊은 감회가 고백되는 것처럼, 신앙의 아버지인 '신
부'를 배경으로 전개되는 시의 정경은 은혜의 단비 속에 아이들과 풀들과
삽살개 등이 서로 어울려 노는 화해의 시간이 잠시 전개된다. 그러나 시
인은 화자를 통해 이내 그 희락의 장면을 돌연 전복시켜 '오솔길이 주의
를 두리번거리는' 장면을 끌어들임으로 독자들을 심리적 불안에 빠트리
고, 스스로 울음을 터뜨리며 주저앉는다. 화자의 불안과 슬픔의 내면을 오
솔길에 투사시켜 넘어뜨리는 것은 이미 전기 시에서 종종 나타난 부조리
한 어둠의 상황을 극적으로 연출하는 낯선 이미지이다. 사물을 무너뜨리
고 길을 전복시킴으로써 실존의 가치가 전도된 부조리한 상황에 대한 강
은교 시인의 내적 저항이 개입된 돌연한 투사 방법은 그의 시를 구성하는

---

17) 강은교, 위의 책.

이미지의 핵심을 벗어나지 않는다. 영성적 존재론을 추구하는 시인의 내면은 어두운 현실에 대한 부정의식에 길들여져 있으며, 그것은 종종 상투적인 허무의 얼굴을 뒤집어쓰고 나타나기도 한다. 그러나 그러한 시적 징후를 그의 현실에 대한 착종된 자기 인식으로 탓하기 어렵다. 그의 시의식이 깊은 신앙적 믿음에 닿아 있으며, 그 신앙적 회심 속에 살아 계신 아버지는 '흰 날개를 펄럭이며 비 내리는 언덕 위에 서 있는 비극적 초상으로 보이기 때문이다. 화자의 영성적 내면은 이렇게 삶의 비애가 지속되는 시간 속에서, 순종의 자유를 추구하는 언덕에서 비 맞고 서 계신 그분 만나기를 갈망한다. 이 영성적 회심은 후기 시에 이르러 더욱 사물을 영성으로 교감하면서 근원적 사랑을 구가하게 된다.

> 길을 물어물어 갔다. '펌프리(里)'라고 하였다. 황혼, 나는 펌프질하는 산을 생각했다. 나뭇잎들도 펌프질하고, 길도 펌프질하고, 시간과 펌프질하고…… 산것들은 모두 펌프질하는 그곳, 눈매 붉은 구름이 주우를 두리번거리고 있었다. 풀뿌리들이 느릿느릿 흙을 떠받들며 나오고 있었다.
>
> (중략)
>
> 물에는 산들이 비치고 있었다. 뭍것들 중에 그림자 없는 것이 있으랴…… 산들은 그러면서 물위에 자기를 내려놓고 있었다. 나도 나를 내려놓기로 했다. 점점 산 그림자가 짙어지고 있었다. 아무도 그림자를 막지는 못하리…… 우리는 그림자를 들고 그곳을 떠났다. 흑두루미가 흑두루미의 그림자를 접을 때, 풀뿌리들이 풀뿌리들의 그림자를 접을 때,
>
> 너를 사랑한다.
>
> —「물에는 산들이」 부분18)

---

18) 강은교, 위의 책.

　욕망을 내려놓는 것은 모든 것을 포기하는 허무의 빈자리를 지키는 것
으로 끝나지 않는다. 화자의 타자에 대한 헌신적 사랑은 위 시 구절에서
'펌프리(里)'로 통하는 길로 이어진다. 아마도 시인은 삶의 오랜 경륜을 겪
으면서 삶의 가치를 추구하는 모든 길이 '펌프리(里)'로 통한 길에 이르는
것이라고 사유하게 되었는지 모른다. 화자의 영성적 상상력은 호흡을 하
는 모든 사물의 근원 생리로 그가 지닌 본래의 영양분을 뽑아내어 다른
사물과 나누는 가운데 세상과의 아름다운 조화를 이루어 가는 장면을 그
리고 있다. 자기 속에 지닌 것을 열심히 퍼내어 타자와 생명을 나누는 것
은 거룩한 자기 소멸을 통해 숭고한 아름다움이 본질적으로 실현되는 생
명의 장이다. 시의 표제가 그렇듯이 물은 산이 스스로 모든 자양분을 아
래로 퍼내어 이루어진 깊은 사물로 인식될 수 있다. 그의 영성이 이루어
놓은 물과 산의 절묘한 자리바꿈은 물을 산으로, 산을 물로 변신시킴으로
써 이질적 사물의 특징적 내면이 새로운 관계 속에서 재구성되어 절묘하
게 조화된 이미지를 만들어낸다. 이것이 강은교의 깊은 시의식이 이루어
놓은 영성 시학의 정점이라 할 수 있다. 내려놓음의 실존적 허무가 타자
를 위해 퍼줌과 나눔이 충만한 영적 세계로 탈바꿈할 수 있는 것은 오로
지 돈독한 신앙심으로 도달할 수 있는 시적 사유인 것이다. 이러한 영성
은 사물들이 지닌 생명의 역사적 그림자를 어둡지 않게 접을 수 있는 종
말과 부활의 지평에 이르는 길이고, 이러한 순례길은 드디어 죽음과 삶의
경계를 자유롭게 넘어설 수 있는 것이다. 따라서 강은교의 허무의식의 종
착은 결코 죽음과 어둠의 세계로 끊임없이 추락하여 침잠의 늪에 맹목적
으로 빠져들지 않는다. 그가 저문 시간의 어둠을 승화된 내적 정서로 선
호하는 것은 제 빛깔이 깔먹는 자기 인식의 시공에 귀환하여 마음을 비우
고 회심에 이르는 영성적 경건함과 겸허한 내면의 시간을 확보하기 위함
이다.

이제 일어설까, 일어서 떠나볼까

나의 허약한 아버지가 나를 부르고 있으니
가장 작은 지상의 것들이 나를 부르고 있으니

지상에서 가장 작은 불을 켤 수밖에 없는 이를 위하여,
눈물 하나가 끌고 가는 눈물을 위하여,
하루 치의 그림자밖에 없는 이를 위하여,

어디서 울고 있는 애인들을 위하여,
어디서 웃고 있는 순간의 입들을 위하여,

여기,
추억은 추억의 손을 쓰다듬으며 놓지 않는 곳
오래도록 지구를 돌아다니고 있는 구름이
어슬렁어슬렁 안개의 이불을 꿰매고 있는 곳

이제 일설까, 일어서 떠나볼까
모든 길들은 서로 부둥켜 안고 숨을 헐떡이고 있다.

그대여, 길이 될 수밖에 없다.

-「새벽 바람」 부분19)

위의 시에서는 '새벽바람'이 도착하니 어둠이 물러서고, 꿈들도 달아난
다. 그런 상황에서 '아버지'는 건강과 권위를 잃은 약하고 초라한 존재일
뿐이다. 바리데기는 그러한 약한 존재들을 위해 기꺼이 희생하기로 한다.
그런데 바리데기는 가부장제 이데올로기의 희생자인 여성의 상징인 동시에

---

19) 강은교, 위의 책.

생명수를 가지고 아버지를 구하고 치유하는 여신의 상징이다. 그리고 그 모습은 신의 존재로 거듭나기 위해서 거쳐야 할 통과의례를 거친 여성은 어머니의 모습이다. 바리데기는 '나의 허약한 아버지'를 위해 출산, 양육, 가사의 노동을 마치고 그들을 위하여 일어선다. 생명을 구원하고 '지상에서 가장 작은 불을 켤 수밖에 없는 이'를 위하여 그들을 살려내는 생명수를 구하지만, 죽음을 통해 이미 존재의 전환을 경험한 바리데기는 아버지의 질서를 다시 내면화 할 것을 거부한다.[20] 그 대신 바리데기는 서역서천으로의 여행, 즉, 죽음의 통과제의를 통해 회복한 어머니의 몸을 포기하지 않고 '무조신(巫祖神)'이라는 초월적인 힘을 지닌 새로운 유형의 신이 된다.

안으로 돌아온 영성의 화자는 '새벽 바람'처럼 스스로의 영혼을 일깨우며 길 떠날 차비를 한다. 그 시간 속에서 '어둠은 슬며시 물러가는' 것을 화자가 확인하고 있다. 이 어둠의 정체는 '잠의 옷섶에 빠져나온 꿈' 같이 '벚나무 흐린 그림자를 핥으며/뒤숲으로 빨리 사라지는' 것들이다. 길을 떠나는 자에게 어제의 잠이나 꿈은 현재의 시점에서 털어버리고 일어서야 할 심리적 압박감에 불과하다. 그것은 결코 죽음의 미망으로 환원되지 않는 여행자의 잠과 꿈인 일시적인 지상에서의 안식으로 치부된다. 시인이 자주 지상의 허무를 딛고, 허무를 읊조리지만, 결코 그가 허무주의에 안주하지 않는 것은 그의 시심이 영성을 추구하는 순례자로서 굳건히 서 있기 때문이다.

그가 늘 순례의 길 차비를 준비해야 하는 이유는 '나의 허약한 아버지와 가장 작은 지상의 것들이 나를 부르고 있는' 뚜렷한 목적의식과 상황인식과 관련을 맺고 있다. 시 구절에서 뚜렷이 나타나고 있듯이 병든 아

---

20) 남미, 「한국 현대 여성시의 모성 이데올로기 극복양상」, 건국대학교 교육대학원 국어교육 전공 석사학위논문, 2010, 27쪽.

버지를 위한 치료와 지상에서 소외된 모든 이웃들의 어둠과 눈물과, 그림자에 대한 위로의 돌봄은 그가 추구해온 시학의 궁극적 목표이다. 그러므로 그가 지나온 모든 시의 길들은 '사랑'으로 '서로 부둥켜안고 숨을 헐떡이는' 생명의 숨소리가 울리는 근원적인 숨길이 될 수밖에 없다. 목적과 길이 융합된 경계에 선 강은교 시의 영성이 가장 오래된 것과 가장 잊혀진 것을 추구하게 된 것은 사랑의 보편적인 가치를 관조하고 통찰하려는 자연스러운 시의식의 발로이다. 결국의 그의 화자와 더불어 떠나온 수십 년의 바라데기 시 순례길은 '추락하는 영혼들의/노래를 불러'주기 위한 행로였다. 추락하는 영혼들을 위로하고 송별하는 노래는 어둠 속에서 울려 퍼지지만, 그것은 구름밭을 넘어 은빛 이슬방울처럼 빛나는 시간을 기다릴 것이다. 그 시간이 올 때까지 그의 노래는 가장 일찍 버려진 자를 위해 가장 깊이 잊혀진 자를 위해 이 어두운 지상에서 모성으로 오래 남아 있을 것이다.

이렇게 바리데기가 선택한 무조신의 정체성은 가부장제에 의해 배제된 여성이 죽음의 통과제의를 통해 새로운 초월적 존재로서의 정체성을 찾아내고 '어머니의 몸'이 여성적 자아의 의식 속에서 긍정적으로 복원되는 모습을 보여준다.[21] 이제 바리데기는 삶의 현실 속에서 타자로서 버려진 '딸'의 모습이 아닌 주체적인 선택의 '어머니'의 모습으로 변하는 생명력을 가진 포용적인 여신의 모습으로 확대되어 만물을 구원한다. 강은교는 이러한 바리데기의 모습을 통해 궁극적으로 모성을 통한 세상의 구원을 꿈꾸면서 소외된 여성성을 회복하고 있다.

---

21) 강은교, 위의 책, 27쪽.

이제 떠나라
짧은 그림자로 저 길을 넘어가라
신속하게 추락하라
네 발은 촉촉이 젖어 있으니
길에는 두리번거리는 눈들, 눈들이 바람에 쓸리고 있구나
거세게 저 풀을 밟아주어라
풀들은 밟히면서 더 커 오르나니
아침의 입술에 묻은 이슬이라든가 서리 같은 걸 홀짝거리며 마실 때까지
노래여, 나에게서 떠나 나에게로 오는 노래여
발목까지 물 차오른
이 쓸쓸한 정거장에서
그대의 아버지를 찾아라
그대의 아버지를 살릴 약수를 찾아라

추락하는 영혼들의
노래를 불러라

—「짧은 그림자로」 전문22)

 '이제 떠나라'라는 명령법으로 시작되는 이 시는 현재의 시점이 길을
넘어가는 시간을 스스로 단축해야 함을 다짐하고 있다. 그리고 그 길은
전기 시에서의 바리데기가 약을 구하기 위해 저승길로 향하는 '하강' 이
미지의 연장선상에 '추락'의 이미지가 같은 맥락으로 연결되어 있다. '하
강'의 길이 통과제의였듯이 '추락' 또한 그가 도달해야 할 먼 길을 위해
공포와 두려움을 감수하면서, 세상을 결별해야 할 통과제의로 인식된다.
신속히 추락하고 있는 발이 축축히 젖어 있는 것은 여러 가지 의미를 내
포하고 있지만 스스로 침잠해야 할 죽음의 시간이 긴박해 있음을 암시한

---

22) 강은교, 위의 책.

다. 화자는 그 죽음의 시간을 감내하면서 두리번거리는 눈들과 바람에 쓸리는 눈들을 대비시킨다. 그것은 세상의 욕망으로 불안하고 방황하는 마음을 굳은 의지로 견인하려는 화자의 영성적 의지의 표상이다. 쓸리는 눈이, 풀로 변신하며 그것들을 거세게 밟아주라고 명령하는 화자의 언술은 바깥을 향한 대화가 결코 아니다. 그것은 화자의 내적 영성이 화자의 의식에게 다가가 깊은 단련을 스스로 다지는 자성의 울림이다. 쓸리는 풀들을 밟고 밟아야만 영혼의 풀이 자라고, 그렇게 자란 풀들만이 하늘나라의 아침 이슬을 겨우 홀짝거릴 만큼 마실 수 있기 때문이다. 바리데기의 몸을 뒤집어쓴 화자는 이제 삶의 정거장에서 깊은 물속으로 침잠해 들어가길 떠날 차비가 충분히 되어 있다. 그리고 아버지를 만나지 못하는 쓸쓸한 정거장은 더 이상 정지된 세상 공간으로서의 의미를 갖지 못한다. 세상에서 모든 희생을 감내해온 여자들은 바리데기처럼 어두운 세상을 스스로 추락하면서 그가 목표하는 길을 떠나는 슬픔을 짊어질 것이다. 그러한 영혼들을 위해 노래를 부르는 것은 여성 시인으로서 지극히 당연한 일인지도 모른다. 그리고 화자의 지속적인 자기 인식 속에서 어둠을 향한 순례를 찬미하는 그 영성의 노래는 화자에게서 일시적으로 떠나지만 먼 길을 돌아 다시 화자에게로 돌아오는 세상의 안과 밖이 하나가 되고, 삶과 죽음이 하나가 되어 내 몸의 안팎이 하나로 화해하고 융합되는 영원한 하늘의 울림이 될 것이다.

바리데기를 주제로 한 전기 시 5편과 후기 시 6편을 집중적으로 검토함으로써 우리는 강은교 시인이 그의 시에서 바리데기 서사를 차용한 담론의 진정성을 조심스럽게 살펴 볼 수 있었다. 전기 시에서 후기 시에 이를수록 바리데기 시는 허무의식보다는 허무를 통과하는 영성 도정에 대한 서정에 더 초점이 맞추어진 것이 선명히 드러남을 알 수 있다. 바리데기 인물의 초월적 성격은 그의 시가 지향하는 탈근대성이 실존적 허무주의에 매몰된 것이 아니라 실존적 영성의 차원에서 전개되고 있음을 확인해 주는 것이며, 이러한 접근은 당시의 모더니즘 시가 보여주었던 지적인 접근과 궤를 달리하는 탁월한 차원의 발상으로 평가할 수 있다. 낭만적 정서의 한계와 지적 정서의 한계를 한꺼번에 뛰어넘는 방법을 실존적 허무로 극복하고, 계몽이성의 자기중심적 욕망을 가로질러 진정한 타자를 향해 길을 열어놓은 순례자의 위치에서 그의 영성이 시에 전개되었다. 나아가서 강은교 시인이 서구 문화에서 습득한 보편적 가치로서의 영성을 전통적인 무속 설화와 융합시킨 것은 종교의식의 한국적 토착화를 의미하는 것은 아니다. 이러한 시도는 오히려 전통적인 바리데기 설화의 특수성을 좀 더 보편적인 사건으로 재생산하여 진정한 영성의 디딤돌로 다져내기 위한 전위적 실험의 장으로 보는 것이 타당하다. 특히 전통적으로 억울하게 살다간 여성의 영혼을 위로하기 위한 무가 서사를 현대시의 서정에 되살림으로써 강은교 시인이 이루어낸 성과는 전통적인 한을 현대적인 방법으로 풀어냄과 동시에, 그 전통적인 한을 안고 살아간 여성들의 삶의 가치를 높이 평가함으로써 여성 주체의 문화적 가치를 새롭게 인식하는 계기를 마련했다.

바리데기 서사를 차용하여 한국 근대 여성성을 재창조함으로써 탈근대적 문화 가치를 재조명하고, 여성 고유의 서정을 새로운 차원으로 형상화한 그의 시는 매우 중요한 문학사적 의미를 갖는다 하겠다. 지강은교의 서정시는 허무 의식에 침잠하지 않고 자기 헌신으로 소외의 온갖 고초를 안으로 감당하며 삶의 허무를 스스로 딛고 선 한국 여성의 견고한 내면과 영성을 핍진하게 그려낸 모더니즘 시의 한 정점을 구현해냈다고 평가할 수 있다.

제6장

새로운 도정을 위하여

지금까지 살펴 본 바와 같이 강은교의 시는 허무의식과 생명의식을 통해 삶의 근원적 존재성에 접근하고 있다. 그는 초기시에서 후기시에 이르러 소외되기 쉬운 작은 사물과 생명들에 대한 관심을 지속적으로 보여주었다. 그는 '허무'라는 우리 삶의 본질을 천착하면서, 허무의 자리에 머무르지 않고 허무를 가로질러 시간을 초월한 생명의 영원한 가치와 구원의 세계를 바라보고자 했다. 이러한 그의 지성적인 시의식은 모성성을 담지한 여성성으로 허무를 넘어서는 과정에서 사물과 삶을 보다 깊은 영성의 차원에서 접근함으로써 더욱 폭넓고 풍요로운 생명 의식을 구현해 내었다. 특히 지적인 탐구를 바탕에 둔 전통적 사유와 현대적 사유를 융화시킨 시의식의 저변 확대는 또한 한국의 기존 여류 시인의 정서적 한계점을 넘어서서 인간의 근원성에 접근함으로써 존재 보편의 문제를 응시하고자 한다. 동시에 그는 여성 특유의 타자성을 되살려 세계 인식과 소외자로서의 삶을 반성하고 능동적 주체로 현실에 다가서려는 전위적인 시각과 미래지향적 구원의 의지를 뚜렷이 드러내고 있다. 이 책에서는 그의 시에서 나타나고 있는 이러한 시의식이 다층적인 이미지와 서사시적 담론으로 전개되는 양상을 중심으로 시세계를 살펴보았다.

제1장 서론에서는 연구목적을 밝히고, 기존의 연구사를 검토하며, 연구 방법 및 연구대상의 범위를 설정했다. 이 책에서 강은교 시인의 시를 연구하는 목적은 재래의 여성 시인과 뚜렷이 구별되는, 뚜렷한 존재론적 인식과 여성적 영성의 성취를 이룬 지성적인 시의식과 그가 이루어 놓은 시의 미적 가치를 밝히기 위함에 있다. 선행연구는 첫째, 허무의식, 둘째, 시에 나타난 여성성, 셋째, 시의 변모 과정, 넷째 이미지 분석 등을 재정리하면서 이 책에 다루고자 하는 시인의 실존의식을 체계적으로 파악하고, 허무 및 실존적 영성과 관련된 '낯선' 이미지들을 종합적으로 분석해야 함을 밝혔다. 나아가 시의 변모 과정 속에 나타난 시인이 여성의식과 영성적 구원 의식을 살피면서 이 책에서 다루고자 하는 바리데기 서사시와의 영성적 연구의 목적과 의의를 밝혔다.

제2장에서는 먼저 강은교 시인이 갖고 있는 시의식 형성의 기저를 살펴보았다. 먼저 역사·전기적인 접근 방법으로 강은교의 생애와, 그가 살았던 다양한 굴절의 시대와 삶에 대한 그의 독특한 문학적 대응 방법을 알아보았다. 나아가 그의 극적 생애와 관련된 것들을 살펴보면서 그의 세계관과 복합적 시의식의 형성 과정을 정리하였다. 시인의 유년기와 가부장적 아버지의 그림자, 전후 한국 현실 사회의 격변기에 보낸 학생 시절에 받은 국내외 문학 영향, 시인 자신의 극심한 병고 체험과 신앙적 발견 등을 천착하여 외부 환경과 상호작용한 시인의 내면의식 형성 과정을 살펴보았다.

이어서 그의 시에 나타나는 시의식의 양상을 '모더니즘의 자기인식과 여성의 자유 추구', '허무의식과 존재의 소외', '생명의 구원을 향한 여성의식'과 '실존적 영성'의 네 양상으로 나누어 고찰해 보았다.

강은교 시의 중심을 흐르고 있는 것은, 한 번의 죽음으로써 모든 것이 끝나는 허무의 천착이 아니라, 허무를 가로지르는 내면의 체험과 자기 의식을 통한 실존적 여성의 사유로서, 세계의 순환적 질서에 대한 깊은 신뢰와 소망에 대한 자의식적 통찰이라고 할 수 있다. 그러나 이것은 인간이 주어진 운명에 맹목적으로 순응하는 무력한 숙명론이 아니라, 허무의 시간과 마주한 지점에까지 내려가 홀로 선 대자적 주체의 새로운 자기 의식의 탄생을 위해서 반드시 거쳐야 하는 겸허한 통과 제의이다. 경건한 순례자로서의 태도를 묵상하면서 진행된 시의 구도적 도정은 시종일관 허무의 자리에서 겸허한 자세와 사물에 대한 진정한 사랑을 의식하며, 소외의 현실을 주목하고 있다. 초기시에 나타나고 있는 것처럼, 그는 허무 그 자체의 실재 속에서 존재와 죽음의 깊은 의미를 탐색하는 데 그치지 않는다. 그는 오히려 허무를 모든 소유 욕망을 내려놓는 실존의 견고한 내면 의식과 어둠을 극복하려는 대비로 삼으면서 사물과 현실에 대한 성실한 자의식적 통찰을 보여줌으로써 영성과 구원을 향한 시의 순례길을 일찌감치 내딛고 있었다.

그의 생명의식은 인본주의적 생명의식과 다르게 나타난다. 오히려 그는 인본주의로 인해 오염된 병든 세상을 영적 소외의 경계에서 치유하고 구원하고자 한다. 따라서 그의 생명의식은 영적 구원을 전제로 한 절대적 현존으로서의 생명의식에 닿아 있다. 그가 즐겨 사용하는 '물'과 '자궁' 등의 사물이미지는 재생의 상징과 닿아 있으며, 죽음을 포용하는 생명의 이미지 또는 '피'와 '뼈'와 '살'는 생명주의로 환원되는 것이 아니라 초월적 신앙의 무속적 이미지와 연결된다. 그의 초극적 소망은 '바리데기'의 설화를 통해서 자신의 아픈 상처는 물론이고 황폐화된 세계를 구원하고 만물에게 생명을 부여하는 대지모의 모습으로 나타나기도 한다. 그는 가부장적 세계의 모순과 폭력을 비판적으로 바라보지만, 그것의 대응 방법을 여성의 자기 희생적인 경건한 재생의 힘을 통해 삶과 죽음의 한계를 끌어안고 영적 차원에서 사물이 순환하는 새로운 생명질서의 세계를 보여준다.

제3장에서는 제2장의 연구를 기반으로 하여, 그의 초기시 세계를 허무의식과 죽음의 의미, 소외된 타자에의 응시, 생명의 숨길 셋 부분으로 나누고 분석을 통해 그의 초기 시의식을 다시 총체적으로 살펴보았다.

강은교의 시는 추상적이고 관념적인 존재 근원의 문제를 중심으로 다루고 있지만 그의 시적 성과는 '낯선' 이미지의 극적 대립과 상호작용, 그리고 '바리데기'로 자리바꿈한 서사적 화자의 도전적인 영성 도정이 진정성을 띤 순례 과정의 기록으로 남는다.

그래서 제4장에서는 시인이 주조한 이미지들 가운데 물질이미지의 전개 양상과 지향점을 보다 구체적으로 구명하였다. 이러한 이미지군은 주로 '죽음과 소외를 가로지르는 실존적 이미지'와 '내적 치유와 영성 회복의 이미지'인데 이러한 이미지의 구사는 물론 실존적 영성 의식에서 비롯된다. 선행 연구에서는 그의 시에 나타나는 중심 이미지인 '물'의 이미지와 '허무' 사이의 상관관계를 밝히는 데에 치우쳐 있다. 그의 시에는 물과 불 이외에도 바람, 모래, 피, 살, 뼈, 꽃, 풀잎 등 원소에 가까운 물질이미지가 빈번히 등장하며 다층적으로 창조적 사물성을 환기시킨다. 따라서 그의 시 전체의 상상력을 구명하고 시 의식을 고찰하기 위해서 주제어를 제시하면서 다양한 이미지들을 좀더 체계적이고 입체적인 관점에서 살펴보았다.

제5장에서 바리데기를 주제로 한 전기 시 5편과 후기 시 6편을 집중적으로 검토함으로써 바리데기 서사를 차용한 담론의 진정성을 살펴보았다. 그의 바리데기 시의 여정은 30년의 세월 동안 변함없이 계속되고 있는 집

중된 주제이다. 그는 허무주의에 침잠하기도 하고, 역사와 민중의 생활감을 수용하기도 하였으며, 또 다른 관념세계를 묵상하기도 하였고, 일상의 세부를 좀 더 가까운 거리에서 자세히 들여다보기도 하였다. 그러나 바리데기의 소망인 '구원과 치유의 꿈'은 한결 같은 형태로 유지해 왔다. 그만큼 바리데기는 그의 시의 전체를 표상하는 담론적 주제이기도 하다. 전기 시에서 후기 시에 이를수록 바리데기 시는 허무의식보다는 허무를 통과하는 영성 도정에 대한 순례 서정에 집중되고 있음을 발견하였다. 바리데기 인물의 초월적 성격은 그의 시가 지향하는 탈근대성이, 실존적 허무주의에 묶인 것이 아니라 실존적 영성의 차원에서 전개되고 있음을 확인해 주었다. 이러한 접근은 당시의 모더니즘 시가 보여주었던 부정적이고 비판적인 지적인 접근과 궤를 달리해서 새로운 지혜의 지평을 여는 발상으로 평가할 수 있다.

가부장적 사회의 주군인 아버지로부터 버림받은 바리데기 공주가 선택한 저승길은 험난한 여정이 예고되고, 궁극적으로 가족 공동체의 가부장인 아버지와의 진정한 관계 회복을 모색하는 담론의 과정이다. 공동체의 위기를 극복하고 구원의 목적을 위해 순례를 떠나는 것은 인류의 보편적인 서사이며, 남성이 아닌 여성의 신분으로 아버지의 생명을 구하기 위해 약을 찾아 저승길을 떠나는 것은 남성지배 이데올로기에 의해서 유기된 여성의 비극적 운명의 반영과 그것을 극복하려는 의지를 내포하고 있다. 버려진 공주인 바리데기는 현실 공동체를 대표하는 왕의 생명을 구하기 위해 저승길의 험난한 도정을 선택하고 그 어려운 과정을 중첩된 고난을 겪으며 치루어 낸다. 이것은 여성 주체가 공동체의 위기를 극복하는 역사에 기여함으로써 사회적 신분과 존재론적 존엄성을 회복하려는 의도를 가진다.

강은교 시에서 지속적으로 나타나는 여성적 알레고리를 표상하는 하강 이미지는 초월적인 상징의 수법과 다른 특징을 보여준다. 그의 알레고리는 부조리한 현실 속에서 스스로 통과의례를 치르며 역사성과 실존적 영성을 아우르면서 재생과 구원의 영적 가치를 환기시킨다. 소외된 여성의 고뇌는 허무의 경계를 넘어 어둠의 심연을 향해 하강할 때까지 하강하면서 내적으로 성화되는 순례의 험난한 도정을 거쳐 종내는 영적 생명을 환기 내면의식에 도달한다. 가부장적 제도에 의해 끊임없이 학대와 억압들 당해온 여성의 정체성을 회복하기 위해 이러한 실존적 영성에 초점을 맞추고 있는 강은교 시세계는 남성과 대등한 차원에서 보편적 진리인 생명의 진정한 화해에 도달하려는 여성 주체의 뚜렷한 자기 인식의 구현이라 할 수 있다.

참고문헌

1. 기본 자료

강은교, 『허무집(虛無集)』, 칠십년대 동인회, 1971.

강은교, 『풀잎』, 민음사, 1974.

강은교, 『빈자일기』, 민음사, 1977.

강은교, 『소리집』, 창작과비평사, 1982.

강은교, 『붉은 강』, 풀빛, 1984.

강은교, 『우리가 물이 되어』, 문학사상사, 1986.

강은교, 『바람노래』, 문학사상사, 1987.

강은교, 『슬픈노래』, 자유문학사, 1988.

강은교, 『오늘도 너를 기다린다』, 실천문학사, 1989.

강은교, 『그대는 깊디 깊은 강』, 미래사, 1991.

강은교, 『붉은 강』, 풀빛, 1984.

강은교, 『벽 속의 편지』, 창작과비평사, 1992.

강은교, 『어느 별에서의 하루』, 창작과비평사, 1996.

강은교, 『사랑 비늘』, 좋은 날, 1998.

강은교, 『등불 하나가 걸어오네』, 문학동네, 1999.

강은교, 『시간은 주머니에 은빛 별 하나를 넣고 다녔다』, 문학사상사, 2002.

강은교, 산문집, 『추억제』, 민음사, 1975.

강은교, 산문집, 『허무수첩』, 예전사, 1975.

강은교, 산문집, 『순례자의 꿈』, 나남, 1988.

강은교, 산문집, 『젊은 시인에게 보내는 편지』, 문학동네, 2000.

2. 국내 저서

곽광수·김현, 『바슐라르 연구』, 민음사, 1976.

구모룡, 『문학과 근대성의 경험』, 좋은날, 1998.

김경수 외, 『페미니즘과 문학비평』, 고려원 1994.

김열규, 『한국신화와 무속연구』, 일조각, 1977.

김열규, 『한국의 신화』, 일조각, 1976.

김열규, 『한국여성의 전통상』, 민음사, 1985.

김열규 외, 『민담학개론』, 일조각, 1982.

김열규 외 공역, 『페미니즘과 문학』, 문예출판사, 1988.

김승희, 『영혼은 외로운 소금밭』, 문학사상사, 1980.

김준오, 『詩論』, 삼지원, 1982.

김동욱, 『포스트모더니즘』, 민음사, 2004.

김동욱, 『문학생태학을 위하여』, 민음사, 2003.

김현자, 『한국여성시학』, 깊은 샘, 1999.

김현자, 『시와 상상력의 구조』, 문학과 지성사, 1983.

김태곤, 『한국무가집 2』, 집문당, 1971.

문혜원, 『한국 현대시와 모더니즘』, 신구문화사, 1996.

박용식, 『한국원시설화의 원시종교사상연구』, 일지사, 1988.

송명희, 『탈중심의 시학』, 새미, 1998.

서대석, 『한국무가의 연구』, 문학사상사, 1980.

서대석, 『한국신화의 연구』, 집문당, 2001.

유성호 외, 『강은교의 시세계』, 천년의 시작, 2005.

유순하, 『참된 페미니즘을 위한 성찰』, 문이당, 1996.

이몽희, 『한국현대시의 무속적 연구』, 집문당, 1990.

이승훈, 『시론』, 고려원, 1986.

이승훈 외, 『포스트모더니즘과 문학비평』, 고려원, 1994.

장정렬, 『생태주의 시학』, 한국문화사, 2006.

진형준, 『상상적인 것의 인간학』, 문학과 지성사, 1992.

최길성, 『한국 무속의 연구』, 아세아문화사, 1978.

최길성, 『한국 무속의 이해』, 예전사, 1994.

최동호, 『새로운 비평 논리를 찾아서』, 나남출판사, 1994.

한영옥, 『한국현대시의 의식탐구』, 새미, 1999.

홍태한, 『한국서사무가연구』, 민속원, 2002.

3. 국외 저서

G. 바슐라르, 『물과 꿈』, 이가림 역, 문예출판사, 1980.

G. 바슐라르, 『몽상의 시학』, 김현 역, 기린원, 1989.

G. 바슐라르, 『촛불의 미학』, 이가림 역, 문예출판사, 1988.

G. 바슐라르, 『불의 정신분석』, 민희식 역, 삼성출판사, 1993.

G. 바슐라르, 『로트레아몽』, 윤인선 역, 청하, 1985.

G. 바슐라르, 『공기와 꿈』, 정영란 역, 이학사, 2000.

G. 바슐라르, 『대지 그리고 휴식의 몽상』, 정영란 역, 문학동네, 2002.

G. 바슐라르, 『불의 시학의 단편들』, 안보옥 역, 문학동네, 2004.

N. 프라이, 『비평의 해부』, 임철규 역, 한길사, 1982.

I. A. 리차즈, 『문예비평의 이론』, 김영수 역, 문예출판사, 1977.

윌프레드. L. 궤린 외 동저, 『문학의 이해와 비평』, 정재완·김성곤 공역, 청록출판사, 1979.

J. G. 프레이저, 『황금의 가지』상하, 김상일 역, 을유문화사, 1996.
C. G. 융, 『콤플렉스·원형·상징』, 유기룡·양선규 공역, 경북대출판부, 1986.
P. E. 휠라이트, 『은유와 실재』, 김태옥 역, 한국문화사, 2000.

4. 주요 평론

고 은, 「시가 많은 시대의 시 읽기-강은교 외」, 『창작과비평』, 1996.
고정희, 「강은교 시집 『소리집』」, 『한국문학』, 1983.
구명숙, 「강은교 시세계의 변모 양상」, 『새국어교육』 65, 한국국어교육학회, 2003.
구모룡, 「강은교 '사랑법'」, 『대표시 대표평론 1』, 실천 문학사, 2000.
권영민 외, 「작가 소개 / 강은교」, 『한국대표시시인선50』, 중앙일보사, 1995.
김경복, 「죽음에로의 초대: 강은교 시에 나타난 물의 이미지 연구」, 『부산대 국어국문학』 25,
    부산대 출판부, 1988.
김선학, 「여성시 남성시가 아닌 인간의 시-강은교 시 '먼길' 외」, 『문학사상』, 1992.
김병익, 「허무의 선험과 체험」, 『풀잎』해설, 민음사, 1974.
김재홍, 「無의 불꽃」, 『우리가 물이 되어』해설, 문학사상사, 1986.
김열규, 「죽음에 부치는 오늘의 공수」, 『우리의 전통과 오늘의 문학』, 문예출판사, 1987.
김수이, 「'그 여자'의 오래된 말들」, 유성호 편, 『강은교의 시세계』, 천년의 시작, 2005.
김영주, 「여성중심의 글쓰기: 강은교 문정희 시인을 중심으로」, 『어문논총』 12, 청주대 국어국
    문학과, 1996.
김형영, 「인간적 진실과 공동체의식에의 접근」, 『소리집』 발문, 창작과비평사, 1982.
김승희, 『영혼은 외로운 소금밭』, 문학사상사, 1980.
김혜련, 「그녀의 바리데기, 아름다운 전율」, 유성호 편, 『강은교의 시세계』, 천년의 시작, 2005.
김효중, 「페미니즘 비평론에서 본 강은교의 시세계」, 『효성여대 연구 논문집』 18, 효성여자대
    학교, 1990.
김영숙, 「여성중심 시각에서 본 바리공주」, 『페미니즘 문학론』, 한국문화사, 1996.
나희덕, 「물과 불, 그리고 탄생」, 유성호 편, 『강은교의 시세계』, 천년의 시작, 2005.
도정일, 「내 노래의 붓을 꺾을 것인가? 강은교 외」, 『문예중앙』, 1992.
문순홍, 「동·서양의 생태사상과 그 교훈-강은교 외」, 『환경과 생명』21, 1999.
문혜원, 「전후시의 실존의식 연구」, 『한국 현대시와 모더니즘』, 신구문화사, 1996.
박경혜, 「강은교 시와 자궁 이미지」, 『한국 페미니즘의 시학』, 동화서적, 1996.
박노균, 「존재 탐구의 시에서 역사적 삶의 시로-강은교론」, 『한국현대시연구』, 민음사, 1989.
박수연, 「떠나고 돌아오는, 떠나는 노래」, 『시작』, 천년의시작, 2002.
박윤우, 「존재탐구로부터 존재인식으로 이르는 길」, 『시와 시학』, 시와 시학사, 2001.
박종석, 「무속과 이승의 욕망」, 『한국현대시의 탐색』, 역락, 2001.
박찬일, 「소극적 허무주의에서 적극적 허무주의로」, 유성호 편, 『강은교의 시세계』, 천년의 시
    작, 2005.
송희복, 「허무와 신생, 그 아득한 틈새, 혹은 여성성의 깊이」, 『현대시』, 현대시학, 1995, 7월호

송지현, 「허무의 숲에서 사랑의 풍경까지-강은교의 시세계」, 『한국언어문학』 제50집, 2003.

신경림, 「강은교의 시세계」, 『빈자일기』 해설, 민음사, 1977.

양애경, 「따뜻해지는 황폐 의미 있어지는 허무-강은교 시집 『어느 별에서의 하루』」, 『현대시학』, 1996.

엄경희, 「벽 속을 비추는 세 개의 등불」, 『타자비평』, 예림기획, 1997.

유성호, 「고독과 사랑, '순례자'의 꿈과 언어」, 유성호 편, 『강은교의 시 세계』, 천년의 시작, 2005.

유서오, 「사물들이 출렁이며 내는 '은빛' 소리들」, 『시간은 주머니에 은빛별 하나 넣고 다녔다』 해설, 문학사상사, 2002.

이선영, 「꿈과 현실의 변증법」, 『벽 속의 편지』 발문, 창작과비평사, 2004.

이성우, 「종합에의 의지」, 『시작』, 천년의시작, 2002.

이승원, 「탈주의 정신 강은교 시 '매화' 외」, 『문학사상』, 1997.

이영섭, 「시의 풍요로운 생명감」, 『그대는 깊디깊은 강』 해설, 미래사, 1991.

이영섭, 「강은교 시 연구-허무와 고독의 숨길」, 『경원대학교 논문집』 16, 경원대학교, 1997.

이영섭, 「허무와 고독의 숨결」, 『현역중진작가연구 Ⅱ』, 국학자료원, 1998.

이영진, 「자비로워진 허무와 탈주의 정신」, 『어느 별에서의 하루』 해설, 창작과비평사, 1996.

이지엽, 「따뜻한 슬픔의 이중성」, 『시와 사람』, 시와사람, 1997.

이태동, 「허무의식을 주제로 한 입체화-강은교 시 '자전 1'」, 『한국대표시 평설』, 문학세계사, 1983.

이형기, 「전신 연소의 시-강은교의 『허무집』」, 『감성의 논리』, 문학과 지성사, 1976.

이혜원, 「강은교 시와 샤머니즘」, 『서정시학』, 2006 가을호.

이혜원, 「생명을 희구하는 비리데기의 노래」, 유성호 편, 『강은교의 시세계』, 천년의 시작, 2005.

정영자, 「강은교의 시세계」, 『한국여성시인 연구』, 평민사, 1996.

정용택, 「강은교론-부유하는 의식의 측면에서」, 『경남대 경대문화』 14, 경남대, 1981.

정현기, 「강은교의 시」, 『비평의 어둠 걷기』, 민음사, 1991.

진형준, 「무덤의 상상력에서 뿌리의 상상력으로」, 『순례자의 꿈』 해설, 나남, 1988.

장석주, 「세계에의 비극적 전망의 시들」, 세계의 문학, 1983.

장석주, 「강은교-허무를 전파하는 여사제」, 『21세기 한국문학의 탐험』 3, 시공사, 2000.

최정석 외, 「강은교의 시세계-물의 이미지를 중심으로」, 『효성여대 여성문제 연구』 18, 효성여대, 1990.

황주리, 「물이 되어 만날 사람은 어디에-강은교의 '우리가 물이 되어'」, 『나를 매혹시킨 한편의 시』 3, 문학사상사, 1999.

허윤회, 「사랑의 변주곡-1970년대 여성 시인 연구」, 『한국의 현대시와 시론』, 소명출판, 2007.

5. 학위논문

김은희, 「강은교, 김승희 시의 여성 신화적 이미지 연구」, 이화여자대학교 대학원 석사학위논문, 2006.

남 미, 「한국 현대 여성시의 모성 이데올로기 극복양상」, 건국대학교 교육대학원 국어교육전
　　공 석사학위논문, 2010.

박효영, 「강은교 시에 나타난 '죽음'에 관한 연구」, 대진대학교 교육대학원 석사학위논문,
　　2009.

박상우, 「강은교 시 연구」, 경원대학교 교육대학원 국어교육 전공 석사논문, 2003.

박수경, 「강은교 초기시에 나타나는 여성성 연구」, 경남대학교 대학원 석사학위 논문, 2009.

정나미, 「강은교 초기시의 이미지 연구」, 한국교원대학교 교육대학원석사학위논문, 2007.

하연경, 「강은교의 초기 시에 나타난 물의 이미지」, 강원대학교 교육대학원 석사학위논문,
　　2008.

팡웨이(龐偉)

2011년 가천대학교 일반대학원 국어국문학과를 졸업하였으며, 2014년 가천대학교 일반대학
원에서 문학박사(한국현대시 전공) 학위를 받았다. 현재 중국 청도대학교 외국어대학 한국어
학과에서 전임강사로 재직하고 있다. 논문으로는 「강은교 시에 나타난 물의 이미지 연구」
등이 있다.

강은교 시 연구

초판 인쇄 2018년 5월 8일
초판 발행 2018년 5월 15일

지은이 팡웨이(龐偉)
펴낸이 이대현
편 집 추다영
디자인 홍성권
펴낸곳 도서출판 역락
　　　　　서울시 서초구 동광로 46길 6-6(반포4동 577-25) 문창빌딩 2층
　　　　　전화 02-3409-2058(영업부), 2060(편집부)
　　　　　팩시밀리 02-3409-2059
　　　　　이메일 youkrack@hanmail.net
　　　　　홈페이지 http://www.youkrackbooks.com
　　　　　역락블로그 http://blog.naver.com/youkrack3888
　　　　　등록 1999년 4월 19일 제303-2002-000014호

ISBN　979-11-6244-245-6 93810

이 도서의 국립중앙도서관 출판예정도서목록(CIP)은 서지정보유통지원시스템 홈페이지(http://seoji.nl.go.kr)와 국
가자료공동목록시스템(http://www.nl.go.kr/kolisnet)에서 이용하실 수 있습니다.(CIP제어번호: CIP2018013617)